門田泰明時代劇場の世界

娯楽剣戟文学の新たな地平を切り拓く傑作群！

ひぐらし武士道
大江戸剣花帳 上下

水野姓の幕臣が次々と惨殺され、やがて老中にまで暗殺の手が伸びた……。雄渾にして華麗、峻烈にして優美。「門田泰明時代劇場」の原点！

ぜえろく武士道覚書
斬りて候 上下

京で続発する押し込み惨殺事件。絶世の美と気品を兼ね備えた謎の剣客・松平政宗とは！

ぜえろく武士道覚書

一閃《いっせん》なり 上 中 下

凶賊・女狐の雷造一味の悪行に震え上がる京。東町奉行所同心の必死の探索に協力する松平政宗。そうしたなか大老の上洛が決まり忍群が蠢きだした……。

ぜえろく武士道覚書

討ちて候 上 下

将軍継嗣をめぐる幕閣の暗闘！ そして古流忍び集団・打滝一族との凄絶な死闘！

黄昏《たそがれ》坂《ざか》 七人《ななにん》斬《ぎ》り

白皙にして容姿端麗な剣客・寺音肥前守武念。夫と義父を謀殺され、武念を追う母娘の行方は……。特別書下ろし作を収録した中短篇集！

日《ひ》暮《ぐれ》坂《さか》 右肘斬《おと》し

復讐を誓った静かなる手練れの老剣士を待ち受ける恐怖とは……。剣戟文学史上に屹然とたつ「門田泰明時代劇場」の新たなる殺陣の境地！

徳間文庫

拵屋《こしらえや》銀次郎半畳記

無外流　雷《いなずま》がえし 下

門田泰明

徳間書店

三十四

大勢の神田の人々の温かな手伝いを得て、長之介《ちょうのすけ》の葬儀をおごそかな雰囲気のなか済《す》ませることが出来たその翌々日の早朝まだ薄暗い内に、銀次郎《ぎんじろう》は「飛竜」と共に鍋屋の夫婦だけに見送られてそっと神田の地を離れた。

葬儀のはじめから終わりまでを強力に支えてくれた湯島天神下《ゆしまてんじんした》・霊雲寺の住職覚雲《かくうん》和尚の判断に委《ゆだ》ねるかたちで、長之介の亡骸《なきがら》はいわゆる「亡骸埋葬」はせず、火葬され遺骨となって銀次郎の手で故郷の大坂へ帰ることとなった。

骨壺《こつつぼ》に納められたその遺骨は更に白木の箱に入れられて目に眩《まぶ》しい純白の布でしっかりと掩《おお》われ、いま馬上の鞍前橋部《くらぜんきょうぶ》に銀次郎の手によって固定されている。

日本における火葬の歴史は古い。「続日本紀《しょくにほんぎ》」の文武《もんむ》天皇四年（七〇〇年）の頃に火葬の文字が見られることから、この辺《あた》りが始原であろうと考えられている。

しかし、大坂地域の民間においては、それ以前にも火葬が行なわれていたことを示す遺跡が見つかっている。

が、そういった事については、長之介の死で悲しみよりも怒りが膨《ふく》れあがっている銀次郎の、与《あずか》り知らぬ事であった。

ゆったりとした歩みで神田を離れた「飛竜」は、飯倉片町《いいくらかたまち》通りを経て、六本木《ろっぽんぎ》通りへと入っていた。

実は銀次郎は、神田、日本橋、京橋、愛宕下《あたごした》、高輪《たかなわ》と抜けて一気に品川宿へと「飛竜」を走らせる積もりであった。

しかし、矢張り六本木地区にある二見《ふたみ》藩邸の動静が、胸の内にひっかかっていて、何となく嫌《いや》な気分が続いていた。

六本木へは、たいした寄り道とはならない。そこで「飛竜」の手綱《たづな》をクイッと右手方向へ引くかたちで、こうして六本木に踏み込んだのだ。

「どう……」

銀次郎は手綱を軽く引いて、「飛竜」の歩みを静かに止めた。ほぼ真《ま》っ直《す》ぐに延びている六本木通りが竜土町《りゅうどちょう》通りへと変わる十字路の右角に寄合辻番所《つじばんしょ》があって、その直ぐ手前だった。

「飛竜」が、事情を察しているかのように抑え気味に鼻を鳴らした。

「よしよし」

銀次郎が首筋をやさしく撫《な》でてやる。撫でられたことで「飛竜」は、自分の取った判断が正しいと察するのである。

馬は決して無頓着《むとんちゃく》な生き物ではない。非常に優《すぐ》れた知能を有していることを、銀次郎は知っている。

朝まだ早い六本木通りも、十字路の向こうの竜土町通りも、人の往き来は無くひっそりと静まり返っていた。大名家中屋敷や上級幕臣の組屋敷に挟《はさ》まれた六本木通りであり竜土町通りである。

「ふう」

銀次郎は空を仰《あお》いで、口元を引きしめた。何事かを迷っているようなその表情であった。

「此処《ここ》まで来てしまったが、さてどうするかのう飛竜よ」

朝まだ早い空を仰いだまま銀次郎が溜息《ためいき》まじりに呟《つぶや》くと、「飛竜」は右前足で地面をコツンと軽く二度叩いた。

「そうか。ともかく、やってみるか」

銀次郎が頷《うなず》いて「飛竜」の首筋を「お前は本当《ほん》に人の言葉をよく解するのう。賢い馬じゃ」と言いながら撫でてやる。

手綱をツンと右へ引いた銀次郎は、寄合辻番所の角を右へと折れた。

通りの左手は外様《とざま》大名・長門萩《ながとはぎ》藩毛利《もうり》家中屋敷（旧防衛庁跡地）である。長い塀が北方向へ四町《ちょう》以上（四百メートル以上）も続いている。この中屋敷の中間部屋《ちゅうげん》では月に一度だけ、屋敷が公認する賭場が開かれ、銀次郎は常連だ。通りの右手にも小大名家や中堅の武家屋敷が七、八邸建ち並び、二見藩上屋敷はその内の一つであったが北寄りに位置しているため、まだ見えない。

「飛竜」はまるで銀次郎のこれからの動きを察しているかのように、蹄《ひづめ》の音を殺し、穏やかに通りを進んだ。

馬上の銀次郎は、凛々《りり》しい青年武者の姿である。腰には大小両刀を帯び、それまでの町人髷《まげ》を銀杏髷《いちょう》に結《ゆ》い改めている。髪結いは銀次郎、御手の物だ。他人《ひと》の手に頼っていない。鏡台の前に座って自分の手で結ったのである。

実にあざやかに結えている。

二見藩邸の唐門《からもん》が、向こうに見え出した。藩邸の下男であろう老爺《ろうや》が二人、竹《たけ》箒《ほうき》で表門の前を掃《は》いている。背が低い方の老爺の背中は、長く百姓仕事の苦労を味わってきた者のごとく曲がっていたが、もう一方の老爺に比べると動きはてきぱきとしていた。

こちらへ背を向けている二人の老爺に対し、「飛竜」は心得た者のように静かに近付いていった。蹄の音の殺し様《よう》は、厳しく調教されてきたのか実に見事だ。

てきぱきと動いていた背中の曲がった老爺が竹箒を持つ手を替えて振り向いたとき、「飛竜」は直ぐ間近に迫っていた。

老爺は声を立てはしなかったが「わっ」という驚き顔になった。

「すまぬ。べつに驚かせる積もりはなかった」

銀次郎は低い侍言葉で伝えて微笑《ほほえ》んでみせた。

その小声でもう一人の老爺も振り返り、矢張り一瞬警戒したかのように目を大きく見開いた。

何故か今日の藩邸には、六尺棒を手にする門衛の姿がない。

門衛不在と知ったときの銀次郎は、すでに気持を固めていた。目の前の二人の老爺に、ひとつ小さな石を投げて、その波紋の広がり具合を検《み》てみるか、と。

「私は幕府大目付筋の手の者だが、馬庭念流《まにわねんりゅう》をやる比野策二郎《くらのさくじろう》殿に取り次いで貰《もら》えぬか」

老爺二人が表情を「えっ」とさせて、思わず顔を見合わせる。

「いやなに。大目付筋の手の者とは申したが、何も役目で訪ねて参った訳ではない。私も馬庭念流をやるのでな」

気楽な調子で言う銀次郎に、老爺たちの表情がようやく緩《ゆる》んだ。

「私はこれより役目で仙台の方へ出向かねばならぬ。その前に比野策二郎殿にひと目な……」

銀次郎は尚《なお》も微笑んでみせ、役目で出向く先を西国二見藩とは真逆、とっさに仙台とした。これが利《き》いたのか、二人の老爺のうち、明らかに年上と思われる背の低い方――背の曲がった――が、連れの老爺をその場に残して、「飛竜」の鼻先へ近付いてきた。馬を怖がる様子はない。百姓仕事をしていた頃にでも馬を扱っていたのであろうか。

「あのう。比野策二郎様は急な病《やまい》にて、お亡くなりになられましてございますが」

そう言い終える迄《まで》の間に老爺は、馬上の銀次郎に対して恐縮したように二度も三度も腰を折った。

「なんと、比野殿が急な病で亡くなられたと……」

「は、はい」

「いつじゃ」

「私共のような下々の者には詳しいことは判《わか》りませぬが、この二、三日のことではないかと思います……はい」

「そうであったか。確かに比野殿は馬庭念流の達者ではあったが、心の臓に持病があったからのう」

「え、そうでございましたか」

「うむ。二人で酒を呑んでおる時など、胸が痛いと訴えられたことが幾度かあったわ」

「それはまた……」

「では、比野殿と親しかった多村兵三《たむらへいぞう》殿に少し会ってゆこうか。折角《せっかく》ここまで参ったのでのう」

　多村兵三と聞いて老爺の顔に狼狽《ろうばい》が生じたことを、銀次郎は見逃《みのが》さなかった。

　すると、背丈がある方の老爺が腰を丁重《ていちょう》に折り曲げ――その位置からは動かず――割にしっかりとした、やや力んだ口調でこう言った。

「あのう、私ども下々の者には詳しいことは判りませんので迂闊《うかつ》なことは言えませぬが、多村兵三様は御役目替えで西国二見の藩御領地へお戻りになられたと聞いております」

「なに。多村兵三殿にも会えぬのか」

「も、申し訳ございません」

「なにもお前が謝ることはない。御役目替えはどこの藩にでもある人事じゃ。判った。残念じゃが、私はこのまま仙台へ向かうとしよう。手間を取らせたな」

「めっそうも……」

　揃って同時に頭を下げた二人の老爺をその場に残して、銀次郎は馬首を返した。

　比野策二郎と多村兵三が藩によって処罰されたことはほぼ間違いあるまい、と摑《つか》めた銀次郎であった。

　が、藩邸表門から幾らも離れないところで、銀次郎の表情がフッと硬くなり、同時に再び馬首を返していた。

邸内へ戻ろうとした老下僕《ろうげぼく》の二人が、それと気付いて足を止め、近付いてくる人馬をやや不安気に見守った。

「もう一つ、訊《き》くことを忘れておったわ」

相手の表情から心の内を読んだ銀次郎は、やわらかな口調で切り出した。

「はい。何でございましょう」

先程《さきほど》の背丈《せたけ》のある老爺が、いぶかし気に首を少し横に傾《かし》げた。

「次席国家老の斉賀彰玄高綱《さいがしょうげんたかつな》殿は、江戸藩邸へ見えられる事もあるのかな」

「は？」

「筆頭国家老の斉賀徳之助《とくのすけ》殿に次ぐ二番位の御家老殿じゃ」

「あ、あのう……」

と、困惑の表情の老下僕であった。

「どう致した？」

「私共のような下々の者でも、筆頭国家老は江月沖之助定幸《えづきおきのすけさだゆき》様、次席家老は山内《やまうち》芳右衛門邦長《よしえもんくになが》様と承知致しておりますが」

と、銀次郎の顔色がさすがに変わった。

「では先頃、病にて亡くなった三番位国家老、堀内重兵衛国友《ほりうちじゅうべえくにとも》殿のご家族の動静について耳にしたことは？」

聞いて老爺の表情が尚《なお》のこと困惑の色を濃くした。

「申し訳ございません。私共下々の者には三番位国家老という御役職の有る無しについては判りかねます。また堀内重兵衛国友様と仰《おっしゃ》います御名前についても一向に存じ上げないのですが……」

「うむ……その方たちは、門番の仕事も担《にな》っておるのか」

「正規の御役目ではありませぬが、時に交替役に不足が生じました時などは六尺棒を握らされ、門番に就《つ》いたり致します。したがいまして、江戸藩邸と国元との間を忙しく往《い》き来なされることの多い藩ご重役のお名前や顔はよく存じ上げている積もりでございますが……」

「そうか。相わかった」

銀次郎は手綱を引いて馬首を戻すや「それっ」と馬腹を軽打した。余程《よほど》のこと
「なにっ」

でない限りうろたえることのない銀次郎の顔つきが、はなはだしくひきつってい
た。
その証拠に、矢のように駈け出した「飛竜」の背で、「やられた……」と漏《も》らした銀次郎だった。
銀次郎は馬首を「近江屋《おうみや》」へ向けた。お内儀《かみ》の季代《きよ》に預けてある大小刀や大坂へ旅立つための諸用具などを、とり敢《あ》えず返して貰う積もりであった。

三十五

江戸城西北部、番町に位置する伯父・和泉長門守兼行《いずみながとのかみかねゆき》邸の厩《うまや》を番する老若党甚《じん》三《ぞう》に「飛竜」を預けて、大小刀を腰にした銀次郎は、中の口を入って広縁《ひろえん》を足音荒く書院がある奥御殿へと急いだ。

奥御殿とは和泉家の家族の生活棟を意味している。その生活棟の中で家長の長門守が起居するところが「御殿様御殿《おとのさまごてん》」と呼ばれ、書院もこの「御殿様御殿」にあった。

中庭に面した広縁の角を足音を鳴らし左へ折れたところで、銀次郎の足が止まった。

七、八間《けん》先の部屋——書院——の前に伯母夏江《なつえ》が待ち構えるようにして眉《まゆ》をひそめ立っている。

「一体どうしたというのです銀次郎殿。大坂へ向け江戸を離れたのではなかったのですか」

「これは伯母上、私が戻ってくると察知なさっておられましたか」

「察知もなにも、その荒々しい足音が銀次郎殿だと知らせてくれますよ。広縁はもう少し上品に静かに歩くものです。外《そと》の通りと同じように歩くものではありませぬ」

「は、はあ。申し訳ありません。以後、気を付けます」

「ともかくお入りなさい」

と、伯母夏江の姿が書院に消えたので、銀次郎は「はい」と静かに歩を進めた。

夏江は、床の間を背にし姿勢美しく座っていた。いつもは長門守が座っている場所だ。

「伯父上は？」

と問いながら、銀次郎は夏江と向き合って正座をした。腰に帯びていた大刀はむろん右手脇のやや下げ位置に置いて。

「御殿様は今日は大目付様を迎えての目付会議があるとかで、少し前に登城なされました。それよりも江戸を離れていなかったとは一体どういう事なのです」

夏江はにこりともせぬ真顔で銀次郎を見つめた。亡き母に劣らぬほど銀次郎は幼い頃からこの伯母に可愛《かわい》がられ大事にされてきた。

それだけに苦手な人であった。頭が上がらない。

「実は伯母上、ちょっと江戸を離れる訳にはゆかぬ出来事が生じたものですから……」

「だから、その出来事とかいうのを、お話しなさい。一体何事が生じたのです」

「それを打ち明けるには、もう少し私なりに調べを進めなければなりませぬ。今の段階では伯母上にお話を申し上げましても、相当な部分が臆測《おくそく》となる恐れがございます」

「臆測を加えたままに話をすると、どなたかを誹謗中傷《ひぼうちゅうしょう》することになりかねない、という心配でもあるのですか」

「真《まこと》に仰る通りなのです。それを避けるためには江戸を離れるのを今少しのばしてでも調べを始める必要があると考えました」

「もしかして友人長之介の死に関係があるかも知れない、と思っているのですね」

「はい。心の片隅《かたすみ》にそのような疑いが生じつつあることは事実です。しかし調べを始める前の今では単なる臆測としか申せませぬ。いや、臆測で済んでほしいと願っております」

「宜《よろ》しいでしょう。御殿様がお戻りになられましたら、そのように私からお話を致しておきましょう。それにしても、長之介の死を大坂の両親へ知らせる事が遅くなるのは感心しませんね」

「そこで、伯母上から伯父上にお願いをしてほしいのですが……」

銀次郎はそう言うと、懐《ふところ》に手を入れて白布に包まれたものを大事そうに取り出した。包まれているのは、一辺が五、六寸、厚みが一寸ほどのどうやら小箱のようなものと思われた。

「伯母上、これは長之介の葬儀に際し色々とお力をお貸し下された湯島天神下、霊雲寺の御住職の手で白木の箱に納められた長之介の遺髪です。これに私が書いた手紙を添えて大坂へ送りたいと考えているのですが……」

「もしや、その送る手配りなどを御殿様に頼みたいと？」

「町飛脚ではなく、幕府公用の早飛脚《はやびきゃく》で是非にも送ってやって戴《いただ》きたいのです」

「遺骨の方はどうするのじゃ」

「遺骨については『飛竜』の鞍にまだ載せたままでありますが、後日必ず私の手で直接大坂の両親に手渡しします」

「じゃが銀次郎殿。長之介の大坂の両親というのは畿内《きない》一円の裏社会に睨《にら》みを利かす香具師《やし》の大親分というではないか。そのような者を相手として幕府公用の早飛脚を動かすのは余りにも乱暴すぎるのではありませぬか。御殿様の目付というお立場にも傷が付きましょう。無理というものじゃ」

「ですが伯母上。長之介が江戸の何者かに殺害されたと知った父親は、倅《せがれ》の仇《かたき》を自《みずか》らの手で討たんとして配下の者大勢を伴い、江戸を目指しましょう。そうなれば江戸の暗黒街との正面衝突になりかねません。父親のその激しい感情を少しでもやわらげてやるには、長之介の遺髪ひとつにしても公《おおやけ》の手で大事に大事に取り扱《あつこ》うてやることが大切なのだと思うのです」

「なるほど公の手で大事にのう……」

「しかも伯母上。此度《こたび》の私の動きには、伯父上を間に置いてはおりまするものの『巷《ちまた》を震撼《しんかん》せしめている謎の組織集団について探索し殲滅《せんめつ》せよ』との幕閣のご命令、つまり幕命が覆《おお》いかぶさっておりまする」

「おお、そうであったな。長之介の事件も、その幕命に触れているかも知れないのじゃ。だとすれば銀次郎殿……」

「はい。伯父上はおそらく、幕府公用の早飛脚について承諾して下されましょう」

「判りました。ならば私から御殿様に強くお願いしてみましょう。長之介の大坂の両親に対する手紙は此処で書きなさるがよい、銀次郎殿。いま筆墨などを調《ととの》えさせましょう程《ほど》に」

「お願い致しまする。あ、それから伯母上……」

「ん？　なんじゃ」

「麹町《こうじまち》にあります我が桜伊《さくらい》家の屋敷において過日、ひと騒動がありましたること、伯父上から詳細を聞いておられましょうか」

「はい、聞いておりますよ」

と、応じる夏江の表情は物静かなものであった。

「突然、我が屋敷に踏み込んで参りましたあの数名の者は、目付職にあります伯父上を相当に邪魔であると思っている連中に相違ありませぬ」

「そうでしょうね。旗本や武家社会を広く監察し糾弾《きゅうだん》する目付という厳しくも辛《つら》い職にある以上は仕方ありませぬ。時には、うっかりと出過ぎた言動を用いたりして相手から無用の怒りを買う事もあるのでしょう。大人しくにこにこ顔で務まるお役目ではありませぬから、暗殺剣が不意に御殿様に向かってくることは日頃からある程度は覚悟しております」

「そうですか……」

と、銀次郎は頷いた。さすが伯母夏江であると思った。

「ですが私は心配でなりませぬ。私が大坂へ出向いている間に、再び新手《あらて》の暗殺剣が二波、三波と伯父上に向かってゆきはせぬかと……」

「ほほほほっ、御殿様は銀次郎殿も存じおるように、柳生新陰流を極めなされた剣客ですよ。私《わたくし》が和泉家に嫁《とつ》いで間《ま》もなくのこと、当時のご老中邸にて自薦《じせん》他薦《たせん》を問わずとする幕臣の親善剣術試合があり、私《わたくし》は招かれて拝見致しましたけれども、八名に勝ち抜いた御殿様の強さと剣《つるぎ》の舞いの美しさは、それはそれは見事なものでした。あのお強さは今も変わってはおりませぬでしょう。安心なさい、銀次郎殿」

「へえ、伯父上が八名抜き……そのような親善試合があったのですか。存じませんでした」

「御殿様が登城の際に腰に帯びている大刀は、その折りに主催者であるご老中から賜《たまわ》った初代藤原晴次の名刀です」

「そうでありましたか。ですが伯母上、くれぐれも身辺には注意なさりますよう伯父上に、そしてまた家臣の者たちへも、厳重警戒を疎《おろそ》かにせぬよう申し伝え下さい」

「そうですね。そう致しましょう」

夏江は頷いてはじめて微笑むと、手紙を書くための用具を持ってこさせるために、隣接する腰元控えの間へ「誰かこれへ……」とやさしく声をかけ、それを手伝うためか銀次郎が両手をパンパンと打ち鳴らした。

三十六

銀次郎が着流しの町人姿に、大小刀を腰に帯びて麴町の「閉門屋敷」へと戻ってきたのは、深夜になってからだった。伯母夏江に平身低頭で長之介の遺骨までも預けて番町の和泉長門守邸を人目につかぬよう用心してあとにしたのは午《うま》ノ刻頃。そのあと亀島川の畔《ほとり》に住む老夫婦、飛市《とびいち》とイヨを裏道伝《づた》いに訪ねて色々と事情を打ち明け、人気《ひとけ》の絶える刻限まで刻《とき》を潰《つぶ》してから麴町の屋敷へと戻ってきたのだった。

銀次郎は、十畳大の板の間である「仏間」の前の広縁に胡座《あぐら》を組み満月の明りを浴びながら、むすっとした表情で独り酒を口にしていた。膝頭《ひざがしら》に触れるようにして月明りのなか、色落ちが著《いちじる》しいと判る古い二段の重箱があって蓋《ふた》を開けている。

中に入っているのは、一方の御重《おじゅう》に鰯《いわし》や鯵《あじ》の干物《ひもの》に鯣《するめ》の焼いたもの、もう一方には海苔《のり》で巻いた大き目な握り飯と玉子焼。

イヨが「持ってゆきなされ坊っちゃま。台所に酒くらいはありましょうが、食べ物はありませぬからのう。明日からはイヨがきちんと食事の用意を致しますゆえ」と、持たせてくれたものであった。

イヨが言うように、銀次郎は明日から当分の間、この「麹町の御屋敷」で寝起きをする積もりだった。その考えを打ち明けたのは今のところ、伯母夏江と飛市・イヨの夫婦だけである。

つまり、誰彼に対しては「江戸を離れている」と思わせておく積もりなのだ。

「ふうっ」

銀次郎は大き目な鉄瓶《てつびん》に入った酒をぐい呑み盃《さかずき》で何杯も何杯もゆったりとした調子で重ねた。呑み方は味を楽しむかのようにゆるやかであったが、むすっとした顔つきは酒を呑み始めたときから変わっていない。目つきも鋭い。

そして時に満月を仰ぎ「ふうっ」と疲れ切ったような溜息《ためいき》を吐《つ》くのだった。

いま銀次郎の脳裏には、堀内母娘《おやこ》の姿が張り付いて離れなかった。

なぜ黙って消えた、なぜ偽《いつわ》りの話を創り上げたのか、と自問自答するしかなかった。いや、自答は無い。自答できる筈《はず》がなかった。

「堀内秋江《あきえ》に千江《ちえ》か……どうせこれも実の名ではあるまい」

投げ遣《なや》りに呟《つぶや》くようにして銀次郎は盃を呷《あお》った。

母娘《おやこ》と関わりを持つようになった最初の日に遡《さかのぼ》って、銀次郎は推測を巡《めぐ》らせた。幼い千江が自分を訪ねてきたのは、母親秋江の選択によるもの、つまり自分を意識的に〝狙って〟の事ではないと思っている。これは母娘《おやこ》が抱《かか》えている事情――仇持《かたきも》ち――を知った長之介の配慮によるものであろう、という確信があった。世話好きで優し過ぎる一面がある長之介の性格をよく知った上での確信である。

しかしながら、そのほか母娘《おやこ》にかかわる事柄は全て出鱈目《でたらめ》ということになる。いや、母親秋江の話が現実と符合するのは、西国二見藩に比野策二郎という藩士が存在した一点だけだ。

筆頭国家老斉賀徳之助も次席国家老斉賀高綱も藩には存在せず、三番位国家老堀内重兵衛国友についても「……そのような御役職も御名前も知らない……」と二見藩邸の下僕は、はっきりと否定したのだ。

首を横に振った下僕の様子から、嘘を言っている、あるいは何かを隠している、とはとても思えぬ銀次郎であった。

「母娘《おやこ》はなぜ偽りを張り巡らせてまで俺を身近に呼び寄せる必要があったのか……いや、俺でなくとも、おそらくは誰でもよかったのかも……あるいは何らかの別の目的で『長助《ちょうすけ》』へ泊まったのか……」

銀次郎は呟いて盃を呷り、満月を眺《なが》めて可愛い千江の顔を思い浮かべるのであった。母親秋江が不可解な偽りを張り巡らせていることに関して、幼い千江がその理由について何一つ知らないとすれば、「一層哀《あわ》れだ……」と思うしかない銀次郎だった。

「母娘《おやこ》の後ろには何かが隠されている。大きな何かが……」

銀次郎はそう漏らして、手に持ったままの空《から》の盃を、力なく膝《ひざ》の前に下ろした。

千江のあの幼い可愛さは、演じられたものではなく真《まこと》のものだと思っている。

「何が取り囲んでいるというのだ。あの母娘《おやこ》の身辺を……」

呟いた銀次郎は、鉄瓶を手にして立ち上がり、広縁に立った。そして、残り酒を捨てようと注ぎ口を傾けたが、こぼれ出たのは僅《わず》かな量だった。一升は軽く入る鉄瓶であったから、それなりに呑んだことになる。

　亀島川の飛市のところでも勧められてかなり呑んでいたから、酒に強い銀次郎ではあったがさすがに足元に、ふらりとした感があった。

「さてと……あれこれ考えるのは陽《ひ》が出てからとして……眠るか」

　銀次郎は鉄瓶、盃、御重を「仏間」へ移して、月を眺めるため開けてあった廊《ろう》下《か》の二枚の雨戸を閉じた。

　この雨戸の外側、つまり「廊下の外側」にあって屋敷をほぼ取り囲むように走っているのが「広縁」だった。

　この広縁は濡《ぬ》れ縁《えん》であって雨戸は無い。

　銀次郎は仏壇の前に姿勢正しく正座をして両手を合わせた。

「母上、今宵は銀次郎いささか酔いました。これで休ませて戴きまする」

　合掌《がっしょう》したまま深々と頭を下げた銀次郎が、「ん？」とした顔つきで目を見開き天井を仰いだ。

　ミシッと小さな軋《きし》みが聞こえたような気がしたのだ。

　暫《しばら》く呼吸《いき》を止めるかのようにして天井を見上げていたが、その後は何事もなかった。

「鼠《ねずみ》がいても不思議ではないか……明暦《めいれき》の大火（明暦三年。一六五七・一・十八）で焼け残った古い屋敷だからのう」

ぶつぶつと呟いて銀次郎は仏間の大蠟燭《おおろうそく》の明りを消すと、隣の居間へと下がって床の間を頭に、手枕でごろりと畳の上に横たわった。この居間にも予《あらかじ》め明りを点《とも》してある。

その明りがゆらゆらと揺れてジジッと、小虫の羽音のような微《かす》かな音を立てた。

床の間の刀架けに架かっているのは、黒鞘白柄《くろざやしろつか》の備前長永国友《おさながくにとも》の大小刀である。

役職も人物も実在しないと判った二見藩の三番位国家老の名が、堀内重兵衛国友とは、皮肉と言えば皮肉であった。堀内秋江とやらは、まさか桜伊家の家伝の銘刀が備前長永国友、と知って三番位国家老の名に国友を付して創った訳でもあるまいが。

銀次郎は直ぐに静かな寝息を立て始めた。

五体が心地よい酔いに包まれているのであろうか、穏やかな寝息だった。

今宵は、まさに真昼を思わせるような満月の夜である。

夜空には雲ひとつ無く、満月は目に眩《まぶ》しいほど皓々《こうこう》と青白く輝いていた。

桜伊家の庭では、虫の鳴き声が盛んであった。その鳴き声が、夜の静けさを一層のこと深めていく。

と、その鳴き声が一斉《いっせい》に、ぴたりと止《や》んだ。まるで申し合わせたような鳴き止みだった。

そして、異変が生じた。

月下の中空《ちゅうくう》に一つの黒い影が躍《おど》り上がるや、それは軽々と桜伊家の高い築地《ついじ》塀《べい》を飛び越え、ふわりと庭に沈んだ。下り立ったのではなく沈んだのだ。地面に伏しているのか、姿は見えない。

次いで、二つ目の黒い影が月下に舞い、そのあと次々と黒い影が桜伊家の築地塀を飛び越えた。

その数、合わせて七つ。

かなりの間、その七つの影は庭に沈んだままであった。チリッとした小さな音ひとつ立てない。ひたすら「無気配」。

その間、流れ雲のかけらさえ無かった夜空であったのに、いきなり現われたかのようなひと塊《かたまり》の雲が月と重なって闇をつくり、それが二度、三度と繰り返され庭に不気味な「明」と「暗」が入れ替わり訪れた。

そして幾度目かの「明」が訪れたとき、皓々《こうこう》たる月明りの中に七つの影がすっくと立ち上がっていた。七人が七人とも黒ずくめで、覆面《ふくめん》で隠された顔は目だけを覗《のぞ》かせている。一見、忍び装束《しょうぞく》に見えなくもなかったが、しかし七人が腰に帯びているのは特徴あるやや短めな忍び刀などではなく、あきらかに侍の大刀であった。しかも小刀をも帯びている。

ひとりが二手方向へサッと手を振った。

七人は四人と三人に分かれ、三人の組は足音を全《まった》く立てることもなく、さながら風のように屋敷の反対側へと消えていった。

何かを待っているのか、その場に残された四人は左手を刀に触れて立ち尽くしたまま微動《びどう》だにしない。

やがて屋敷の反対側から、梟《ふくろう》の低い鳴き声が二度、聞こえてきた。

すると四人は頷《うなず》き合い、目の前の広縁に向かって足音ひとつ立てずに、近付いていった。

それは偶然なのか、それとも計画的に承知してのことなのか。銀次郎が苦い月見酒を味わっていた位置から二間ばかり右寄り、つまり居間の真正面である。

銀次郎は仏間に隣接したその居間で、まだ眠りの中にあった。

亀島川の飛市のところで、そしてこの屋敷で、かなりの酒が体に入っているのである。

穏やかな寝息は、まだ続いていた。その眠りを覚ますような物音はどこからも聞こえてこない。微《かす》かな足音ひとつ立てない気配無き七つの影は、一体何者なのであろうか。

やがて、居間の障子《しょうじ》の上から下にかけて、一条の――か細い――光が差し込んだ。

外の月明りであろう。

用心のためかそのか細い月明りは、障子に青白い糸を引いたままかなり長い間、変化を見せなかった。

やがて、その青白い線がゆっくりと、実に苛立《いらだ》ちたくなる程にそろり、ゆっくりとその幅を広げ出した。

廊下の雨戸がコトリとした音も立てずに開けられつつあることは明らかだった。それにしても見事という他ない雨戸の開け様《よう》であり、用心深さであった。

連中は「気付かれはすまい」という侵入業《わざ》に余程の自信があるのであろう。大胆にも月明りを背に浴びた四つの影が障子に大きく映り出した。室内の銀次郎に気付かれていたなら、何が目的であるにしろ只《ただ》ではすまない。

不幸にも銀次郎が殺《や》られたとしても、侵入者側にも相当の犠牲者が出ることだろう。ただの青侍ではないのだ銀次郎は。

その銀次郎は、相変わらず静かな寝息を立てていた。居間の大蠟燭《おおろうそく》は残り一寸余を残すほどにまで溶けてはいたが、それでもしっかりした明りを点《とも》している。

その大蠟燭がジジジッと小さな音を立てたとき、今度は障子が僅《わず》かに動いた。

ここまで侵入できたのであれば障子を激しく蹴り倒して一気に踏み込んでもよい筈《はず》であるのに、それを選択しない。

相変わらず、徹底してそろりと用心深い。一片の失敗もなく確実に目的を達せんとするがための用心深さなのであろうか。

居間の障子が少しずつ開いてゆく。ひたすら音を立てぬように気を配っている開け様《よう》だった。

差し込む月明りが銀次郎の掛け布団《ぶとん》の上に広がり出した。その下にある銀次郎の肉体《からだ》は熟睡のためかぴくりとも動かなかったが、さすがに寝息はとまっている。肉体《からだ》は眠ってはいても、皮膚の下に潜《ひそ》んでいる五感の刺激というものが、差し込む月明りや障子に映った人影を微妙に感じ取った結果、であるのだろうか。

やがて障子二枚は完全に左右に開けられ、先《ま》ず居間へ足音を殺して一歩を侵入させた二人が、サリサリサリと微かに鞘《さや》を鳴らして抜刀した。

刃《やいば》が月明りを浴びてギラリと光る。

抜刀した二人が顔を見合わせて頷《うなず》き合い、続いて後ろに控えていた二人も抜刀した。

前《さき》の二人が、それが打ち合わせであったのだろう、矢庭に銀次郎が眠っている布団めがけて飛びかかり、無言のまま刀を突き立てた。

一度や二度ではない。矢継ぎ早の滅多《めった》刺《ざ》しだった。

だが幾度目かで、二人の刺客の内の一人がハッとしたように飛び退《さ》がり、もう一人が布団をめくった。

掛け布団の下にあったのは、棒状に丸めた別の布団だった。

「しまった。逃げたか」

「逃げても構わん。目的の物さえ奪えればな」

「しかし、必ず殺《や》って奪え、との御指示だぞ」

「だが、逃げていなくなった者は殺れまい」

囁《ささや》き合う四人のところへ、先程《さきほど》屋敷の反対側へ姿を消した三人が音もなく現われて加わった。うち一人が、細長い白木の筒を手にしている。桐の中を刳《く》り貫《ぬ》くようにして作られたものなのであろうか。

差し込む月明りが当たるその白木の筒の中央部に、くっきりと目立っているものがあった。

金色《こんじき》で刷り込まれた葵《あおい》の御紋《ごもん》である。

「手に入れたな」

「おう、手に入れた」

「どうも簡単すぎるぞ。まさか、その白木の筒、まやかし物ではないだろうな」

「大丈夫だ。しっかり葵の御紋が入っている」

「うむ……」

「蔵の鍵もな案外と簡単にあいたわ。で、奴は殺ったのか」

「いや、逃げられた。いち早く我等の不穏な気配を感じたらしい」

「では用は済んだ。長居は危険だ。早く引き揚げよう」

「うん、急ごう」

七人は囁《ささや》き合い、そして頷き合うと、抜刀していた者はそれを鞘に納め、雨戸が開いているところから広縁に出て次々と庭先へ下りた。

「ふふふっ。土足で座敷に踏み込んだ詫《わ》びに、雨戸くらいはきちんと閉じておいてやるか」

黒ずくめの一人が思い出したように、広縁へと引き返しかけた時であった。

「そんな気遣いはいらねえよ」

月下の深夜に物静かな渋い声が、遠慮のない大きさで広い庭に響いた。

衝撃が七人の間に走って、皆一斉に声のした方を振り返った。

十間《けん》ばかり離れた位置で、雄々《おお》しく四方へ枝を広げている巨木の陰《かげ》から、ふらりと一人の侍が現われた。

大小刀を腰に帯びた当桜伊家の主人《あるじ》銀次郎である。

七人がザザッと庭土を鳴らして二、三歩退がり、綺麗《きれい》に呼吸を揃えて抜刀した。

「そんな所に隠れていたか桜伊銀次郎」

黒装束の一人が六人のやや後ろの位置にいて、呻《うめ》くように呟いた。右片手で抜刀し、左手には例の白木の筒を持っている。しっかりと鞘に納まった刀を左手で鯉口《こいぐち》を切らずに右片手だけで抜刀するのは、易《やさ》しいようで決して易しくはない。

「ほほう、理由《わけ》は知らねえが、矢張り私《あっし》を狙っての侵入でしたかえ。ご苦労なこった。いや、お前《めえ》さんが左手にするのは、桜伊家が家宝ともする神君家康公から頂戴《ちょうだい》した『感状』じゃあねえか。若《も》しかしてそれが狙いの本命だったかえ」

言いながら銀次郎はゆっくりと抜刀した。構えもせず、体の線に沿って切っ先をだらりと下げたままだ。

「殺《や》れっ」

「感状」を手にしている黒装束が、命令調の低い声を発した。どうやら其奴《そやつ》が侵入者たちの頭《かしら》らしい。

「よござんす。来なせえ」

銀次郎がようやく刀を下段に構えた。綺麗な下段構えだ。

その瞬間、いや、僅《わず》かにその直前と言った方が正しいのか、黒装束二人が銀次郎に向かって矢のように突っ込んだ。二人とも申し合わせたように八双《はっそう》の構え。月光を浴びた刃が鋭く光る。

と、銀次郎も下段構えを崩さず、向かって来る相手に姿勢を低くして疾風《はやて》の如《ごと》く挑んだ。反射的と言っていい速さだった。

「せいっ」

「むん」

気合と共に左右から横面《よこつら》に激しく打ち込んできた暗殺剣を、下段構えだった銀次郎の剣が地から天に向け右斜め上方へと走り、次の刹那《せつな》その刃は反転するかのようにして天から地へ、つまり左斜め下方へ叩きつけるように走っていた。

二本の暗殺剣の内の一刀が撥《は》ね上げられて刺客は後方へ大きくよろめき、もう一刀は峰《みね》を思い切り打たれて切っ先を地面に沈めた。

この時にはもう銀次郎は役目を終えたかのように素早く一間半ばかり飛び退がり、静かな表情で片手正眼《せいがん》構えをとっていた。

なんと、いつの間に抜き放ったのか、左手に小刀が握られている。

それよりも、異様な光景を見せているのは、刺客二人の方だった。

二人とも、がっくりと地面に片膝《かたひざ》をついて、もう一方の脚《あし》の膝頭《ひざがしら》を押さえているではないか。

銀次郎の小刀で、膝頭を割られていたのだ。圧倒的な力量の差だ。押さえている掌《てのひら》の五本の指の間から、血があふれ出している。

だが、二人とも歯をくいしばってはいるが苦痛の呻《うめ》きは発しない。

白木の筒を手にする黒装束が呟《つぶや》き、四名の刺客がザッと地面を鳴らして四方から銀次郎を囲む。

「無外流か……」

「そのまま其奴の動きを抑えておけい」

白木の筒を手にした頭《かしら》らしい黒装束はそう言うと、足早に再び広縁に上がり廊下の向こうへと姿を消した。

銀次郎が「ぬぬっ」と険《けわ》しい顔つきになって一歩を踏み出そうとすると、取り囲む四人の刺客の間に殺気が膨《ふく》れあがり、またしてもザッと地面を鳴らして取り囲む輪を縮めた。

　廊下の向こうに消えた黒装束は直ぐに現われた。

　銀次郎の表情が「あっ」となる。なんと相手は先端で炎をあげている筒状の「感状」を手にしているではないか。

「おのれら、矢張り『感状』が狙いだったな」

「それと、ご当主様のお命頂戴だ。尤《もっと》も、これを失えば、お命を頂戴したと同じようなものだが」

「燃やすとは、許さねえ」

　憤怒の形相《ぎょうそう》となった銀次郎が、取り囲む四人の内の一人に突っ込んだ。

　炎《ひ》の玉のようになって挑みかかってきた銀次郎に、其奴が圧倒されてか滑るようにして退がる。

　と、銀次郎が地を蹴《け》って舞い上がるや、宙で体の向きを後ろへ向けた。

　銀次郎の背に追い縋《すが》ろうとしていた別の黒装束が、向きを急変させて目の前にふわりと下りてきた銀次郎に構えを失って慌《あわ》てた。

「ぬん」と、銀次郎の刀が斜めに走る。

辛《かろ》うじて第一撃を刀の峰で受け返した相手であったが、この時は銀次郎の左手にある小刀が一閃《いっせん》していた。

「うわっ」と、悲鳴を上げた黒装束が、仰向《あおむ》けに倒れてのたうちまわった。膝から下がいびつに折れ曲がっている。

筋皮を残し、骨まで断ち割られたのであろうか。

「てめえ」

と、銀次郎は広縁に迫ったが、広縁の上の相手は勢いよく燃えあがって半ば以上を失ってしまった「感状」を、銀次郎に投げつけた。

銀次郎がそれを左手の小刀で受け払った僅かな隙《すき》を衝《つ》くようにして、傷ついた仲間を残した四人は閃光《せんこう》のような速さで銀次郎から離れていった。鍛え抜かれた一糸《いっし》乱れぬ退却の動きだ。

「逃がすか」と銀次郎は追ったが、相手はたちまち塀を飛び越えて消えさった。

「あの速さ……まぎれもなく忍び」

ギリッと歯を嚙《か》み鳴らした銀次郎は、ようやく大小刀を鞘に納めた。

皓々《こうこう》たる月明りの中を、短い闘いのあった場所まで戻ってみると、銀次郎に脚を切られた三人は頭を寄せ合い矢車を描くかたちで仰向けとなり、舌を嚙み切っていた。

銀次郎は三人の黒覆面を剝《は》いだが、いずれも三十前後の見知らぬ面相だった。腰の大小刀をも調べてみたが、身分素姓につながるような特徴は見られず、また所持品も何一つない。

当然であろう。大きな役目を負って桜伊家に侵入してきたのだ。万が一の不手際を考えれば、身分素姓につながるものなど身に付ける筈がない。

この点は、伯父和泉長門守を狙ってこの屋敷へ最初に討ち入ってきた連中と同様だった。銀次郎に殆《ほとん》ど一撃で倒されたその侵入者の身分素姓も、人脈豊かな長門守をもってしても、いまだに判明していない。

「それにしても、まずいことになりやがったい」

燃え尽きて薄煙りを僅かに上げている「感状」を見て、銀次郎は舌を小さく打ち鳴らした。

三十七

翌朝、廊下を踏み鳴らす足音で、銀次郎は居間の寝床の上で目を覚ました。伯父和泉長門守の足音であると直ぐに判った。

「起きておるか銀次郎」

長門守はそう声を掛けながら、雨戸のところどころを開けているのか、足音が近付いてくるにしたがい廊下が明るくなり出した。

銀次郎は布団の上に正座をして、大きな欠伸《あくび》を一つした。

と、居間の障子に日が差し込み、眩《まぶ》しさの余り銀次郎の目が細くなる。

だが、障子は開かれなかった。居間の直ぐ前にいる筈《はず》の伯父の動きも消えている。

銀次郎には伯父の表情だけでなく、完全に動きを止めているらしい伯父の姿勢までが容易に想像できた。

深夜の侵入者の内三人は、銀次郎に脚をやられて動けなくなったあと、舌を噛み切って自害している。

その三人の骸《むくろ》は、そのまま庭先に放置されたままだ。

今朝にも伯父の屋敷を訪ねて、骸の処置を頼むつもりでいた。

その伯父の方から、訪ねてきたのだ。大坂行きを中止した銀次郎のことが心配だったのであろうか。

しばらくして居間の障子が勢いよく開いた。

「おはようございます伯父上」

銀次郎は寝床の上で両手をつき丁重に頭を下げた。

「なんだ。起きていたのなら返事の一つぐらいしたらどうだ」

「いや、正にたった今、伯父上の気配に気付いた次第で」

銀次郎はそう言うと両の目を手でこすって、また欠伸をした。

「さっさと布団を片付けて仏壇に朝の挨拶《あいさつ》をするのじゃ」

「はい」

庭先の骸のことには一言も触れず、長門守は隣の仏間へと入っていった。このあたり、さすがに「武の人」である。

銀次郎は布団を押入に納めると、廊下に出た。

庭先の三つの骸が目に入った。一つはこちらへ顔を向けて銀次郎を睨《にら》みつけていた。覆面は銀次郎の手ではぎ取られている。

銀次郎は仏間の向こう端まで雨戸を開け放ってから、朝陽が差し込む仏間へと入ってゆき、正座して合掌し目を閉じている伯父の後ろに座った。

長門守が合掌を解き、正座の姿勢のまま体の向きを変えて銀次郎と顔を合わせた。

「で、幾人が侵入したのじゃ」

「七名です。三名は脚を斬って動けぬようにしたのですが、残り四人が退却するや見捨てられたとでも思ったのか舌を嚙み切りました」

「うむ……嚙み切ったか……舌を」

「はい。深夜のことゆえ伯父上には朝になってから御相談を、と思っておりましたのですが」

「骸三つについては、私が対処する。お前が心配せずともよい」

「骸の顔をよく検《み》て戴きたく思いまする。身分素姓につながりそうなものは何一つ所持しておりませんでしたし。刀にもこれといった特徴は見られませんでした」

「お前の命を狙っての侵入のようであったのか」

「はい。それははっきり口に致しておりました。それから、もう一つ……」

「なに。もう一つ？……」

「私が侵入者相手に闘っているうちに、別動隊が防火蔵に忍び入り、神君家康公より頂戴いたしましたる『感状』を奪って私の目の前で火を付け燃やしてしまいました」

「なんと……」

「申し訳ありません。如何《いか》ようなるお叱《しか》りをも受けまする」

銀次郎は謝罪の言葉を口にしたが、頭を下げることはせず、伯父の顔から目をそらさなかった。

「そうか……侵入者は『感状』の保管場所が防火蔵であると矢張り知っておったか」

「矢張り……と仰《おお》せられますと？」

長門守は銀次郎のその問いには答えず、チラリと天井を見上げ、そしてそのあと立ち上がると、八枚の大障子の受け柱——大黒柱にも見える——の一つにそっと耳を当てた。

銀次郎にとってそれは、はじめて目にする珍しい伯父の姿、様子であった。

だが長門守はすぐに柱から離れるや、

「ともかく骸を検《み》てみるか銀次郎」

と、廊下から広縁へと出て雪駄《せった》をはき、庭に下り立った。

銀次郎は伯父の後に従って、骸へと近寄っていった。

「こ奴らの身形《みなり》、どことのう御公儀の忍び侍に似ておるな銀次郎。が、しかし、人脈の広さでは知られた儂も、このような顔は見たことがない」

「左様ですか」

「だが見事に舌を嚙み切ったあたり、生半《なまなか》な者ではなさそうじゃ」

「確かに」

「しかしな銀次郎……」

と、ここで長門守の声が急に低くなる。

銀次郎はさり気なく伯父の顔へ耳を近付けた。

「燃やされた『感状』だが、あれは贋物《にせもの》じゃ。本物は我が屋敷の蔵へ移してな、厳重に管理されておる。心配せずともよい」

「えっ、真《まこと》でございますか」

銀次郎は驚いたが、それを表情へ出すのを抑えて、穏やかに応じた。

「この屋敷の天井裏とか床下にな。最近になってからじゃが、時として異様な気配を感じておったのじゃ」

「それは気付きませんでした」

「お前はな。気付くほどにには、この屋敷を訪れていないということじゃよ。自分の屋敷であるのにな」

「も、申し訳ありません」

「その異様な気配に気付いた儂は、お前には言わずに贋物をつくり本物を我が屋敷の蔵へ移したということじゃ」

「ありがとうございます。それに致しましても伯父上。桜伊家の家宝でもある『感状』は、そう誰彼に知られているとは思いませぬが」

「なあに、武家が勿体《もったい》ぶって秘匿《ひとく》する家宝などというものは、見つかるため、気付かれるため、にあるようなものじゃ。家宝が原因となった騒乱は過去の歴史を振り返れば五万とある」

「はあ……ま、それはそうかも知れませぬ」

「問題は、こ奴ら侵入者の本当の目的は何かということじゃ。本当の目的はおそらく、お前でも『感状』でもない。それを調べてみい銀次郎。大変なものを摑《つか》むことになるかも知れぬぞ」

「ええ、やってみましょう。『感状』が無事と判って、安心致しましたゆえ」

「では、この骸を片付けさせよう」

長門守はそう言うと、玄関次の間がある方角へ向かって「田倉、松尾、猪澤の三名これへ……」と、よく通る低めの声を発した。

直ぐに庭伝いに近付いてくる足音があった。

銀次郎は、伯父の家臣であるその三名を無論よく知っていた。三名とも柳生新陰流の達者で、学問をもよくやる伯父の腹心だった。年は共に三十前後。

やってきた三人は銀次郎に対して軽く頭を下げると、長門守の前に並んで片膝《かたひざ》をついた。

「こういう場合のために教えてあった手順に沿って動いてくれ。上の方に対しては、今日中にも儂が報告を済ませておく」

長門守が三人に命じたのは、それだけであった。

「畏《かしこ》まりました」と頷いた三人の家臣の動きは、柳生新陰流の達者らしく、てきぱきとして素早かった。

三人は頷き合うと、決して小柄《こがら》ではない三つの骸をそれぞれ肩に担《かつ》ぎ、再び玄関次の間の方へと引き返していった。

長門守はその後に訪れた静寂《せいじゃく》を深々と吸い込み、そして静かに吐き出して「これでよい」と呟いた。

三十八

和泉長門守兼行が桜伊邸の勝手口門から出たのは、それから小半刻《こはんとき》ほどの後だった。使い古した感じの深編笠《ふかあみがさ》をかぶり、着ているものも年中着通したものとしか見えない、よれよれの着流《きなが》し巻《ま》き羽織《はおり》の身形《なり》だった。この用心した姿で桜伊邸を訪れたのである。どこから眺めても浪人としか見えない。

銀次郎に諭《さと》され、いつ自分に向かってくるか知れない刺客を、本気で警戒し始めたのだろうか。

長門守は腰の両刀にも気を配っていた。いつもの拵《こしら》えの優れた業物《わざもの》、粟田口景光《あわたぐちかげみつ》ではなく、鞘《さや》の塗りの剝《は》げや鍔《つば》の錆《さび》が目立つ小銭刀《こぜにがたな》（一文銭でも買えそうな刀）だった。

この長門守に付き添っている家臣は骸《むくろ》の処置を命じられた先の三人とは別の二人。矢張り長門守と同じような浪人風の身形だったが、この二人は家臣の中でも三指に入る、共に今枝流剣法（初實剣理方一流剣法《しょじつけんりかたいちりゅうけんぽう》とも）の手練《てだれ》だった。

ひとりを高槻左之助《たかつきさのすけ》と言い四十八歳。

もう一人は高槻仁平次《にへいじ》二十三歳で、この二人は父子《おやこ》であり、父親の高槻左之助は旗本千五百石和泉家の、次席用人の立場にあって、その御役目の中の重要なものの一つとして、主人《あるじ》の「身辺警護」があった。

背丈が五尺七寸と恵まれている左之助に比べて嫡男《ちゃくなん》である仁平次は五尺一寸

ほどの小柄で痩《や》せた体つきであったが、剣を取っては父に勝る手練である。

三人は晴れ渡った朝空の下を、長門守を間に挟むかたちで縦になってゆっくりと歩いた。先に立つのは小柄な高槻仁平次である。旗本屋敷が建ち並ぶ通りであったから朝のこの刻限、人の通りは殆《ほと》んどない。

（嫌な予感がして来てみると矢張りひと騒動があったわ。しかし、侵入者の狙いがもうひとつ摑《つか》み切れぬ。もしや、儂《わし》を狙うための攪乱《かくらん》工作として、桜伊家へ侵入したのであろうか……）

長門守は深編笠の中から油断なく辺りへ注意を払いながら、胸の内で呟《つぶや》いた。

無外流を極めている銀次郎に対する不安は、殆ど抱《いだ》いていない長門守である。むしろ、自分に対する不安の方が大きかった。なにしろ若年寄支配下の目付職に就《つ》いているのである。職制上の配下の数も大勢であり、それだけ権限と責任は大きいから、自分に向かってくる騒乱の処置の仕方を誤れば、目付の地位を失い、お家取り潰しにもなりかねない。

神君家康公の「感状」は桜伊家に対して与えられたものであり、和泉家に対しては有効とは考えられていない。

「ま、相手が素姓を現わすのを待つしかないが……」

ひとり小さく呟いて、家臣に古道具屋で入手させた腰の古びた刀にそっと左手を触れる長門守だった。

決して小心ではなく、むしろ豪胆《ごうたん》と言っていい性格の長門守であったから、向かってくる騒乱によって自身が失脚することなど、いささかも恐れてはいない。その時はその時だ、という半ば開き直った覚悟は、目付の職に就いた時からある。ただ、自身の失脚によって、家族や家臣を路頭に迷わせたくはない、という気持は強い。

(確かに、旗本諸家に対する儂《わし》の監察指導は、いささか厳し過ぎるかも知れぬなあ……)

そう思って、前後を警護してくれている高槻父子に気取《けど》られぬよう、大きな溜《ため》息《いき》を静かに吐き出した長門守だった。

このとき、先に立つ仁平次が「一町ほど前方より浪人風が四名……」と小声で告げ、長門守の背に、さすがに緊張が走った。

後ろの左之助に仁平次の言葉が届いていないことを考えて、長門守が「一町先に浪人風が四名……」と伝えた。

左之助が即座に「承知しております」と小声で答える。

幕臣の屋敷が建ち並ぶ閑静《かんせい》な「旗本御屋敷通り」である。浪人の身形をした長門守ら三人も、向こうからやってくる浪人風四名も、閑静なこの通りには決して似合ったものではなかった。

双方の間が次第に縮まってゆく。

緊張を背にする長門守ら三名は無言であったが、相手の四人は談笑し合っており、低い笑い声が長門守ら三名の耳にまで届いた。

長門守も高槻父子も深編笠を通して油断なく相手を見つめていたが、何やら楽し気に話し合っている四人の浪人たちは、お互い顔を合わせて笑い声を上げ、長門守らの方へ視線を向けてはいない。

双方の間が更に縮まってゆき、何処《どこ》かの寺から鐘を打つ音が物淋しく伝わってきた。かなり遠い。

談笑する四人の浪人は「旗本御屋敷通り」を塞《ふさ》ぐようにして横一列に広がって近付いて来つつあり、長門守らはそれと相対するのを避けるようにして通りの左側――旗本屋敷の塀側――へと寄った。

双方の間が遂《つい》に十一、二間《けん》ほどとなったとき、今度はかなり近い寺院で打つ鐘の音が響き渡った。刻限を告げる鐘の音ではなく、おそらく参詣者《さんけいしゃ》が打ち鳴らしたものなのであろう。

と、それが合図でもあったかの如く、四人の浪人が一斉《いっせい》に抜刀した。

それを予想でもしていたのであろうか、長門守に付いていた高槻左之助父子が瞬時と言ってよい素早さで長門守の前へと回り込み、父子揃って深編笠を脱ぎ捨てるや同時に抜刀した。

浪人四人が一言も発せず無言のまま突っ込んでくる。

形相凄《ぎょうそうすさ》まじい全力疾走の速さであった。

ここにきて長門守も「狙いは自分……」と判断を固めて深編笠を取り抜刀。

無言と無言が激突した。

小柄な仁平次がいきなり相手の小手に打ち込み、相手が顔を顰《しか》めて退《さ》がった。

それとは逆に父親の左之助が面、面、面の激しい連続打ちで追い込まれて、大きくよろめいた。

「と、殿。お退がりを……」

と、左之助が思わず叫ぶが、このときには二人の刺客が回り込むようにして、長門守に挑みかかった。

「仁平次、殿を……殿を……」

と叫びながら、左之助が懸命に相手の凶刃《きょうじん》を受ける。

仁平次は無言のまま相手を追い込んではいたが、相手も小手に傷を受けはしたが相当の手練。仁平次の剣を弾《はじ》き返して、業《わざ》は五分と五分であった。

長門守は二人の刺客に挑まれて、ザザザッと地面を鳴らして後退。

しかし、堅牢《けんろう》な正眼の構えを微塵《みじん》も崩さず「見事踏み込んで参れっ」と、大声を発し相手をはったと睨《にら》みつけるあたりは、さすが〝鬼目付〟と陰口を叩かれることすらある長門守であった。

左之助が「ちっ」と叫んで左手で右の肩口を押さえ、膝《ひざ》を折りかけた。左手の手指の間から、血が噴き出している。

それに気付いた小柄な仁平次が「ち、父上……」と狼狽《ろうばい》し、そこを見逃す筈《はず》もない刺客であったから「いえいっ」と裂帛《れっぱく》の気合を込めて仁平次の左胴へ切り込んだ。

ガチンと鋼《はがね》の音を響かせて、辛《かろ》うじて峰で受けはした仁平次であったが、相手の疾風の如《ごと》き勢いに小柄な体は堪《こら》え切れず、もんどり打って横転。それを見て右肩を負傷した左之助が「しっかりせい」と息子を叱咤《しった》しつつ己《おの》れの身構えを顔を歪《ゆが》めて立て直した。

「死ねっ」

刺客が横転した仁平次に対し大上段に振りかぶった。

長門守が思わず「止まるな、転がれ」と叫んだ時であった。

その長門守の脇を一つの黒い影――そうとしか見えない――が擦《す》り抜けるや、長門守と対峙《たいじ》する二人の刺客の内の一人が「かあっ」と断末魔の悲鳴をあげて、叩きつけられるように仰向《あおむ》けに沈んだ。

長門守の表情が「えっ?」となるが、このときには既《すで》に黒い影は仁平次に刃を振り下ろさんとしていた刺客に、体ごと激しくぶつかっていた。

仁平次を除く誰の目にも、そうとしか見えなかった。

だが、仁平次ははっきりと見た。自分の面前に飛び込んできた黒い影の右手にあった鋭く光るものが、相手の股間にするりと潜り込んで右斜め上へと切り上げたのを。

相手の左脚が体から離れ、信じられない勢いで横っ飛びとなり、左之助と向き合っていた刺客の横面《よこつら》にまともに当たった。

「うわっ」とのけぞる刺客。

その好期を逃さず右肩の痛みに耐えた左之助が「むん」と深く踏み込みつつ刃を真っ直ぐに繰り出し、その切っ先が刺客の胸を深々と貫いた。

刺客が声もなく沈む。

横転していた仁平次が素早く立ち上がり、仲間三人を倒されて残った一人が、向き合っていた長門守に背を向けるや脱兎《だっと》の如く逃げ出した。

仁平次が追いかけようとすると「放っておけ」と、長門守が大声で制止した。

仁平次はここでようやく、自分を助けてくれた相手を見た。

銀次郎であった。

「大事ないか、仁平次」

「はい、銀次郎様。大丈夫です。ありがとうございました」

「相手の剛剣が横っ腹に打ち込んできたなら、無意識反射的に反対側の脚を横方向へ充分に開かなければ駄目じゃ。両脚を揃え気味で受けるから、横転したりする」

「申し訳ありません。修練不足でございました」

「伯父上の身辺警護は大事ぞ。心と業の一層の修練に励んでくれ」

「はい、お約束いたします」

「左之助。その方の肩の傷はどうじゃ」

「大丈夫でございます。血は噴き出ておりますが、さほどの痛みはありませぬ。静かにしておれば、そのうち出血は止まりましょう」

「そうか……うん」

頷《うなず》いた銀次郎は表情を緩《ゆる》めると「よかったのう」と、左之助の息子仁平次の肩を軽く叩いた。そして斜め後ろに位置する長門守へ体の向きを変え「さて、伯父上……」と切り出した。

「隙《すき》の無い綺麗な正眼構えはさすがでしたな伯父上」

「当たり前じゃ。まだまだ刺客の不意討ちなんぞには負けぬわ」

長門守はそういうと、すでに息絶えて転がっている刺客三名の骸《むくろ》をジロリと睨《にら》みつけた。

「顔を知ったる者はいますか」

「いや、おらぬ。皆浪人髷《まげ》であり着ているものの見窄《みすぼ》らしさから見て、真《まこと》の食い詰め浪人であろう。儂《わし》に反発する者にカネで雇われたのかも知れぬな」

「屋敷までお送り致しましょう。いつまた刺客が出没するか知れませぬゆえ」

「それにしても、お前はまた、なにゆえ此処《ここ》へいきなり現われたのじゃ」

「わが屋敷のどこかに若《も》し、侵入者の『成果見届け人』が潜んでいたとしたなら、と考えて屋敷を出られた伯父上の後を追って参ったのです。なんとなく不吉な予感を覚えましたので」

「そうか……不吉な予感は当たっておったな」

「侵入者の『成果見届人』が、風のように動いて別の場所に待機させていた四人の浪人に、暗殺決行を命じたと考えられなくもありません」

「儂は今、幾つもの重大案件を抱《かか》えている。その案件の処理を進めることに対し反発を強めている有力者が確かに幾人かはいる……しかし銀次郎」

「これは、どちらの連中が動き出したのか判らんぞ」

「はい」

「どちら……とは？」

「お前がこれから突き止めようとする『長之介事件』絡《がら》みか、それとも目付である儂の仕事絡みか」

「なるほど。ですが伯父上、私がこれより本格化させようとする動きには、幕命が覆《おお》いかぶさっているではありませぬか。私に対する直命ではない、つまり伯父上を経由した幕命であるにしろ、不穏な連中の出没の背景は相当に根深いと見なければなりませぬ。いよいよ油断できませぬぞ」

「そうよな」

「この骸三体はいかが致します？」

「この直ぐ近くには和泉家の菩提寺《ぼだいじ》である珠念寺がある。ひとまずその寺へ骸を運び込むとしよう」

「それが宜《よろ》しゅうございますな。ま、その後の事の処置については伯父上にお任せ致しましょう」

銀次郎はそう言うと「仁平次……」と後ろを振り返った。

「珠念寺へ走ってな。大八車を借りて参れ。確か庫裏《くり》の裏手にある納屋にやや小振りな大八車が二台入っておるのを見た記憶がある」

「はい。確かに二台入っております。寺男の祥助《しょうすけ》に頼んで一台を借りて参ります。骸ならば三体、充分にのりましょうから」

「急いでくれ。人目につかぬ内に骸を珠念寺へ運び込みたい」

「承知致しました」

「深編笠をかぶって行けよ」

「はい」

仁平次は頷いて足元に落ちていた深編笠を拾いあげ、脱兎の如く駈け出した。

「さ、伯父上。屋敷へ……」

「うむ。参ろうか。歩けそうかな左之助」

傷ついた家臣を気遣う長門守であった。

「平気でございまする。これしきの手傷で、へこたれるような私ではありませぬぞ殿」

長門守は表情をやわらげると、すでに先に立って歩き出した銀次郎の後に続いた。

「ですが殿。私は大八車が着きますのを待って、倅《せがれ》と行動を共に致しまする」

左之助に後ろから言われた長門守の足が、三、四歩行ったあたりで止まり、振り返った。

「では銀次郎も此処《ここ》に居て貰《もら》おうかの」

「それはなりませぬ。殿は銀次郎様と共に、早くこの場から立ち去られた方が宜《よろ》しゅうございます。私は大八車が着くまでの間、用心してあの大きな公孫樹《いちょう》の木の陰に隠れておりますゆえ」

と、直ぐ近くに聳《そび》えている公孫樹の巨木の方へ視線を向けた。

「そうか、判った。ま、この刻限、この屋敷通りを往《い》き来する者は殆どいまい。もし、この界隈《かいわい》の旗本の目に留《と》まって、騒ぎが大きくなりそうなら公孫樹の木陰から出て……」

「殿の御名を出し、事件処理のためいま必要なる動きを取っている最中であることを告げまする」

「うん、それでよい。ではな……」

長門守は頷いて、少し間が空《あ》いた銀次郎の後ろから、足を速めた。

三十九

銀次郎は日が沈む少し前に、伯父に深編笠を借りて前倒し気味にかぶり、長門守邸の裏門から出た。大八車を借りた珠念寺で同時に傷の手当をも受けた高槻左之助と嫡男仁平次の父子が引き揚げてきたのは、一刻《いっとき》ほど前のことであった。その父子から「浪人たち三体の骸は珠念寺の住職が引き受けて下さり、寺の通報により駈けつけた寺社奉行所の役人が御奉行所へ通報してくれることになりました」と聞き、まずはそれでよいか、とひと安心した銀次郎である。

「さあてと……」

銀次郎は茜色《あかねいろ》に染まっている屋敷町を深編笠の下から油断なく眺めてから、表御門前の三段の石段をゆっくりと下りた。

空には一面、夕焼けが広がっている。

「六《ろく》さん（居酒屋「おけら」の主人《あるじ》）を訪ねてちょいと一杯、という訳にはいかねえんだなあ」

呟《つぶや》いた銀次郎は、（仕方ねえ、屋敷へ戻るか……）と自分に言い聞かせて歩き出し、すぐに「チッ」と舌を打ち鳴らした。

なんとなく歩き難《にく》いのであった。着ているのは、伯父から借りた浪人に装うための古い継《つ》ぎ接《は》ぎ着物である。

（こいつを着ていちゃあ、いざという場合に手足の動作に鈍《にぶ》さが生じるかも知れねえな）

銀次郎は、また舌を鳴らした。着付《きつけ》拵《ごしらえ》にも異才を発揮している銀次郎である。いま着ているものが瞬発を必要とする動作にどれほどの支障があるかは、ひと歩きしたくらいで大凡《おおよそ》の見当はつく。

「仕方がねえ、行くか。こういう場合《とき》、しっかりした助けを貰えるのは、やっぱり季代お内儀《かみ》（太物《ふともの》問屋「近江屋」の女主人《あるじ》）しかいねえやな」

銀次郎はひとり呟くと、歩みの向きを真逆へと変えた。

頭上を、何という鳥であろうか、夕焼け空の下を群をなして西の方へと飛んでゆく。

銀次郎は足を急がせた。なるべく目抜き通りを避けて、路地から路地へと複雑で遠まわりな道を選び、日本橋の「近江屋」へと向かった。

目抜き通りをなるべく避けたのは、尾行されるのを避けるためだった。「近江屋」へ不穏な連中を侵入させるような事になっては一大事である。

(店の表口が閉まってから、裏口からそっと忍び入って季代お内儀《かみ》に会った方がいいかも知れねえな……)

と、銀次郎は思った。浪人の身形《みなり》であるだけに「近江屋」の奉公人たちに余計な刺激を与える訳にはいかない。

あくまで「銀次郎は大坂へ向かっている」と思わせなければならないのだ。

ただ、屋敷に侵入した刺客のうち、銀次郎に殺《や》られずに逃げ去った者は、銀次郎が大坂へは向かっていないことを知っている。

「屋敷へ侵入しやがったのは一体《いってい》何者なんでい。権道《ごんどう》殺しや長之介殺し、あるいは両替商『巴屋《ともえや》』の殺人放火に絡んだ連中なのか。それとも伯父上への単純な恨みの集団なのか……」

呟き呟き歩みの速さを緩《ゆる》めることのない銀次郎だった。

真っ直ぐ長い路地を行く銀次郎の歩みが、少し緩んだ。路地の向こうに薄暗くなった大通り（商《あきな》い通り）が、路地口の外行灯《そとあんどん》（外灯用の大行灯）の明りと共に見えてきた。

綺麗な茜色だった夕焼け空は、すでに朱と黒の入り混《ま》じった暗い色に変わっている。闇の訪れは間もなくだ。

路地から大通りに出て右を見れば、太物問屋「近江屋」の商い間口（表玄関）が手の届くところに見える筈であった。

「用心深《ぶけ》え季代お内儀《かみ》のことだから押し込みを警戒して、もう表口は閉ざしているだろうぜい」

そう呟いた銀次郎の足が、不意に止まった。

路地口に現われた遊び人風な町人三人が、こちらに向かって入ってきたのだ。外行灯の明りを浴びた顔が、銀次郎には薄《うっす》ら赤く見えた。この刻限、もう一杯機嫌なのであろうか。

わざとらしい大声で「あの女はよかった……」などと喋《しゃべ》り合いながら、下品な笑いを放っている。

狭い路地を三人は肩をぶっつけ合うようにして横いっぱいに広がりながら次第に銀次郎に近付いてくる。

銀次郎は、三人と擦《す》れ違えるよう商家の壁に背中を張り付けた。

三人との間が縮まって、三人の喋りと笑いが一層甲高《かんだか》くなる。

「恐れ入りやす」

「申し訳ござんせん」

「失礼いたしやす」

銀次郎の直ぐ間近まで来た遊び人風の三人が、申し合わせたようにそれぞれ口に出して丁重に腰を曲げた。

銀次郎は「うむ」と、頷《うなず》きを返した。決して油断はしていなかったが、格別に緊張もしていなかった。相手は遊び人風とは言え無腰の町人である。侍が無理に町人に変装している、という風にも見えなかった。

三人は腰をやや低めにして遠慮がちに銀次郎の前を通り過ぎようと、より近付いてくる。

このとき双方の間に漂っていた雰囲気は、穏やかなものだった。やわらかな丸い雰囲気、とでも言えばよいのであろうか。

狭い路地を通り過ぎようとする三人のためを思い、銀次郎の姿勢は背を商家の塀に張り付けて、両手を下げた直立に近い恰好《かっこう》だ。

肩を窄《すぼ》めるようにして窮屈《きゅうくつ》そうに銀次郎の前を通り過ぎかけた三人の内、銀次郎に一番近い側の男の頭が深編笠《ふかあみがさ》に触れて僅《わず》かに動いた。

刹那《せつな》、銀次郎の肉体の内側で反撃の本能が炸裂《さくれつ》した。

だが遅かった。銀次郎の深編笠に頭を触れさせた男は、次の瞬間には銀次郎の喉首《のどくび》に飛びかかっていた。

飛びかかるのと、両手で銀次郎の首を剛力で絞めあげるのが殆《ほとん》ど同時と言ってよい素早さだった。

そして別の男が、同時に矢のような動きを取っていた。銀次郎の腰から一瞬のうち大小刀を奪い取るや、商家の高い塀越しに庭内へ投げ込んだのだ。

それを凶器に用いなかったのは、出血を伴わずに銀次郎を倒すことが狙いなのか？

銀次郎も、やられっ放しではない。大小刀を奪い取られる寸前には相手の胸に両掌を当て渾身《こんしん》の力で突き飛ばしていた。

突き飛ばしはしたが、しかし予想もしていなかった剛力で絞めあげられた喉は、ほんの短い間であったとはいえ、大きな痛手を受けていた。

上体を前かがみにして銀次郎は激しく咳込《せきこ》んだ。かぶっていた深編笠が地面に落ちる。

突き飛ばされて仲間にぶつかった男が体勢を立て直し、銀次郎に挑みかかった。刃物は手にしていない。矢張り出血させることを避けているのか？

男の拳《こぶし》が唸《うな》りを発して銀次郎の下顎《したあご》に打ち込まれた。

前かがみで咳込んでいた銀次郎の体が顔を上げて大きく反《そ》り返り、商家の塀に大きな音を立ててぶつかった。

塀が軋《きし》み鳴る。

銀次郎にとっては、これまで味わったことのない、男の強烈な拳業《こぶしわざ》だった。

しかも休まない。後ろへ伸び切った銀次郎の腹へ、息も継がせまいとする閃光のような二連打が炸裂。

後ろへ伸び切った銀次郎の体がまたしても前へ深く沈み、「ぐあっ」と苦悶《くもん》の呻《うめ》きを発した。

尚《なお》も男は休まない。銀次郎の左右の頰《ほお》へ拳がめり込んで鈍《にぶ》い音を立て、その口から血泡《ちあわ》が噴き飛んだ。

奇襲によって、反撃力を完全に奪われている銀次郎だった。

「くらえっ」

男の低い怒声を背負って、恐らく最後の一撃の積もりであろう、大きく水平に振りまわした拳が、銀次郎の脇腹でドスンと音を立てる。

「むむ……」

たまらず銀次郎が両膝《りょうひざ》を折り、額《ひたい》を地面につけたくの字となって動かなくなった。

「もう一つ、おまけじゃ」

言うなり男は、くの字となっている銀次郎の腹部を、すくい上げるようにして蹴り上げた。

銀次郎の体が浮き上がるようにして横倒しとなる。呻き声ひとつ立てない。

「案外と簡単にいったではないか」

「最後の仕上げだ。絞めあげろ。急げ」

「この世とのお別れだな。和泉長門守も腰を抜かそう」

どうやら侍言葉のような三人であった。

相当に鍛え上げたと思われる拳業で猛威を振るった男が、倒れている銀次郎に馬乗りになろうとした時だった。薄暗さを一層増した大通りで、幾人かの話し声が生じた。

商家の塀に銀次郎が体を激しくぶつけるなどで、何事かと奉公人たちが騒ぎ出したのであろうか。

「まずいぞ。この場はこれ迄《まで》でよい」

三人の内、最後まで見守る様子に徹していた一番背丈《せたけ》のある男が命じるような口調で言い、三人は動きを綺麗に揃えて大通りとは反対の方——銀次郎がやってきた方角——へと走り出した。

このとき路地口から前掛けをした商家の手代《てだい》・丁稚《でっち》風四、五人が「大丈夫ですかあ」「誰か喜市《きいち》親分を呼んできてくれ」「幸庵《こうあん》先生に連絡だ」などと大声を出しながら駆け込んできた。相当な大声であったのは、後ろ姿を見せて遠去かってゆく三人の男たちを威嚇《いかく》する目的もあったのであろう。

その証拠に三人の男の逃げ足は、全力疾走へと移っていた。

と、あれほど痛め付けられていた銀次郎がむっくりと体を起こすや、「大丈夫。私の刀がこの商家の庭に投げ込まれた。あとで必ず取りに来ると主人《あるじ》に伝えておいてくれるか」と言い残すや、傍《かたわ》らに落ちていた深編笠を手に三人の男を追い出した。

但《ただ》し、相手に悟られないためにか、商家の塀に右の肩を殆ど触れ合わせる、つまり塀に溶け込むかのようにしての追跡だ。次第に深まってゆく日の暮れがそれを成し遂げさせていた。

情況を心配し慌《あわ》てふためいて駆けつけた商家の手代・丁稚風たちは、いきなり駆け出した銀次郎を唖然として見送った。

（この機会を逃がす訳にはいかねえ……）

銀次郎は自分にそう言い聞かせて三人の男を追った。相手に殴られた筈《はず》であったが、次第に力強い走りとなっていく銀次郎だった。どこをどの角度で殴らせるのが最も痛手が少ないか——を熟知している銀次郎である。無外流の鍛練の内でも、最も重要なものであった。

小体《こてい》な居酒屋の明りが漏れている最初の曲がり角まで来て、銀次郎は立ち止まり振り返った。闇色になりつつある中に突っ立っている商家の手代風たちが、表通りの外行灯《そとあんどん》の明りを背にしてまだ茫然《ぼうぜん》としている。

銀次郎は手を上げ素早く丁重に腰を折ってから、角を曲がった。

商家の手代風たちが口にした「喜市親分……」も「幸庵先生……」も銀次郎はよく知っている。この地域を担《にな》っている人脈豊かな初老の親分であり若い蘭医《らんい》だ。大坂に向けて旅立っている筈の銀次郎であったから、今ここで喜市親分と幸庵先生に顔を見られる訳にはいかなかった。町の人大勢と常に接触する機会がある喜市親分と幸庵先生である。いつ二人の口から「銀次郎は江戸にいる……」が漏れるか知れない。

（ただ……前を走っている三人が、俺を銀次郎と判《わか》っていて殴りかかってきたのなら、ま、俺が大坂へ旅立っていないことは知られているようなもんだがよ……）

銀次郎は三人の背中を捉《とら》えながら舌を打ち鳴らした。夕闇はすっかり濃さを増してしまっていたが、目のいい銀次郎は、走る速さを全く緩《ゆる》めない前方の三人を見逃《みのが》しはしなかった。

三人に銀次郎を加えた四人は京橋から新橋にかけてを、ほぼ一直線に走り抜けた。

夕闇の濃さはむしろ追跡する目のいい銀次郎に味方していた。

「驚いたぜい……」

銀次郎は呟《つぶや》いた。どれほど全力疾走が続いているだろうか、急所を避けて殴らせてやったとは言えさすがに少し息があがり出してきた銀次郎だった。にもかかわらず前方三人の足の速さはまるで突風のようで全く衰《おとろ》えていない、もう相当の道程《みちのり》（距離）を走っている。

「若《も》しかすると、またしても忍びか……」と、銀次郎は顔をしかめた。忍びだとすれば厄介《やっかい》な相手ではある。

やがて前方を行く三人の男たちは、通称日陰《ひかげ》町《ちょう》通りと呼ばれている小大名屋敷と町人街に挟まれた通りへと走り込んだ。この界隈《かいわい》は中川修理大夫《しゅりだいぶ》、酒井下野守《しもつけのかみ》、武田大膳大夫《だいぜんのだいぶ》など多くの小大名の上屋敷、中屋敷が密集していることで知られている。むろん銀次郎も、そうと承知してはいた。

このとき雲が流れて、それまで隠れていた満月が顔を出し、皓々《こうこう》たる明りが大地に向け降り出した。

町人の町並も密集する小大名屋敷も、青白い光を浴びて、くっきりと浮かびあがった。

と、三人の男たちはその明るさを嫌ったのか、路地へ入ったり表通りに出たりの、じぐざぐした走りを繰り返した。後ろは一度も振り返らない。そして其処《そこ》が目指していた所であったのか、三人の男たちは一度も後ろを振り返らないままに、大きな一本松と向き合った二階家の表口の腰高障子《こしだかしょうじ》を開け勢いよく姿を消した。

勢いよく姿を消したという形容そのままな三人の動き様《よう》だった。

銀次郎はその二階家の、手前で足を止め、大きく息を吸い込み呼吸を調え「全くよく走りやがるぜい」と、こぼした。

その二階家は、表口の腰高障子も二階のどの窓障子も大層明るかった。

満室なのであろうか、船宿だった。表口の軒に「ふなやど　濱《はま》」の大きな白《しろ》提灯《ちょうちん》が明りを点《とも》して下がっており、左手海方向から吹いてくる風でゆっくりと揺れている。

家並にさえぎられて海は全く見えないが、此処《ここ》まで来ると海岸は然程《さほど》に離れてはいない筈《はず》だ。

船宿の向こう脇には海に注ぐ流れがあって、かなりしっかりとした橋――金杉橋――が架かっている。

この橋が跨《また》いでいる流れの名を古川（上流部は渋谷川）と称した。

金杉橋から古川の流れに沿って凡《およ》そ四町《ちょう》ばかり（約四百四十メートル）を溯《さかのぼ》ると、川岸の右手に徳川将軍家（とりわけ徳川家康）と結び付きの深い増上寺《ぞうじょうじ》（浄土宗関東代表）と、その権勢下にある別当十か寺、子院三十か寺が軒を連ねて、広大な一大聖域を形成している。

銀次郎は荒れた呼吸《いき》が静まってから、「ふなやど　濱」の裏手《うらて》へと回り込んだ。

裏手の窓は、ちょうど増上寺の方角を向いたかたちとなり、この窓障子も大行灯か大蠟燭《おおろうそく》でか大層な明るさだった。普通、船宿の明りは暗いものだが……。

目の前に裏口と判る両開きの板戸があったので、銀次郎は用心深く手で押してみたが、ぴくりとも動かない。外見の印象よりは相当に頑丈《がんじょう》な拵《こしら》えのようだ。

「船宿らしくねえ頑丈さだな」

呟きながら銀次郎は表通りへと引き返し、辺りを見まわした。

金杉橋を渡って半町ほども行かない右手に、「めしさけ」の赤提灯がぶら下がっている。

銀次郎は金杉橋を渡り、後方を気にしながら「めしさけ」へと足を急がせた。船宿へ入った三人の男たちが銀次郎の尾行に気付いていたなら、再び船宿の外へ出てきて様子を窺《うかが》う可能性はある。

しかし、その心配もなく銀次郎は「めしさけ」の薄汚れた暖簾《のれん》を潜《くぐ》ることが出来た。

案外に広い店内だった。五、六坪はあるだろうか。大きめな古い醤油樽《しょうゆだる》をひっくり返して六つばかりを二列に並べ、それを挟むようにしてこれも古い長床几《ながしょうぎ》を置いただけの店だ。

だが、大層繁盛しており大混雑《だいこんざつ》していた。立ち呑みしている職人風も少なくない。

「お侍《さむれえ》さん、狭《せま》いがよろしかったらここへ腰を下ろしなせえ」

老中間《ろうちゅうげん》らしいのが、赤ら顔に笑《え》みを浮かべて、隣に座っている仲間らしい若い中間風を尻で「少し詰めねえ」と押した。

「すまぬな」

「なあに」

銀次郎と老中間との会話はそれだけだった。

深編笠を取って足元に置いた銀次郎の顔は、あれほど殴られたというのに腫《は》れは殆《ほとん》ど目立っていなかった。だが、こういう場合、刻《とき》が経《た》つにしたがって腫れが次第にひどくなってくる事が多い。そういえば銀次郎は二見藩邸のほど近くで、藩士多村兵三に、「もう駄目だ」と言わんばかりの悲鳴をあげた割には、背中を巧みに――軽傷で済むよう――斬らせている。

「何を召《め》しあがりますか?」

面倒臭そうな顔つきでやってきた白髪《しらが》頭の老爺が、醬油樽の上に飲み口の小さく欠《か》けた湯呑みをトンと置いた。

中の白湯《さゆ》が湯粒をはね上げて、小鰯《こいわし》の煮付けを盛り付けた隣の老中間の皿の端に飛んだが、老中間は気にもしない。

「熱燗《あつかん》を二本ばかりくれぬか。肴《さかな》は任せるゆえ適当に見繕《みつくろ》ってな」

銀次郎は穏やかな侍言葉で切り出した。

「へい」

「あ、それから爺《と》っつあん。俺はこの界隈《かいわい》に不案内で訊《き》くのだが、金杉橋向こうの『ふなやど濱』は、一見《いちげん》の飛び込みでも泊めて貰えそうかの」

「さあ、どうですかねえ。商売がうまくいかねえで長く閉じていた船宿でしてね。ほんの半月ほど前に何処《どこ》の誰とも知れねえ年配の旦那《だんな》が居抜き買い（店などを家具調度品などそっくり元のままの状態で買うこと）で始めやしてね。うちとは付き合いがまだねえんで、判りませんや」

「誰とも知れぬ年配の旦那……か」

「左様で」

「居抜き買いが出来るとなると、大商《おおあきな》いで財を成した商人《あきんど》であろうか」

銀次郎は、さして関心が無い口調を装って訊《たず》ねた。

「さあねえ。昼間、奉公人らしい男たちから『旦那さま、旦那さま』などと言われながら船宿から出てきたところを二、三度しか見ていねえから、よくは判りませんや。じゃ、忙しいんでこれで」

老爺は無愛想《ぶあいそう》な顔つきのまま、ちょいと腰を折ると銀次郎の前から離れていった。

すると、隣の老中間が銀次郎の耳に顔を寄せてきて囁《ささや》いた。

「お侍《さむれえ》さん。私《あっし》はこの店に足繁く通う常連なもので、『ふなやど　濱』の主人《あるじ》と思われる年配の旦那の顔てえのは、この店の爺《と》っつあんよりは何度も見かけておりやすよ」

「ほう、そうか。その年配の旦那とやらは飛び込みで訪ねても泊めてくれる気前《きまえ》はありそうかね」

「お侍《さむれえ》さん、大きな声じゃあ言えやせんが……」

老中間は声を更に潜《ひそ》めて、眉間《みけん》に皺《しわ》を刻んだ。

「あの船宿には奉公人を装った遊び人風な男たちの出入りが目立ち過ぎやす。ありゃあ泊まり客じゃあ、ありやせん。それに胡散臭《うさんくせ》え目つきの鋭い浪人たちや、その連中とは好対照な身形《みなり》のいい侍の出入りもあったりして、何だかよく判らねえ船宿でさあ」

「ほう……船宿らしくねえなあ」

「へい。本来の船宿ってえのは、お侍《さむれえ》さん。船頭や水夫《かこ》が泊まったり、船具の周旋《しゅうせん》をしたりと……」

「うん、まあ、それは知っておるが」

「で、ありやすのに、どうも日陰者《ひかげもの》の溜《た》まり場《ば》みたいな嫌な臭《にお》いを感じるんでさあ」

「溜まり場……とな？」

「いや、ちょいと譬《たと》えが悪いかも知れやせん。が、ありゃあ泊まり客を取ってはいやせんねい。今んとこ何ぞ悪い事をやっているらしいなんて噂は耳にしやせんがね。もし何ぞ悪い事をやっていたなら、なあに、中間の耳なんぞには、良くない噂なんてえのは直ぐに飛び込んできやすから」

「要するに悪い事をやっていそうな噂は今のところ無いが、普通でない薄気味悪い雰囲気の船宿なんだな」

「へい、全くそういうこって……」

「判った」

「あっしの名は菊三《きくぞう》。お見知りおき願いやす」

「菊三か。いい名だ」

と銀次郎が頷《うなず》いたところへ、小鰯の煮付けを盛り付けた皿と燗酒の徳利《とっくり》を二本のせた板盆（板切れを四角に切っただけの盆）を手にした白髪頭の老爺が、ムスッとした顔つきでやってきた。

「小芋《こいも》の煮たのは要《い》るかね」

「ああ、要る。貰《もら》おう」

「鯣《するめ》の焼いたのは？」

「いいから持ってきてくれ」

老爺はフンと下顎《したあご》を前へ突き出した態度を見せると、調理場の方へと戻っていった。

「恐《おっそ》ろしく無愛想な爺《と》っつあんだなあ」

「いつもの事でさあ。あれで悪気はねえんで」

「一杯受けてくれるか菊三」

「ありがとうございやす」

銀次郎は老中間菊三のぐい呑み盃《さかずき》に、なみなみと燗酒を注いでやった。

「船宿のことに話が戻るが菊三、先程《さきほど》この店の爺っつあんは『……半月ほど前に何処の誰とも知れねえ年配の旦那が……』という言い方をしたが、その年配の旦那てえのは、本当に何処の何者とも判らぬのか」

「へい。私《あっし》も船宿が店を開《あ》けてから見知った顔でして……」

菊三はそう言うと、隣で黙って大人しく盃をなめている仲間らしい若い中間に小声で訊ねた。

「おい小助《こすけ》、お前《めえ》は知っているかえ。船宿の旦那が何処の誰なのか」

「地獄耳と言われている菊三さんが知らねえのに、俺みたいな若造が知っている訳ありやせんよ」

若い中間は盃を持たない右手を顔の前でひらひら横に振った。

菊三が視線を銀次郎に戻した。

「お侍さん、今夜の宿なら『濱』のような薄気味悪い船宿なんぞは止《よ》して、この店を出て右手方向へ幾らも行かねえ所に目立たねえ小さな宿がありまさあ。若夫婦でやっている宿だが夫婦揃って大層気が利きやすから、その宿を使ってやっておくんなさい」

「菊三がよく知る若夫婦なのか」

「へい。亭主の方が私《あっし》と勤《つと》めが同じの元中間だったものですから」

「なるほど。宿が要るかどうかはまだ判らぬが、泊まる場合は其処《そこ》にしよう」

「ありがとうございます。さ、どうぞ……」

今度は自分の徳利を手に取って、銀次郎に差し出す菊三だった。

四十

銀次郎は注文した燗酒の徳利二本のうち一本を空にしたところで、老中間菊三たちとなごやかに別れて居酒屋を後にした。深編笠はわざと、置き忘れたかにして。

銀次郎が「ふなやど 濱」の方へと歩き出してみると、金杉橋の向こうに見えているそれは、既《すで》にどの窓も明りを消して皓々《こうこう》たる月明りの中にひっそりと浮かびあがっていた。

金杉橋の直ぐ手前まで戻った銀次郎が、慌《あわ》て気味に素早く高欄控柱《こうらんひかえばしら》——意外に大作りな——の陰《かげ》に身を沈めた。

「ふなやど　濱」の向こう側路地——船宿の裏手へ回り込める——から二人の黒い影が不意に現われたのだ。

「ん？」

高欄控柱の陰から顔半分を用心深く出して様子を窺《うかが》う銀次郎が、月明りの下、思わず眉《まゆ》を寄せた。

「一体《いってえ》どうしたと言うんでい。驚いたぜい」

と漏らして銀次郎は首を小さくひねった。

路地から姿を現わしたのは、見紛《みまが》うことのない二人であった。南町奉行所の市中取締方筆頭同心で、鹿島新當流《かしましんとうりゅう》の達者として知られる千葉要一郎《ちばよういちろう》と、左内坂の寛七《かんしち》親分である。

二人は共に明りを消して暗くなった二階を見上げては囁き合っている様子であ

ったが、やがて足早に市中方向へ立ち去り始めた。

「矢張りこの『ふなやど　濱』には何ぞ疑《うたが》え深い事があるのか？」

と銀次郎は高欄控柱の陰から出て、皓々《こうこう》たる月明りの中を次第に遠去かってゆく千葉同心と寛七親分の後を、立ち並ぶ町家の軒下《のきした》に体を張り付けるようにして尾行した。

が、幾らも行かぬ所――「ふなやど　濱」の前をほんの少し過ぎた辺り――で銀次郎の足は止まった。頭の後ろ上あたりからカタッという音が聞こえてきたからだ。

町家の軒下に張り付く位置にいた銀次郎は、用心深く通りへと乗り出し気味に二階を仰《あお》ぎ見た。ある予感があった。

果たして、であった。まともに月明りを浴びる「ふなやど　濱」の二階の窓障子が一尺幅ほど開いて顔半分が覗《のぞ》いており、次第に遠ざかってゆく千葉同心と寛七親分の後ろ姿を追っていた。

（女？……）

と、銀次郎が思ったとき、二階の窓障子は静かに閉じられた。覗いていた顔半分が一瞬女のように見えた銀次郎ではあったが、自信はなかった。男であったかも知れない。相手も月明りを用心してか、障子窓の外へ顔を突き出していた訳ではなかった。

「千葉旦那に寛七親分。何を突き止めて此処《ここ》まで来なすったかは知らねえが、気を付けなせえよ。すでに感付かれておりやすぜい」

銀次郎は呟きつつ前方を行く千葉同心と寛七親分の後を、町家の軒下に体を潜ませるかたちで追い出した。

銀次郎は想像した。何かを突き止めて此処まで千葉旦那を案内したのは、間違いなく寛七親分の方であろうと。そして親分の身の安全をふっと心配した。

それはともかく、当分の間は、前を行く二人にも江戸を発《た》ったと思わせておきたい銀次郎であった。千葉同心にしても寛七親分にしても、嗅覚《きゅうかく》の優《すぐ》れた町方として江戸の人達には知られている。とりわけ寛七親分の嗅覚は鋭く、これ迄《まで》の手柄は、数え切れない。この二人に——特に寛七親分に——張り付いておれば長之介殺しの情報が摑《つか》めるかも、と読み出した銀次郎であった。

東方向へ向かっていた二人は途中で北方向へと足を変えたが、歩みの速さは緩まなかった。さすがに〝歩き仕事〟には馴《な》れ切っている千葉同心と寛七親分の脚力だった。まるで次の目的地を決めてあるかの如く、どんどん歩いてゆく。

（この方向は、はあて？……次は一体《いってえ》何処へ行きなさるんでい？）

銀次郎は二人の後を追いながら、小さく首をひねった。

やがて二人の足は寺院の間を抜けて但馬出石《たじまいずし》藩、仙石讃岐守《さぬきのかみ》邸（上屋敷）の門前に達した。

此処に来てようやく、銀次郎には千葉同心と寛七親分が何処へ行こうとしているのか想像がついた。

六本木の二見藩である。

そうと想像がついて、さすがに銀次郎は肩のあたりを少し緊張させた。嗅覚に優れる町方の二人が歩みを全く衰えさせずに向かっているのだ。二見藩には矢張り大きな「何か」がある、と銀次郎は思った。

千葉同心と寛七親分の足取りが急に緩やかになった。肩を並べて歩き、ときどき千葉同心が寛七親分に話しかけ、「へい……」といった感じで親分が頷《うなず》いている。

二人のその様子に注意を払いながら、銀次郎は後をつけた。

二人の後ろ姿が、稲葉家（春日局の縁戚）下屋敷と秋田家（外様と譜代の間を往き来した陸奥《むつ》の名族）中屋敷の間を右に折れて飯倉片町の通りへと入ったことで、（間違いない。二見藩邸へ向かっている……）と、銀次郎は確信した。

稲葉家下屋敷の角まで来て足を止めた銀次郎は、直ぐに飯倉片町の通りへ折れるようなことはしなかった。前を行く二人が不意に振り向かないとは、限らない。

少し呼吸《いき》を調えてから銀次郎は、稲葉家下屋敷の塀の陰からそっと片目を覗かせた。

真昼のような、と言ってもいいような青白い月明りの下を、千葉同心と寛七親分が塀の角を右へ折れて姿を消した。

銀次郎が二人をつけようとして一歩踏み出しかけたとき、飯倉片町の通りを右に折れて姿を消した筈の二人が再び現われた。

銀次郎の足が反射的に元の位置へと戻る。千葉同心が通りの行く先を指差しているところを見ると、二人はどうやら右へ折れる場所を間違えたようだ。寛七親分が頭の後ろに手をやって、「すみやせん……」と言った感じで一度だけ軽く腰を折っている。青山方面へと延びているこの飯倉片町の通りは、左手に多少の町人街区が発展しつつあるものの、殆《ほとん》ど大小の大名屋敷で埋め尽くされ、しかも真っ直ぐに近い通りだけに、気付かれずに尾行することは極めて難しかった。加えて夜空には見事と言っていいほどの満月が皓々《こうこう》と輝いている。

銀次郎は稲葉家下屋敷の角から片目を覗かせて、千葉同心と寛七親分の後ろ姿を見守った。真っ直ぐに近い通りだけに、後をつけるにはそれ相当の隔《へだ》たりが必要となる。

「むつかしいねえ……寛七親分は鋭い御人《おひと》だから」

と銀次郎は呟いた。

すると、その呟きが夜空の神に届いたのかどうか、東から西に向けてゆっくりと、極めてゆっくりと流れる雲が、月に掛かり出した。

「ありがてえ……」

と、銀次郎の足が思わず稲葉家下屋敷の角から僅《わず》かに踏み出す。

飯倉片町の通りを、雲の影が音もなく千葉同心と寛七親分の背中を追うかたちで、広がってゆく。

月が隠された時の江戸の夜は暗い。漆黒《しっこく》の闇となる。ところどころに設《もう》けられている治安用の外灯（大行灯）の明りなどは、闇に吸われてしまって全く用をなさない。

銀次郎は己《おの》れの姿が充分に闇に包まれる、と判断したところで稲葉家下屋敷の角から姿を出した。

前方を行く二人の背はまだ月明りを浴びてはいたが、そろりと忍び寄りつつある濃い闇は、間《ま》もなく二人を呑み込みそうだった。

その〈闇音〉に気付いたのかどうか、千葉同心が「おっ」という感じで夜空を仰ぎつつ立ち止まった。

その途端《とたん》、濃い闇が二人を呑み込んでいた。

銀次郎は足音を殺すようにして、二人との間を詰めにかかった。

前を行く二人には気付かれない、という自信は充分にあった。

銀次郎は聴覚を研《と》ぎ澄《す》ませた。二人の足音で後を追うためだった。そのため、己れの足音は完全なまでに殺した。

ヒタヒタヒタヒタという二人の足音が耳に入ってくるまで前方との間を詰めた銀次

郎は、できるだけ通りの左側の屋敷の塀に姿勢を低く構えて体を寄せた。左側の屋敷の塀は黒塗りの板塀。通りの右側の屋敷の塀は対照的に白塗りの土塀だった。

月明りが再び降り出せば、白塗りの土塀に体を寄せていると振り向いた千葉同心と寛七親分に気付かれ易《やす》い。

(お……)

と、銀次郎は思わず胸の内で小声を出した。ヒタヒタヒタという足音が濃い闇の中で急に消えてしまったのだ。

いや、聴覚に全神経を集中させてみると、僅かにだが聞こえてくる。

(どうやら右へ折れたな……)

と銀次郎には判った。歩いた距離感から、二見藩邸が近いことを体が感じ始めていた。

銀次郎は歩みを速めた。

とたん、「あ……」「う……」という呻《うめ》きが同時に伝わってきた。明らかに二人のものと判る呻きだった。体と体がぶつかり合う鈍い音もはっきりと銀次郎の聴覚は捉《とら》えた。

「いかん……」

小声を発するや銀次郎は韋駄天《いだてん》の如く闇の中を駈け出した。

月明りが再び降り出したのは、この時だった。

銀次郎は目と鼻の先に迫ってきた大名屋敷の角を、血相《けっそう》を変えて右へと折れた。

「あっ」と低く漏らした銀次郎は、そのまま風のような疾《はや》さで月明りの中を突進した。

まさに突進であった。
十七、八間《けん》先で三人の町人が千葉同心と寛七親分に殴りかかっていた。
(奴らだ……)と銀次郎には咄嗟《とっさ》に判った。

一体いつ、どのような道を通って現われたのか、「ふなやど　濱」にいる筈の件《くだん》の三人であった。銀次郎に殴りかかった、あの三人の町人だ。

その三人に殴られ、なんと剣客同心の千葉が右手に十手を持ったまますでに仰向《あおむ》けに倒れている。腕自慢の千葉がだ。

寛七親分は腹、顔面を矢継ぎ早に殴られはしたが踏みこらえて、手にした十手で相手の肩を打ち返した。

それを軽く左手で払った町人が、右の拳を大きく振って寛七親分の脇腹に打ち込んだ。

「げっ」と呻いた親分が前かがみに膝《ひざ》を折ったところへ、銀次郎が一条の光となったかのような猛烈な疾《はや》さで飛び込んだ。

前かがみ状態で耐えている寛七親分の下腹を蹴り上げようとしたそいつの横っ面《つら》へ、銀次郎の右拳が炸裂。

口の中から三、四本の歯を宙にまき散らして、そいつは朽《く》ち木が倒れるように地面に沈んだ。

「こやつ」

「野郎」

残った仲間二人――ひとりは巨漢――が銀次郎と判って眦《まなじり》を吊り上げた刹那《せつな》、腰を綺麗《きれい》に回転させた掬《すく》い上げるような銀次郎の一発が、巨漢の左胸にめり込んで、肋骨の折れる鈍い音がした。

「ぐぐ……」

顔面を歪《ゆが》め大口を開けた巨漢の左耳の下へ、銀次郎の手刀がひねり込むようにして打ち込まれる。

まるで巨木に打ち払われたかのように巨漢の足が浮き上がって、そのまま横っ飛びに地面へ叩きつけられた。

最後の一人が「くっ」と下唇を嚙《か》み、拳を目の前で交差させて身構える。

（矢張り忍びだったか……こいつは確か伊賀流格闘術、無禅《むぜん》の構え）

銀次郎は、確信はなかったが、そう読んだ。

銀次郎が右足を引いて中腰に落とし、右拳の甲を額《ひたい》に向けた高さで、左拳の甲を下顎に向けた高さに浮かべ、二つの拳の間から相手を鋭い目で捉《とら》えた。

「無外流……鼓討《つづみう》ち」

小さく呟いた相手の表情がはじめて激しい動揺を見せた。そいつは銀次郎を殴りに殴った奴だ。今その男の表情には、怯《おび》えさえも走っていた。

無外流の拳業《こぶしわざ》「鼓討ち」の皆伝者は、三寸厚（約九センチ）の樫板《かしいた》をも貫き砕くと剣術界では伝えられている。極めることが困難な奥傳業《おくでんわざ》ゆえに公開されていない部分が多く、多少の伝説・誇張の部分が存在するとしても、強烈な破壊力を有する「鼓討ち」であることは、江戸剣術界の錚々《そうそう》たる誰もが認めるところであった。

「一体《いってえ》何者なんでえ、お前《めえ》さんたち……」

銀次郎が身構えを崩さずジリッと相手に迫ると、相手は顔をこわばらせて退《さ》がった。

「三人とも打ちのめして、口を割らせるのは難しくねえが……」

銀次郎は口元に薄ら笑いを見せると、またしても相手との間を詰めた。

すると、相手は身構えていた拳を力なく下ろした。

「すまぬ。つい酒の勢いで誰彼に絡《から》んでしまった。この通り詫《わ》びる」

そう言って、なんと相手は深々と頭を下げたではないか。

「ふん、わざとらしい態度を見せなさるねい。じゃあ少し前《めえ》にいきなり私《あっし》に殴りかかったのも酒の勢いでつい、と言うのかえ」

「少し前に殴りかかった？」

「この私《あっし》の貧しそうな浪人面《づら》を忘れたとは言って貰いたくはありやせんねい。え、お侍さんよ。あんた、侍《さむれえ》の町人化《ば》けだろう？」

銀次郎も構えを解いて相手に迫るや、軽く胸倉を摑《つか》んだ。

「あ、す、すまぬ。我々はさる藩の者なのだが岡場所へ行こうと思うてな、侍に見えないよう町人に化けたのだ。少し度が過ぎた。申し訳ない」

相手がもう一度、神妙に頭を下げたので、銀次郎はその胸倉から手を放した。

「よござんす。侍が頭を下げなすったのだ、今度ばかりは目をつぶりやしょう。仲間を連れて大人しく岡場所なり藩邸なりへと消えなせえ」

「そ、そうか。では少ないが……」

相手が懐《ふところ》から財布――町人の物らしくない作りの――を取り出したので、銀次郎は苦笑しながら「いらねえよ」と相手の手を押し戻した。

そのあと三人は、よろめきながら助け合うようにして、現場から消えていった。

「た、助かったぜ銀よ。さすが遊び人銀次郎。噂に違《たが》わず強《つえ》えやな」

寛七親分が足元をふらつかせながら、銀次郎のそばにやってきた。

「大丈夫ですかえ親分」

「なんとかな。それにしても銀。なんでえ、その形《なり》はよ。浪人にでも商売替えする積もりか」

「これですかえ。たいした意味ありやせん。賭場へ行く時によくする身形《みなり》でさのよ」

「身形まで変えて余り賭場へのめり込むんじゃねえぜ。只の遊び人でいろ、只のあ」

「へい、肝に銘じておきやす」

「それにしてもよ銀、三人を何故見逃したんでい。お役目についている千葉の旦那と俺に真っ暗闇《くらやみ》の中からいきなり殴りかかってきやがったんだぜい」

寛七親分は顎をさすりながらそう言うと、まだ倒れている千葉同心のそばへ心配顔で近付いていった。

「剣客同心と言われていなさる千葉の旦那が闇の中でいきなり殴られたとはいえ、あっという間に倒されるなんて……信じられねえ」

寛七親分はぶつぶつ言いながら倒れている千葉同心の脇に片膝《かたひざ》をつくと、「旦那、千葉の旦那……」と体をゆさぶった。寛七親分は鹿島新當流の凄腕《すごうで》同心と言われている千葉要一郎に対し「千葉様」と「千葉の旦那」を適当に使い分けている。

千葉同心は寛七親分に体をゆさぶられても全く反応を示さない。それどころか小鼾《こいびき》をかいていた。

「大丈夫かねえ銀よ」

「ちょいと、どいてみなせえ親分」

「銀よ、俺たち二人が千葉の旦那より先に、こうして正気の状態にあるのは拙《まず》くはねえかい。千葉の旦那は、なにしろ凄腕で知られている御人《おひと》なんでい」

「さすが苦労人の寛七親分ですねえ。じゃあ私《あっし》が何とかして千葉様を気付かせやすから、親分は隣で気を失った振りをしていて下せえ」

「千葉の旦那を正気に戻してから、俺を気付かせるってえ計算かえ」

「仰《おっしゃ》いやす通りで……」

「判った。それにしてもお前《めえ》は、殴り合いの喧嘩《けんか》となると本当に噂通りの強さだのう。何度も言うが、さすが、遊び人銀次郎だえ。身形を変えてまで賭場にのめり込むのは感心しねえが」

寛七親分はそう言うと、千葉同心から少し離れた位置に、ごろりと仰向けになって目を閉じた。

「ふっ……いい親分だい」

銀次郎は目を細めて呟くと、倒れている千葉同心の頭側へと回り、その両肩を掬《すく》うようにして上体を起こした。

そうしながら銀次郎の右膝頭《ひざがしら》は、千葉同心の背中に当たっていた。

「むん」

銀次郎の膝頭が千葉同心の背中の急所を外さず強く圧すると、意外なほど簡単に千葉同心は正気を取り戻し、「つつ……」と顔をしかめて腹をさすった。どうやら鳩尾《みずおち》にくらった暗闇の一発が見事に効いたらしかった。

このときの銀次郎の表情は、月明りを浴びて何故か怪訝《けげん》そうだった。ちょっと疑《うたぐ》り深そうな目つきでもある。

「お、銀次郎。来ていたのか。すまねえ、みっともねえところを見せてしまったようだな」

千葉同心は不機嫌そうに言って立ち上がり、少しよろめいた。

「大丈夫ですかい千葉様」

「なあに……で、お前《めえ》はどうして此処《ここ》にいるのだ」

「知り合いの家でご馳走になっての帰りに、たまたまこの道を通りやしたら、この有様《ありさま》でござんした」

「ふん、まったく本当にこの有様だなあ銀次郎よ」

「あ、いえ、嫌みで言った訳じゃあ、ござんせんので。お許し願いやす」

「判っておるわ。ところで、なんでえ、お前《めえ》のその嘘臭い身形は」

問われて銀次郎は、寛七親分と同じように、早口でうまくはぐらかした。

「それよりも千葉様。寛七親分もこの通り気を失っておりやす。ご面倒をかけやすが千葉様、正気を取り戻してやって下さいやし」

「なんだ。お前は儂《わし》を正気に戻してくれたではないか」

「やみくもに背中をどんどん手で強く叩いただけのことでございやして」

「そうか……道理で背中が少し痛いわ」

と千葉同心は頷《うなず》いて、寛七親分の頭側に回りその上体を起こすと、自分が銀次郎にして貰ったと同じような行為を取った。

本気で気を失っていた訳ではない寛七親分であったから、いささか不自然な態《てい》で「うーん」と目を見開いた。

銀次郎は月を仰いで、おかしさをこらえた。

「おい、大丈夫か寛七」

と、千葉同心が寛七の顔を覗き込む。

「あ、千葉様。申し訳ござんせん。油断いたしやした」

「真っ暗闇であったからのう」

「それにしても一体《いってえ》何者だったんでござんしょう。あれ銀公。お前《めえ》なぜ此処にいるんでい」

寛七親分は、はじめて銀次郎に気付いた振りをし、立ち上がってこれも少しよろめいてみせた。

「へい。知り合いの家でご馳走になっての帰りに、たまたまこの道を通りやしたらこの有様に出会《でくわ》したという訳でござんして」

銀次郎は千葉同心に対して言った言葉を繰り返した。

「そうだったのかえ。すると、俺たちに暗闇の中から襲いかかってきた奴を見たんだな」

「はっきりと面体《めんてい》を見た訳ではござんせんが、月明りの下を逃げるようにして向こうへ駈け去っていく三人の町人態《てい》の後ろ姿は見やした」

「三人の町人態？……そうなんですか千葉様」

「あ、うん、そのようだった」

腕に自信がある千葉要一郎は自分が呆気《あっけ》無く倒されたことが悔しいのであろう、少しうろたえ気味に頷いてみせた。が、千葉のその様子に対しても、銀次郎は然《さ》り気《げ》なくだが、眉を顰《ひそ》めてみせた。

「じゃあ千葉様、寛七親分。私《あっし》はちょいとばかし急がせて貰いやすので」

「また綺麗どころの拵《こしらえ》仕事《しごと》が待ち構えているのかえ。三人の町人態というのをもう少し詳しく聞かせて貰わにゃあならねえんだが……」

寛七がそう言うのを、千葉同心が「それはまたでいい。後ろ姿しか見てねえんだ。今夜のところは行かせてやんねえ寛七。なにしろ女付き合いが広い銀次郎なんだ」と、親分を押さえた。

「千葉様が、そう仰《おっしゃ》いやすなら……おい銀、千葉様のお言葉だ。今宵のところは甘えさせて戴《いただ》きねえ」

「ありがとうござんす。それじゃあ、これで」

銀次郎は千葉同心と寛七親分に向かって丁重に頭を下げると、小駈《こが》けにその場を離れた。元の方角へ戻るかたちだった。

「おい銀次郎。身形を胡散《うさん》臭く変えてまで、あんまし賭場へ入れ込むなよ。いいな」

千葉の言葉――寛七親分と似たような――が後ろから追ってきたので、銀次郎は振り向いて、もう一度丁重に頭を下げ、そして足を急がせた。

大名屋敷――長門萩藩毛利家中屋敷――の角を右へ折れて、五、六歩を行ったとき、月明りが翳《かげ》り出した。

銀次郎は夜空を仰いだ。薄雲がそろりとした感じで月に触れ出していた。厚い雲ではなかった。障子紙、といった感じの薄雲であったから、ぼうっとした月明りは降ってくる。

「ありがてえ……」

呟いた銀次郎は、大名屋敷の塀の角まで戻ると、月明りが減った分、薄暗くなったのを幸い、塀の角から用心深くそっと片目を出した。

現場からまだ動いていない千葉同心と寛七親分が背中をこちらに向け、何やら頻《しき》りに頷き合っている。不意打ちを食らった時の状況を、言葉で再現させているようで、寛七親分が自分の拳で下顎を突き上げる真似《まね》をして見せていた。

千葉同心の頷き様《よう》は「そうか、そうか……」と言っているようだった。

銀次郎は息を殺して二人の様子を見守った。実は千葉同心が正気を取り戻した瞬間の反応のかたちに「ん？」とした不自然さを覚えていた銀次郎であった。自分の膝頭が千葉同心の背中の急所を強く打突してから正気を取り戻すまでの「時間」が、格闘術の常識とされているものより明らかに早過ぎたのだ。演出でもあったかのように。

四十一

日本橋の太物《ふともの》問屋の老舗《しにせ》の大店《おおだな》「近江屋」は、深い静けさの中に沈んで行こうとしていた。夜五ツ半（午後九時）になると、店屋敷《たなやしき》の内と外、蔵の内と外、及び広い庭内を具《つぶさ》に見回る三人一組の三班の内の二班が、「主人《あるじ》の居間」の季代に「異状なし」を報告し終えていた。
残った一班――邸内の見回り役――が「異状なし」の報告をし終えると、奉公人たちに自由時間が訪れるのだった。

台所の板の間で酒を呑むことも許されていた。但し手代以上の男衆《おとこし》に限り、ひとり一合までである。深夜に何事があるか判らない世の中であったから、それ以上を呑むことは禁じられていた。しかも飲酒が許されているのは、十日に一度の割であった。

季代は残り一班の報告を待ちながら、十畳と八畳から成る「主人《あるじ》の居間」で文《ふ》机《づくえ》に大行灯を寄せ、厚い大福帳と仕入売上補助簿を見比べながら、今日一日の商売の〝かたち〟を分析していた。

〝かたち〟とは、大番頭と番頭の二人に一定限度で任せている値引がどのように生かされているか、商品別の動き（売上）と値引の関係や影響、前月との売上比、収益比、固定得意先の変動、などについてであった。

それを大雑把《おおざっぱ》に把握し、翌朝店を開ける前に奉公人たちを店土間《たなどま》に集めて、「今日一日の方針、動き方」を言って聞かせるのが季代の日課の一つとなっている。

文机に向いていた季代の視線が上がって、その端整《たんせい》な顔が廊下の方へ向けられた。

二か所に雪見窓《ゆきみまど》の設《もう》けられた大障子の向こうから、出来るだけ足音を立てまいとしているらしい急ぎ調子の摺《す》り足の音が微《かす》かに伝わってくる。

「お内儀様《かみ》、遅くなり申し訳ございません」

若くないと判る抑え気味の声が大障子の向こうであった。

「恵三《けいぞう》かえ。お入りなさい」

「はい、失礼致します」

大障子が静かに開けられて、恵三なる男が、廊下で先《ま》ず丁重に頭を下げた。

五十過ぎくらいであろうか。小柄な人の善《よ》さそうな丸顔で、頭は白髪が目立っている。

五人いる手代をまとめている手代頭《てだいがしら》であった。

「家の内外《うちそと》、何か変わったことはありませんでしたか」

「裏木戸のからくり錠《じょう》の拵えに少し緩みが生じておりましたから、雄造《ゆうぞう》さんに頼んで直させました」

「そうですか。雄造さんが修理したのであれば大丈夫でしょう」

雄造とは、庭の手入れ、風呂炊《た》き、営繕《えいぜん》などを任されている下僕《げぼく》のひとりだった。もともと「近江屋」に出入りしていた腕の良い独り身の老大工であったが、公儀の橋桁《はしげた》修繕にかかわって転落し、左足首を骨折して軽微な不自由が治らず、以来「近江屋」の世話になっていた。

老大工とはいえ、なにしろ腕がいいことで知られている雄造であるだけに、「近江屋」ではむしろ大層助かっている。

したがって店の誰彼に頼られ大事にされており、季代も大番頭をはじめとする店の者たちもこの老大工だけは「さん」付けで呼んでいた。

「それではお内儀《かみ》さん、これで今日は一日を終えさせて戴きます」

「ご苦労様。あ、それから今宵は雄造さんにも御酒を呑ませておあげなさい」

「承《うけたまわ》りました」

大障子を閉じて手代頭の恵三が退がっていくと、季代はまた深く濃い静けさに包まれていった。

「さて……私《わたくし》も一日の仕事をこれで終えましょうか」

どれほどか経《た》って、季代は澄んだ声で呟くと、豊かな胸に両手を当てて、三年前の冬に心の発作で急逝した老夫芳兵衛《よしべえ》(当時六十歳)の顔を思い出した。これも季代にとっては、一日の終わりの日課になっている。

(お前様、店はますます栄えておりますから安心なさって下さいませね。ときどきは役者遊びなどをさせて戴いておりますけれど、決してこの身は汚しておりませぬから、世間様の噂なんぞはお信じになりませぬように……)

季代は胸の内で亡き老夫に告げると、豊かな胸から両手を放して合掌《がっしょう》をした。かなり長い合掌であった。

その合掌を終えて、ようやく一日から解放された気分になった季代の脳裏を、銀次郎の若く凛々《りり》しい顔が過《よ》ぎった。

「お前様、ひょっとすると私《わたくし》、身を持ち崩すかも知れませぬよ」

呟いた言葉のあとで、「ふふふ……」といたずら小娘のような含み笑いを漏らした美しく豊満な体つきの季代であった。

このとき季代は、廊下側とは反対に位置する床の間――裏庭に面した――の火《か》灯窓《とうまど》(花頭窓とも)がコトリと小さな音を立てたような気がしたので、「え?……」と視線を静かに振り向かせた。火灯窓とは書院の床の間などに庭へ接するかたちで設けられている窓のことで、窓の上部が炎がゆるやかに波打っているかに見える珍しい形状の窓であった。外側には忍び込みを防ぐ用心格子《ごうし》が縦状に張られ、内側は両開きの障子である。

（気のせいだったかしら……）

と、季代は息を殺して火灯窓を注視した。侵入を防ぐ丈夫な用心格子が嵌《は》まっているとはいえ、裏庭に面しているだけに薄気味が悪い。

と、矢張り火灯窓が再び音を立てた。

今度は誰かが叩いているとはっきり判る――抑え気味だが――トントン……トントンと二度繰り返しの音だった。

季代は表情を強張《こわば》らせて立ち上がり、文机の前から離れて大胆にも火灯窓へと近付いていった。

後ろに大行灯の明りがあるから、季代の影が畳の上を進み、そして火灯窓の障子に映った。

すると、またしても火灯窓が音を立てた。今度は「相手に伝える」という意思を持たせたそれなりに強い叩き様《よう》であった。

「どなた？」

季代は誰何《すいか》した。声は険《けわ》しい響きを持たせていた。

「このような夜分に申し訳ない。銀次郎でござんす」

聞き紛《まが》う方《かた》も無い銀次郎の囁《ささや》き声であったから、季代の妖《あや》しく美しい表情に「まあ……」と、狼狽《うろたえ》気味の驚きが広がった。

それでも季代は用心のためか文机のそばまで引き返し、決して軽い作りではない大行灯を、そろりと引き摺《ず》り気味に床の間へと引き寄せた。

「いま開けますからね」

季代は窓の外に向かって告げ、それでも火灯窓に余り近付き過ぎぬよう隔《へだ》たりをつくって右手を伸ばし、両開き障子を留《と》めている小指ほどの太さの木釘《きくぎ》二本の内の一本を、片側の敷居から抜き取った。

この慎重さは日頃、銀次郎から教わっているものである。

季代が片側の障子をあけると、月明りの中に銀次郎の顔があった。

「すまねえ、お内儀《かみ》さん。こんな刻限によ」

「まあ、どうしたのです。顔が少し腫《は》れているではありませんか銀ちゃん」

離れた。


「ちょいと、ごたごたがあってな……」

「そっと向こうへ回って頂戴。雨戸を開けますから」

季代が後ろ、廊下の方を指差すと、「うん」と銀次郎は頷《うなず》いて火灯窓の前から離れた。

季代は障子を閉めて木釘を元通り敷居に差し込むと、大行灯を文机の脇に戻して、廊下に出た。どこか、いそいそとした動きであった。

季代の居間（「主人《あるじ》の居間」）は離れではなかったが、店屋敷《たなやしき》の最も奥まって位置しており、奉公人たちの部屋とは、長い「二度曲がりの廊下」で隔てられていたから、離れ座敷のようなものであった。

十畳と八畳から成る季代の居間は、寝室に使っている八畳の奥にもう一部屋、八畳の「次の間」を持っている。

季代が音を立てぬよう気を付けながら雨戸を開けると、「申し訳ござんせん」と囁いた銀次郎が、するりと廊下に入ってきた。

「部屋に入っていて下さい」

「うん」

季代に小声で言われた銀次郎は、素直な頷きを見せて座敷へと自分から入っていった。

季代は雨戸を閉じ、滑り止めの木釘を敷居の小穴に差し込んだ。

季代は足音を忍ばせるようにして、てきぱきと動き出した。

季代の居間のすぐ脇には、風呂場はもとより流し台や水瓶《みずがめ》を備えた丈夫な簀《す》の子板床の小土間が設《しつら》えてある。簀の子板の床だから水屋《みずや》の備えもあり、したがって食器、湯呑み茶碗、酒樽などを欠かしてはいない。

季代は酒樽の酒を平桶《ひらおけ》に注ぎ入れ、それに手拭《てぬぐ》いを浸《ひた》すと、摺《す》り足を急がせて居間へ引き返した。

上酒の芳香が季代の豊かな体のあとを付いてゆく。

銀次郎は文机を前にして座っていた。商家であるのに床の間に刀架けがある。自分が旗本家の娘であることを決して忘れないように、と季代が夫亡きあと設けたものだった。大小刀も架かっており、それは「近江屋」へ嫁入りしたときに父から譲られたものだ。三百石旗本家の息女であったことを決して忘れるな、と。

「とにかくあれこれと訊《き》くより先に、その腫《は》れた顔を冷やしましょうね銀ちゃん」

「いい香りだねえお内儀《かみ》さん、灘物《なだもん》だあな？」

「香りのことなどいいから膝《ひざ》をこちらに回して、じっとしていて頂戴」

「へい」

銀次郎はチラリと白い歯を覗《のぞ》かせて苦笑を見せると、膝頭《ひざがしら》を回して季代の膝頭にぴったりとくっ付けた。

「痛そうな腫れだこと。誰に殴られたの？」

「なあに。下らねえ奴さ。打ち明けるとお内儀《かみ》さんの耳が汚《けが》れまさあ。訊《き》かないでおくんなさい」

「それに無腰だけれど浪人の身形《みなり》のようですね。なんだか饐《す》えた臭いも致しておりますよ」

「あ、いて……もっと優しくしておくんなさい」

「てっきり大坂へ発《た》ったものと思うておりましたわ。一体何があったのか、あとでゆっくりと聞かせて下さいませね」

「う……いつつ……痛《いて》えんだよお内儀《かみ》さん。もっとそろりと手当してほしいやな」

「何を甘えているんですよ。殴られて腫れたぐらいで騒ぐ遊び人銀次郎ではありませんでしょうに」

「厳しいこと言うんだなあ……」

「今日から顔の腫れが綺麗に引くまでの間、この居間で寝起きして過ごすのですよ銀ちゃん」

「え……お内儀《かみ》さんの、この部屋でですかい」

「なにをそんなに驚いているの?」

「だってよ、お内儀《かみ》さんと一緒に……つまりこの居間で寝起きしなせえってことなんでござんしょ」

「はい……ことなんでござんすよ。ふふふ、怖いの?」

「怖くはねえが、お内儀《かみ》さんに迷惑を掛けるんじゃねえかと……」

「私《わたくし》はべつに何とも思ってはいませんことよ」

「ですがねい……お内儀《かみ》さん」

「あ、動かないで頂戴。それに遊び人の銀次郎ともあろう者が、ぐちゃぐちゃ言わないの」

「もう……」

銀次郎は諦《あきら》めて口を噤《つぐ》んでしまった。今宵、ついに目の前の余りにも妖《あや》しく美しい三十路《みそじ》の女に己《おの》れの若い体を預けてしまう事になるのか、と本気で怯《おび》えたりした。

「さ、これでいいでしょう。ひりひりしている？」

「少しね、爪《つめ》で軽くひっかかれたような感じかねい」

「お酒、冷やで呑みますか」

「いや、いらねえです。ちょいとばかしすでに入っているもんで」

「みたいね。で、どうして大坂へ向けて発たなかったの？　こうして、腫れあがった顔をしてそっと私を訪ねて来たということは、はじめから何もかも打ち明ける積もりか、訊《き》かれたなら打ち明けるしか仕方がない、と思っているのでしょう」

「ん……まあ、そんなところだい」

「ね。話して頂戴。なぜ大坂へ向けて発たなかったの？　顔を腫らすなんて、余《よ》程《ほど》のことがあったのでしょう」

「打ち明けるが、お内儀《かみ》さんの胸ひとつに納めておいて貰《もら》わねえと……」

「勿論《もちろん》、その積もりです」

「やっぱり冷酒《ひや》を湯呑みに一杯戴《いただ》こうかねい」

「判ったわ。私《わたくし》も付き合いましょう。それから、ざっと湯に入って肌に染《し》みついた薄汚れた着物の臭いを落としなさいよ銀ちゃん。湯船のお湯、まだ温かですよ。私《わたくし》がお湯からあがって、それほど経っていませんから」

「そうですかえ。じゃ、ま、お言葉に甘えさせて戴きやす」

「亡くなった主人のために拵《こしら》えた寝巻を出しておきます。体つきが似ているから多分、合うと思いますよ」

「いいのかえ……私《あっし》は構わねえが」

「私《わたくし》が折角拵えたんだけれど、一度も着ないままに逝《い》ってしまったから、銀ちゃん着て頂戴」

そう言いながら、亡夫のことでも思い出したのか季代は伏し目がちに、ちょっと遠い表情となった。

「そうだったのかえ……うん、なら有難く着させて貰いやすよ」

銀次郎は頷いて腰を上げた。

四十二

（一体《いってえ》俺は何の目的があって、此処《ここ》を訪ねて来たんでい……）

銀次郎は天井で小さな揺れを見せている大行灯《おおあんどん》の炎《ひ》を眺《なが》めながら、手枕を解いて横向きとなり、隣に並んでいる季代の寝顔を見た。

季代は、ほんの微《かす》かな寝息を立てている。さすがに元は旗本家の姫様であっただけに上品な寝息だった。整った横顔も安らかである。銀次郎が横にいることで、安心して熟睡しているのであろうか。

炎《ひ》を絞り込んで小さくしてある大行灯が、ジジジ……と蟬《せみ》が鳴くような弱々しい音を立てた。

銀次郎は（俺は自分でも気付かねえ内に、このお内儀《かみ》に甘えているのかも知れねえな……）と思った。母を病《やまい》で亡くし、大坂で役目に就《つ》いていた父が女と心中をはかって以来、無役旗本五百石の桜伊家を出たり入ったりして孤独を背負って生きてきた銀次郎である。

自分が知らず知らずの内に季代お内儀《かみ》に甘えるのは仕方がねえ事かも知れねえ……などと頭の端《はし》で考えながら、銀次郎は寝床の外に転がり出ている枕を引き寄せて仰向けに戻り目を閉じた。

大嫌いな父の顔が脳裏《のうり》に鮮明に甦《よみがえ》って、なかなか消えようとしない。

鹿島神伝一刀流の奥義《おうぎ》を極めた銀次郎の父親、元四郎時宗《ときむね》は、大坂城在番中に茶屋女と密《ひそ》かに激しい恋仲となり、その果てに女を斬殺して自《みず》ら割腹して果てたのであった。

「眠れないのですか銀ちゃん?」

眠っているとばかり思っていた季代が突然、やさしい小声を出した。

「なんだ。起きていなさいやしたかい」

と、銀次郎も小声で返した。

「銀ちゃんの眠っていない気配で、目を覚ましましたのよ。なんだか肌にチリチリとしたものを感じましたから」

「そいつあ、すまねえ。許してくんない」

「こちらの布団にいらっしゃいな」

「いや、勘弁《かんべん》してくんないお内儀《かみ》さん、もう眠りやすから」

「とにかく、いらっしゃい。取って食べたりは致しませぬゆえ」

季代はそう言うと、銀次郎の方へ体を横向きにして掛け布団を軽くめくってみせた。

「ですが、お内儀《かみ》さん……」

「真面目《まじめ》なこそこそ話をしたいのです。大丈夫だからいらっしゃい」

「真面目なこそこそ話？」

「そう……さ、ここへ」

「判りやした。そいじゃあ……」

銀次郎が枕を手におずおずとした様子で季代の寝床へ移った。

その様子がおかしかったのか、季代がクスリと笑う。

「銀ちゃんは、女が安心して接することの出来るこの世でたった一人の存在なのね。狼のような男がうようよいる世の中なのに珍しいこと……心底から女嫌いなの？」

「いや、決して……お内儀《かみ》さんは、大好きでござんすよ。実の姉のように思っておりやす」

「姉？……馬鹿」

季代はもう一度クスリと漏らすと、自分の寝床に横たわった銀次郎にそっと布団を掛けてやった。

「温《あった》けえな。お内儀《かみ》さんの布団は……」と、銀次郎は呟《つぶや》いて小さな息を一つ季代の胸に向けて吐いてみせた。

どのような連中にどの辺りで殴られたか。また、なぜ大坂行きを踏み止《とど》まったかなどについては、「お内儀《かみ》にはもうこれ以上隠しておいても意味がねえ」と判断したので、自分の考えや推測を含めてかなりの部分をすでに打ち明けてある銀次郎だった。

「ねえ銀ちゃん。同心の千葉様や目明しの寛七親分さん達にまで、江戸に居ることを知られてしまったのなら、もう堂々とおおっぴらに江戸の町を歩き回ればいいのです。その方が長之介さん殺害事件について、向こうから目に見えない大事な何かが訪れるかも知れませぬ。素姓の判らぬ男たちに襲われたことも、事件の真相を摑《つか》むための大事な何かの一つだったのではございませぬか銀ちゃん」

さすが、もと三百石旗本の姫様季代であった。怯《おび》えを見せない、まるで男のような気丈《きじょう》なしっかりとした意見だった。

「もっと、私《わたくし》の体にくっつきなさい。離れ過ぎですよ」

「充分にくっついておりやす」

「充分ではありませぬ。さては余程《よほど》に嫌なのですね、私《わたくし》のことが」

「嫌ならこうして訪ねて来たりはしやせん」

「本当？」

「はい。本当」

「ねえ銀ちゃん。こうして一つ寝床に並んで薄暗い天井を眺める仲になった二人ですから、私《わたくし》はもう少し深く銀ちゃんのことを知りたいと願っています。思い切って身分素姓を打ち明けて下さいまし。薄汚れた浪人に化けていた身形など、妙に似合っていましてよ。不自然には見えませんもの。銀ちゃんて、実はお侍ではありませんの？」

「町人でござんすよ。拵仕事《こしらえしごと》の好きな遊び人の町人でござんす」

「誰にも言いは致しませぬゆえ、打ち明けて下さいましな。ね、お侍でしょ？」

「…………」

「お願いだから、正直な身分素姓を、私《わたくし》にだけは打ち明けて下さいまし。大店のお内儀《かみ》として今後きっと、何かと銀ちゃんの力になれましてよ」

「何かと力に？」

「ええ。銀ちゃんて、御自分では恐らく気付いていないのでしょうけれど、ときどきフッと淋しそうな横顔を見せるときがあります。きっと温かなやさしい心を持った相談相手、とくに心底から信用できる女性《おんな》の相談相手がいないのでは、と私《わたくし》なりに考えておりました」

「そうでしたかえ。淋しそうな横顔をね……」

「だから、誰にも打ち明けられないけれども、私《わたくし》に対してだけは何事でも相談できる。銀ちゃんにとって、そういう存在の女性《ひと》になりたい、と前々から私《わたくし》は思っていたのです」

聞いて銀次郎の心は大きく動いた。自分が何故、このような刻限に此処《ここ》を訪れたのか確《しっか》りと判ったような気がした。矢張り自分は知らず知らずの内に、この大店のお内儀《かみ》に温かなやさしさを求めていたのだ、と。

そう気付いた自分に、銀次郎は満足した。

「判りやしたよ、お内儀《かみ》さん」

銀次郎は体を横に向けると、季代に体を近付け「ありがとうござんす」と呟きながら、お内儀《かみ》の寝着の胸元に右の掌《てのひら》を触れた。当てた、のではなく、触れた、というそっとした置き方だった。

「温かでしょう、私の胸元」

「うん。大きくて、やわらかくて、温かだい」

「今宵はそこまでですよ。寝着の内《なか》へ手を滑り込ませてはなりませぬ」

「判っておりやす。致しやせん」

「素直ね。だから銀ちゃん、大好き」

「私《あっし》、銀次郎は、実は桜伊《さくらい》という姓を持っておりやす」

「矢張《やっぱ》りね。お旗本?」

「へい、無役の五百石……いや、閉門の禄高五百石、と言い直した方がよございますかね」

「閉門の禄高五百石ですって？」

「大きな訳あり旗本ってえ事でござんすよ」

「銀ちゃん。べらんめえ調はもう宜《よろ》しいから、五百石旗本桜伊家で育てられた者として、きちんとした侍言葉で話して下さいまし」

季代はそう言うと、自分も体を横向きにさせ、銀次郎の唇と触れ合う程《ほど》の近さで向き合った。

「いや、申し訳ねえが、お内儀《かみ》さん。私《あっし》は出来ることなら武士であることを日常生活の中で忘れていたいんでい。侍言葉なんぞ勘弁《かんべん》しておくんない」

「閉門の五百石という点に、余程の事情がありそうですわね。普通、閉門と言えばお家お取り潰しですもの。聞かせて戴きたいと思います、その辺りの事情」

「宜しゅうござんす。お話しいたしやしょう。但し……」

「はい。聞かせて戴きましたることを、私《わたくし》の口から世間様へ広めることなどは絶対にありませぬ。命を賭《か》けてお約束いたします」

「ありがとよ、お内儀《かみ》」

銀次郎はお内儀《かみ》の背中に手をまわすと軽く引きよせ、髪油のうっすらとした良い香りを漂わせている季代の頭を、自分の顎《あご》の下へ吸い込むようにした。殆《ほとん》ど抱き合ったかたちとなっている二人であったが、季代は豊かな胸を決して銀次郎の胸に触れ合わせなかった。

男の握り拳《こぶし》を二つ重ねたくらいの間を、空《あ》けている。

その間こそが、季代から失われてはいない三百石旗本の姫様だった者としての誇りなのであろうか。

銀次郎は、季代の頭を顎の下に置きながら、話し始めた。

「私《あっし》の父の名は桜伊元四郎時宗、母の名は正代《まさよ》。字綴《じつづ》りについちゃあまた別の機会に紙に書きやしょう」

「はい」

「父は鹿島神伝一刀流の奥義を極めた剣客として知られ、将軍直属の武官組織として知られている『大番《おおばん》』の組頭心得《くみがしらこころえ》（次席組頭）の地位に就《つ》いておりやした」

「ご立派な地位に就いておられたのですね」

「ふん。何が立派なものですかえ。この父が大坂城在番（大坂在番とも）の命《めい》を受けて単身で大坂へ赴任致しやしたのは、私《あっし》が十七歳の夏のことでござんした」

「大坂城在番といいますと、総勢力十二組ある『大番』の内の二組ずつが、毎年大坂城警護のために一年交替で任務に就く、あの夏交替の御役目のことでございましょう？」

「さすが三百石旗本家で育てられたお内儀《かみ》さんだ、よく知っていらっしゃる。話が進めやすいや」

「私《わたくし》の生家の恥ずかしい散々な事情についても、そのうち銀ちゃんには聞いて戴きますね」

「うん。打ち明けてくんねえ。で、私《あっし》の父元四郎時宗だが、剣客としての才能を上で評価されたらしく、大坂城や市中の警護に就く大番衆としての任務に加え、在番大番衆の監察糾弾《きゅうだん》という特別な御役目が命ぜられやしてね」

「まあ……大番衆の方々から煙たがられる御役目を命ぜられたのですね。お父上様はきっと厳しい孤高《ここう》のお立場にあられたことでしょう」

「しかも特別任務を負わされた父の場合は、一年交替という通常の勤《つと》めではない『在番期限無し』という事実上の無期限任務でござんした」

「無期限とは何と厳しいこと……」

「父に対する大坂在番の『役手当』は、大番頭二千俵、組頭二百俵などという支給規則に則《のっと》って百五十俵が支給され、この他に無期限特別任務手当として百俵が加算されやした」

「合わせて二百五十俵のその御手当ですけれど……」

「無論、五百石旗本の俸禄《ほうろく》とは別のものでござんす」

「では江戸の御屋敷を守る留守家族の生活は安泰でございましたのね」

「とんでもねえ」

「えっ……」

「大坂在番の任務に就いておりやした父の俸禄二百五十俵というのは、単身で赴任したのでござんすから充分以上な手当と申せやす。ところが赴任して一年を少し過ぎた頃から、父が『御役目にどうしても必要』という理由で多額の金子《きんす》を母の元へたびたび求めてくるようになりやしてね」

「それはまた……」

「その無心が一年以上続いても止《や》まず、また麹町《こうじまち》に在《あ》りやす桜伊家の台所もその無心で次第に逼迫《ひっぱく》し始めやしたものですから、こいつあ只事《ただごと》じゃねえと感じた私《あっし》は母宛《あ》てに置手紙をしやして大坂へと向かいやした」

「銀ちゃんに、そのように深刻な苦労がのしかかっておりましたの。で、お父上様の生活の御様子は？」

「任務に忠実で、大坂御城代ほか目上の方々の信頼ことのほか厚く、日常生活にも問題となる点は窺《うかが》えやせんでした」

「いきなり大坂を訪ねた銀ちゃんは、そうと観察できる程《ほど》に、お父上様の身辺にご自身の住居《すまい》を確保できたのですか」

「出来やしたとも。在番任務の大番衆は御支配格から番士に至るまで全て城中に起居するんでさ。大番頭、組頭、そして父のような組頭心得には大なり小なりの屋敷が与えられ、番士は百間《ひゃっけん》長屋という住居で起居することになっていやしてね。私《あっし》は迷わず父の住居《すまい》に自分から転がり込みやした」

「お父上様、驚きなされましたでしょう」

「それが意外と『おお、来たのか……』って感じでね。全《まった》く驚きも怒りもせず、薄気味悪いほどすんなりと屋敷内での寝起きを認めてくれやしたよ」

「なんと、驚きも怒りもなさらず？」

「うん、付け加えて言やあ、うろたえさえもしなかった。後ろ暗いところなど何一つ無いかのように、平然たる態《てい》だったい」

「で、母上様の元へたびたび金子を求めてくる原因は摑《つか》めたのですか」

「それを摑む積もりで訪れた大坂でござんしたが、最初の二、三か月は、父のお勤め振りに何の不自然さも感じやせんでした。真面目《まじめ》そのもの、といったお勤め振りが目につくばかりで、『御役目にはどうしても金が必要』という母への金の無心の理由を、ともすれば信じかけた程でござんすよ。しかし……」

「しかし……お父上様の後ろ暗い部分が、矢張り摑めたのですね」

「半年が過ぎた頃になってから、迂闊《うかつ》にも父の御役目休み（休日）が殆《ほとん》ど無《ね》えことに気付きやしてね」

「え……半年が過ぎる頃まで気付かなかったのですか、銀ちゃんともあろう御人《おひと》が」

「全く面目《めんぼく》ねえ。父のお勤め振りが日常的に余りにも毅然《きぜん》とした姿勢を貫いていたものでござんすから、疑って眺める、という当初の力みが緩《ゆる》んでしまったのでござんすよ」

「その気持、なんだか判ります」

「いくら多忙な番士監察の任務であるとは言え、御役目休みが、こうも無《ね》えのはおかしい、と気付いた私《あっし》が屋敷を出る父の後をつけるようになったのは、大坂入りしてから一年近くも経ってからのことでござんした」

「その一年近くもの間、銀ちゃんはどのような生活をなされていましたの？」

「商才に長じている大坂の人というのは、大変な勉強家であり努力家であると江戸で学んでいたものでござんすから大坂入りして直ぐ、大坂城に程近《ほどちか》い、町人の学問所として知られていた『会篤堂《かいとくどう》』ってえ規模の大きな私塾へ通い始めやした。実は、この私塾で長之介と知り合うことになりやしてね」

「そうでしたの。もう十二年も昔のことになりますのね」

「うん、まあ、それくらいかねい。長之介は大坂の暗黒街を牛耳る香具師《やし》の大元締の次男坊でござんしてね。お内儀《かみ》さんも御存知のように、長之介は香具師の大元締を父親に持つとは思えねえ礼儀正しい聡明な男でござんした。筋の通らねえことに出会《でくわ》しやすと、日頃の優しい印象とは正反対の凄《すご》みを見せて周囲を驚かせやすが」

「本当に魅力的な優しい男《ひと》でしたわね、長之介さんは」

「通っていた『会篤堂』でも、年下の者に特に慕《した》われる男の鑑《かがみ》みてえな野郎でござんした。とにかく頭が切れやした。この長之介の誘いもあって、『会篤堂』で午前中学んだあとは二人で、大坂は土佐堀にある無外流大坂支部の『練武館道場』へ通いやしてね」

「どちらが強かったのでございますか？」

「そりゃあ、まあ、私《あっし》は六歳の夏から麴町の無外流本部道場に通い、大坂入りした頃はすでに免許皆伝を頂戴いたしておりやしたから」

「矢張り私《わたくし》の思っていた通りでございましたのね。この御人《おひと》は只者ではない、と銀ちゃんのことを常々眺めておりました」

「さすが三百石旗本家の元お姫様の勘《かん》でござんすね、お内儀《かみ》」

銀次郎はそう呟《つぶや》くと、温かくやわらかなお内儀《かみ》の体を、そっと抱き寄せてやった。

お内儀《かみ》は、抗《あらが》わなかった。

「それで？……お父上様の度重《たびかさ》なる金子の無心は、何が原因であったのか、はっきりと突き止められたのですか」

「水茶屋の若く美しい女を囲い者に致しておりやした」

「やっぱり……」

「それも、御城下に小さいながらも二階建、一戸建の新居を買い与えるなどの貢《みつ》ぎ様《よう》でござんしてね。着物や身飾物《みかざりもの》は女から求められるままに、また三毛猫を二匹も飼わせ、高い手習い賃を払って小唄や三味線の師匠を二階家まで通わせるなど……」

「まあ……それじゃあ、お金が要る筈です」

「しかし、江戸の桜伊家の台所が逼迫して大坂への送金が滞《とどこお》り始めると、状況が急速に変化し出しやしたよ」

「女の気持が、お父上様から次第に離れ始めた……」

「それだけじゃあ、ござんせん」

「女に新しい男でも？」

「小唄の師匠として三日に一度女の二階家まで通ってくる、安芝居小屋《やすしばいごや》の役者とわりない仲となりやしてね。激怒した父が無理心中を仕掛けやした。報《しら》せを受けて、長之介と二人で現場を見に駈けつけやしたが、女を滅多斬《めったぎ》りにするなど、酷い光景でござんしたよ。父は腹を真一文字に切っ裂《さ》いておりやした」

「なんてことを……そのような騒動を起こしたのであれば、五百石の旗本家が閉門となるのは避けられませんでしたね。それから後の銀ちゃんの大坂滞在は、地獄の毎日でありましたでしょうに」

「父の起こした大騒動の後始末のため、それはもう地獄の毎日でござんした。そんな私《あっし》を優しく支え続けてくれたのが長之介であり、暗黒街に睨《にら》みを利かす長之介の親父《おやじ》さんでありやした」

「大坂の暗黒街に睨みを利かす香具師の大元締でありながら、長之介さんの父親というのは、なかなかに出来た人物だったのですね銀ちゃん」

「本当の男って感じの人でね、陰になり日向《ひなた》になり何かと私《あっし》を励ましてくれやしたよ。私《あっし》は父の無理心中の大騒動から数年の間、父親の後任を務める大番組頭の手伝いを役料なしで命じられやしたが、それもいい社会勉強になりやした。罰としての、無給手伝いでござんしたがね」

「役料無しとは、また恥辱的に厳しい御沙汰《ごさた》ですこと。でも、お父上様の心中騒動で桜伊家は閉門に処せられたのでございましょう？　それなのに役料無しとは言え、『在番大番衆の監察糾弾』という大事な御役目を負う後任組頭の手伝いを命じられたというのですか」

「実は桜伊家に対しては、将軍と雖《いえど》も処罰を下せないある事情がありやしてね」

「それはまた……どういう理由《わけ》で？」と、季代は驚いて、銀次郎から少し体を離した。

「その理由《わけ》に守られておりやす桜伊家は、大坂は無外流練武館道場近くの無縁寺に、父の小さな墓を建立《こんりゅう》することまでも許されやした」

「まあ……」

「父は今、大坂のその無縁寺で、全く目立つことなく独り淋しく眠っておりやす。自業自得ですよ。幕府はその父の墓を江戸の桜伊家の菩提寺へ移してもよいと認めてくれてはおりやすが、今のところ私《あっし》にはその気はありやせん」

銀次郎は自分の体から、ほんの少し離れた、季代の温かくやわらかな体をまた抱き寄せながら、徳川家康から桜伊家に授《さず》けられた天下無敵の「感状」のこと、その「感状」に守られたかたちになっている桜伊家のこと、伯父である目付和泉長門守兼行をはじめとする親族のこと、もと桜伊家の下働きであった飛市・イヨ夫婦のこと、などについて多少の創作を付け加えて季代に打ち明けた。さすがに何から何まで打ち明けるという訳にはいかなかった。

それでも打ち明け終えると、それらが全て真実であったかのような奇妙な安堵が胸の内側に広がった銀次郎だった。

そして次に心地よい眠けが訪れ、たちまち深い安らぎの懐へと抱《いだ》かれていった。

四十三

銀次郎は夢を見た。満月の夜に、桜と牡丹雪《ぼたんゆき》がふわふわと降り注ぐ中を無数の源氏蛍《げんじぼたる》が舞っている夢であった。蛍が源氏蛍と判ろう筈《はず》もない夢の中であるのに、そうと意識している妙な夢だった。

その桜と牡丹雪と源氏蛍が入り乱れるようにして舞う夜の向こうから、無数の提灯《ちょうちん》の明りが次第に近付いてくる。

若年寄配下にある「火付盗賊改《ひつけとうぞくあらため》」（盗賊火付改とも）の提灯だった。それが音もなく次第に急速に近付いてくる。月下に役人の姿も窺《うかが》えなければ、したがって足音も無く声も聞こえてこない。ただ提灯の明りだけが近付いてくる。

「盗賊改」「火付改」「博奕《ばくち》改」と組織が容易に一本化に至らず、また統括者もよく代わってきた「火付盗賊改」は、先手組《さきてぐみ》（先手弓頭、先手鉄砲頭）あるいは持頭《もちのかしら》（持弓頭、持筒頭）からの加役《かやく》であり、この時代、加役と言えば「火付盗賊改」を意味した。

提灯の明りが目の前に大きく迫ってきたので、銀次郎は腰に帯びた大刀（備前長永国友）の柄《つか》に手を掛けた。

と、提灯を持つ人影など皆無であるというのに、月下に数え切れない程の白刃《はくじん》が躍り上がってきらめいた。

眩《まぶ》しさのため目を細めた銀次郎に、白刃がそれこそ束《たば》となって襲い掛かった。

銀次郎は、目を覚ました。そして、息を乱している自分を知った。

季代は向こう向きとなって、ひっそりとした上品な寝息を立てている。

大行灯がジジジ……と小さな音を立てて、炎を揺らした。炎を絞り込んであったから、間もなく消えるのであろうか。

銀次郎は季代を起こさぬようにと気遣いながら、自分の寝床に戻った。

だが、枕にのせた頭が「ん？」という顔つきと共に、直《す》ぐに起き上がった。耳を研《と》ぎ澄《す》ませているのか、障子の方（廊下側）へと向けている。

けれども、それは長くはなかった。

銀次郎は寝床から離れて十畳の居間へと入ってゆくと、境目の襖《ふすま》を音立てぬようにゆっくりと閉じた。

次に大行灯の明りを大きくし、「お借りしやす」と呟いてからそして床の間の刀架けにある季代の所有物の大小刀を腰に通した。そして足音を殺して廊下に出ると、「矢張り来やがったかえ……」と舌を小さく打ち鳴らした。

銀次郎は振り向いて十畳の居間の向こう、襖が閉ざされた寝間に向かって（安心しなせえ。そちらへは一足たりとも入れさせやしません……）と胸の内で告げてから、居間の障子を閉めた。

銀次郎は大刀の鞘《さや》に左手を触れると、抜刀しやすいよう僅《わず》かばかり引き上げてから、柄《つか》を腹側へと強めに押した。

（俺に刃向かってくるのは、伯父に恨みを抱く旗本野郎共か。それとも『穴馬《あなうま》様《さま》』の息がかかった荒くれ一党か。あるいは、その両方か……ふん。俺にゃあ、どっちでも構わねえがよ……長之介殺しの下手人野郎を八つ裂きに出来りゃあ、それでいいんだい）

腹の内で己《おの》れに言って聞かせた銀次郎は、雨戸四枚分の止め木釘を静かに抜き取り、一番右端の雨戸に手をやった。

銀次郎は、雨戸の向こうにすでに人の気配を捉《とら》えていた。人数までは判る筈もなかったが、複数であると捉えていた。

「この店屋敷《たなやしき》で血の雨を降らせる訳にはいかねえが……」

思い直した銀次郎は、振り返って障子をもう一度静かに開けると、畳の上に腰の大小刀を横たえて「眠っていなせえよ」と寝間に向かって告げ、音立てぬよう障子を閉じた。

雨戸の向こうの気配は、容易に近付いてはこなかった。どうやら侵入者は侵入者で家の中の気配に全神経を尖《とが》らせているらしい。

一気に荒々しく踏み込んで来ないこと自体、「並の侵入者ではないな」と銀次郎に思わせた。

「こちらから行きなせえよ銀ちゃん」

余りに長く外の気配が動きそうにないため、遂《つい》に銀次郎は自分から右端の雨戸に手を掛けた。

ジリッと手首に力を入れる。

雨戸が僅かに動いて、カタッと微《かす》かに鳴った。

銀次郎は背中が一気に汗で湿《しめ》ったように思った。凄まじい緊張が自分を襲い始めているのを感じた。

しかし雨戸の向こうは、相変わらず静かだ。

銀次郎は呼吸《いき》を止め、雨戸に両手をやって引いた。

今度はサササッという微《かす》かな滑り音を発しただけで右端の雨戸は開き切り、受け柱に当たってまたカタッと僅かに鳴った。

いた。

深夜の皓々《こうこう》たる月明りの中に、全身を茶色の忍び装束《しょうぞく》らしきものに包んだ、背丈に恵まれた五人の侵入者が立っていた。

しかも何様《なにさま》の積もりであるのか、五人が五人とも傲然《ごうぜん》と両脚を開き腕組をしている。自信たっぷりな様子だ。

すっくとした立ち様《よう》から、銀次郎は（こ奴ら、これまでに奇襲してきた連中とは、桁違《けたちが》いだ……）と、背すじに悪感《おかん》を覚えた。

銀次郎は五人の茶装束を見据《みす》えつつ、後ろ手で雨戸を閉めた。

「一体《いってえ》何者でえ。次から次とよ……」

小声で問いつつ銀次郎は舌を打ち鳴らした。次から次とよ……と言って直ぐ、相手は今夜が〈初めての出現〉かも知れない、と気付いたからだ。

「お前《めえ》ら盗賊かえ。それとも私《あっし》の命が狙いかえ」

銀次郎はさらに声を低めて問うたが、返事は返ってこなかった。それどころか相手は不動無言のままだ。腕組をしている姿勢を微塵《みじん》も崩していない。

銀次郎が「憎《にく》い……」と感じる程に、美しい堂々たる立ち姿であった。

「やるなら相手になるぜ。但《ただ》し、この店屋敷《たなやしき》は血で汚したくねえ。俺を叩き潰す気ならひとつ拳業《こぶしわざ》できて貰いてえ。拳業でな」

獣の唸《うな》りのような低い声を発した銀次郎は、手指十本をピキリと軋《きし》ませて拳をつくり一歩を踏み出した。鍛えに鍛えた銀次郎の右の拳は、重ねた屋根瓦《やねがわら》七、八枚を粉微塵《こなみじん》とする威力を秘めている。一見、普通の拳に見えるが、その右手の指《し》丘《きゅう》はまるで鋼球のような硬さだ。無外流拳業の怖さがまさにそこに……銀次郎の右の拳にあった。閃光のように襲いかかり、雷鳴を発して急所にめり込む右の拳である。

そうと知ってか知らずか、すっくと腕組をして立つ五つの茶装束は、依然として全く不動無言のままであった。

だが銀次郎は、覆面の目窓から覗《のぞ》いている相手の十の目に圧倒され、実は何度も生唾《なまつば》を呑み込んでいた。

「こねえのか。なら、私《あっし》の方から行くぜい」

銀次郎はもう一歩を踏み出すと、右足を引きつつゆっくりと腰を下げた。

右の拳は甲を額《ひたい》に向けた高さで、左の拳は甲を下顎《したあご》に向けた高さで静止させ、二つの拳の間から、やや扇状に散開している五つの茶装束を睨《にら》みつけた。無外流「鼓討《つづみう》ち」の構えである。

「きなせえ」

と銀次郎は誘いをかけた。

と、扇状の左端にいる肩幅のがっしりと広い茶装束が、頭《かしら》の立場にでもあるのか「受けよ」と、はじめて声を発した。命令調であった。しかも「殺《や》れ」ではなく「受けよ」である。

銀次郎は、思わず小さくではあったが腹の内を乱した。予想だにしていなかった「受けよ」であった。しかもその声の響きに威圧感や恫喝《どうかってき》的な響きはない。五人の内の、中央にいたほっそりとしたどこかやさしい体つき——しかし背丈は銀次郎くらいの——茶装束が、無言のままに前へ進み出た。

銀次郎が大衝撃を受けたのは、次の瞬間であった。

相手は右足の引き方、腰の沈め様《よう》、左右の手の高さ・位置は、銀次郎の「鼓討ち」の身構えそのままだった。

違うのは、相手の左右の手が「拳」ではなく「手刀」であったことだ。

「無外流……斬雨《きりさめ》」

呟《つぶや》いた銀次郎の顔が、みるみる青ざめていった。

銀次郎の顔を青ざめさせる無外流「斬雨《きりさめ》」とは、一体どのような業なのであろうか。

銀次郎は更に腰を沈めて呼吸《いき》を止めジリッと足先を進めたが、両拳の内側に激しく汗を噴き出していた。自分が極めている無外流が目の前に現われるなど予想もしていなかった銀次郎である。

しかも、ほっそりとしたどこかやさしい体つきの相手は「斬雨」の構えを見せている。

（なんと完璧な美しい構えであることか……）

と、銀次郎は青ざめつつ、その一方で見蕩《みと》れもした。

相手は頭らしい茶装束から「受けよ」と命ぜられて銀次郎に対峙《たいじ》しているせいか、銀次郎がジリジリと間《ま》を詰め出しても、全く動こうとしない。

それどころか、その美しい「斬雨」の構えは、不思議な輝きを発し始めたかに、銀次郎には思えた。

「こねえのかえ。なら、こちらから行くぜい」

銀次郎は滑るように足を一気に進めて、相手に迫った。

と、相手が上体をスウッと後ろへ引くように見せて右脚の上へその上体を乗せ、そして左脚を持ち上げ鉤形《かぎがた》（直角）に膝《ひざ》を曲げた。爪先《つまさき》五本の指は、まるで槍《やり》の穂先の如《ごと》く銀次郎の胸に向けられている。

銀次郎は、反射的に後退した。いや、後退させられた、という気分を味わっていた。

相手は右脚一本立ちで、左脚鉤形構えという不安定な姿勢にもかかわらず、ひと揺れさえもしない。

それよりも何よりも、その身構えの美しさは、一層の輝きを放ちさえして、銀次郎は喉仏《のどぼとけ》を鳴らし生唾《なまつば》を呑み込んでしまった。

銀次郎は身構えを変えた。左拳を前方へ突き出し、右拳を腰だめとした。「やられるかも知れない……」という不安が脳裏を過《よ》ぎったのはこのときだった。それは銀次郎がこれまでの喧嘩や格闘で味わったことのない、はじめての重苦しい戦慄だった。

無外流を極めた銀次郎をここまで怯《おび》えさせる相手は一体何者であるのか？

と、「斬雨」構えの相手が、すうっと足を滑らせた。銀次郎への見事な迫り方だった。むつかしい正対しての間合の詰め方であるにも拘《かかわ》らず、相手は全く体に「ひるみ」を覗《のぞ》かせない。氷のように冷え切った感じで迫ってくる。

銀次郎はまたしても退《さ》がったが、相手の動きは止まらず、遂《つい》に第一撃が閃《ひらめ》きのような速さで襲いかかってきた。

銀次郎は目の前に迫った相手の拳を、左右両掌《てのひら》を重ねるようにして受けた。上体を左右に振ってかわしつつ左右の腕で受け払いする余裕などはなかった。凄まじい速さの「真正面突き」である。

受けた銀次郎の重ねた掌が大衝撃を受けてドシンと唸《うな》り、その圧力は尋常を超えていた。

銀次郎の足が地面をザザッと鳴らして退がる。自分の意思で退がった訳ではない。凄まじい圧力に押されて退がったのだ。

だがしかし、それは最初の恐怖でしかなかった。退がって上体の安定を欠いた銀次郎の左横面《よこつら》に相手の唸りが鋭い風切り音を発して突っ込んできた。「真正面突き」との間に、半呼吸さえも置かぬ速攻である。

とっさに「防ぎ切れない……」と判断した銀次郎は、左横面に左掌を当てた。

爆雷が破裂したのかと錯覚するほどの強烈な打撃が、銀次郎の鍛えあげた太い首をちぎれんばかりに右へ打ち振った。

もんどり打って銀次郎が横転。

この瞬間銀次郎の優《すぐ》れた目は、これほどの業《わざ》を放つ相手の足の位置構えが全く変化していないことを捉《とら》えていた。

銀次郎の瞬発本能が、もんどり打って倒されると同時に炸裂《さくれつ》した。

朽ち木の如く横転しながらも、踏み出すかたちになっていた相手の右膝の外側を、銀次郎の足が回し打っていたのだ。

生半可《なまはんか》な鍛え様《よう》ではない銀次郎の脚(足)であり腕(手)である。

相手の膝が内側へぐにゃりと折れ曲がり、悲鳴もあげずに相手はその場に、うずくまった。

殆《ほとん》ど反射的に銀次郎は次の攻撃へと移った。

しかし……その相手の脳天へ拳を殴り下ろそうとして、銀次郎は下唇を噛《か》んで踏み止《とど》まった。ここでも銀次郎の本能、直感がひらめいていた。

「女?……」

と、銀次郎は思うや否や、ひらりと飛び退がった。拵仕事《こしらえしごと》で幾多の女と接してきた銀次郎である。女の体の動き方、変化の仕方はそれこそ細かいところまで把握できている。学んで把握した訳ではない。大勢の女に接して接して触れて触れて体で覚えてきた女の体の「動き方」「変化の仕方」である。常に女との間に清い一定の隔《へだ》たりを厳しく置いてきたからこそ得られたものだ。

その銀次郎が、相手のうずくまる様《さま》に、「女？……」と感じたのだ。

「覆面《ふくめん》を取りねえ……お前《めえ》さん、女……くノ一だな」

銀次郎は、身構えを用心しつつ解くと、うずくまって覆面の中で苦しんでいる相手に近付いて行こうとした。

すると、それまで腕組をして見守っていた四人の内の三人――頭《かしら》らしい一人を除いた――が申し合わせたように一斉に抜刀した。一寸の乱れも無い〈一斉〉であった。

「お前様《まえさま》……」

後ろで澄んだ声がしたので銀次郎は振り向いた。いつの間にか雨戸が開いており、お内儀《かみ》季代が豊かな胸に抱いていた父から譲り受けた刀を、サッと投げて寄越した。

銀次郎が左片手で受け取り様《ざま》すかさず右手で抜刀し、左手に残った鞘《さや》をゆっくりと腰に通した。

そして正眼に身構える。

ひとたび剣を取れば自分は誰にも負けぬ、という自信と確信が頭を持ち上げた。無外流免許皆伝の腕をもってすれば、柳生新陰流の宗家にさえも負けはしない、と思ってもいる。

「お前《めえ》さん達、なぜ拳業《こぶしわざ》を続けねえんだ。何なら構わねえから、段平《だんびら》ふりかざして一斉にかかってきなせえ。私《あっし》の拳業を、もう少し見せてあげやしょう」

銀次郎はそう言うと、ひとり頷《うなず》いてみせ、正眼に身構えたばかりの大刀を再び鞘に戻した。拳業にも絶対の自信を抱いてはいる銀次郎だった。「女？」を相手に異様な怯えを覚えはしたが。

「お前様……それは無謀です」

後ろで季代の声がした。けれども銀次郎は「なあに……」とだけ答えて拳業「斬雨」の構えを取った。相手、しかも「くノ一？」の取った構えをそのまま真《ま》似《ね》るのは、剣客として、否、武士として下の下ではある。

それを承知で銀次郎は敢《あ》えて、うずくまっている「くノ一？」の面前で「斬雨」の構えをしてみせた。これを見よと言わんばかりに。

だが抜刀した三人は、有無《うむ》を言わさぬ態《てい》で銀次郎に上段構えで迫った。「殺《や》る」つもりだ。頭らしい覆面は腕組をして仁王立ちのまま身じろぎ一つしない。

銀次郎は三人のうち中央の相手に意識を集中させているかのような目配りを見せながら、右端の黒覆面に注意を集中させた。一発でそ奴を撃破するための、銀次郎が「斬雨」の鍛練の延長線上で編み出した「双観構《ふたみがま》え」である。業《わざ》と言うよりは術《すべ》と言うべき、精神の身構えであった。

季代は胸の前で両手を合わせ、恐怖に耐えながら銀次郎の身構えに並々ならぬものを感じた。借金まみれの没落状態にあった旗本三百石の元姫様であっただけに、小太刀《こだち》、小槍、薙刀《なぎなた》などはひと通り教え込まれてきた季代である。

拳業で三本の大刀に立ち向かおうとしている銀次郎の「斬雨」構えを、「凄い」と思い、同時に「なんと洗練された美しい構え姿であろうか」とおののきつつ見蕩れた。

「行け」

頭らしい覆面が、配下三人に動きが生じないことにいささかの苛立《いらだ》ちを覚えたのか、低く鋭い声で命じた。

その短い言葉が終わるか終わらぬ間に、三人の内の中央の茶装束が無言のまま銀次郎に斬り込んだ。凄まじい踏み込みであった。二間《けん》ばかりあった双方の隔たりを僅か一足半で飛び切るや、大上段にあった大刀を雷光《いかずち》が大地を裂かんばかりの激しさで振り下ろした。

見ていた季代は、バリバリバリッという物凄い雷鳴を耳に感じて、思わず目を閉じ両の耳を手で塞《ふさ》いでしまった。

「がうっ……」という唸るような低い悲鳴。

見なければ、と季代は瞼《まぶた》に力を込めて両目を見開いた。

信じられないような光景が、庭先直ぐ向こうで生じていた。

ひとりの茶装束が、銀次郎がはじめにいた位置で横向けに倒れて海老《えび》のように体をくの字に折って苦しみ、銀次郎はと言えばなんと、斬り込んだ茶装束がいた三人の刺客の内の中央の位置に移っているではないか。

季代が背筋を震わせて驚いたのは、そのことではない。

その位置へ移った銀次郎が、自分に斬り掛かってきた右端の刺客の左脇へ、腰を沈めざま右旋回の捻《ひね》りあげるような拳を打ち込んだのだ。

それは〈格闘〉という行為の経験が全く無い季代から見ても、心の臓がひっくり返るのでは、と思われるような猛烈な打撃であった。

バキンッと骨の砕ける悲惨な音が月下に鳴り響くや、相手は「があああっ」と本来なら月下に響きわたる断末魔の呻《うめ》きを発して横転するであろうに、無言のまま膝を折った。

驚くべき耐力だ。

店の者、隣近所の者が目を覚ましてもおかしくはない断末魔の悲鳴があがると、侵入者たちの立場も不利へと追い込まれる。

無傷の刺客たちも季代も、銀次郎の強烈な一発に体を硬直させ息を呑んだ。

「これで止《よ》しにしねえ。此処《ここ》では血の雨を降らせたくねえんだ」

「…………」

「どうしても私《あっし》に向かってくるってんなら、表通りへ出なせえ。そこでなら、これで相手をさせて戴きやしょうかえ」

銀次郎は腰に通した季代の刀を軽く叩いてみせた。

「腕の程《ほど》はよく判った。くれぐれも己《おの》れを大切にして、すこやかに過ごされるがよい」

頭らしい相手は銀次郎に向かって意外に穏やかな口調で言うと、悶絶《もんぜつ》状態にある三人に「行くぞ」と告げた。

すると、あれほど悶絶していた三人が、むっくりと起き上がり、よろめきはしたが頭と思われる茶装束の近くに寄っていった。

(矢張り……)と、銀次郎は思った。銀次郎は急所をうまく外して「斬らせる」「殴らせる」という無外流の最も重要な基本の術《わざ》を心得ている。術《じゅつ》ではなく術《わざ》としてである。この場合、皆伝書には業《わざ》とは書かれず術《わざ》と書かれている。武器を手にしての格闘の場に於いて生死の分かれ目となるこの術を、銀次郎は相手も心得ていると読んで(矢張り……)と、感じたのであった。

侵入者たちは、忍び返しを備える「近江屋」の高い塀を、訳もなく軽々と飛び越えて姿を消し去った。

悶絶していた三人は、忍び返しに足先を危うく取られる跳躍《ちょうやく》ではあったが、それでも尋常の鍛え方ではない。

「後をつけてやるか……」

呟《つぶや》いて銀次郎は裏木戸へ向かおうとしたが、「待って……お前様」と後ろから季代の澄んだ小声がかかった。

振り返った銀次郎に、季代は素足のまま庭に下りて駈け寄った。

「駄目……追うのは止《よ》しましょう、ね、銀ちゃん」

「お前様」からいつもの「銀ちゃん」へと変えて、銀次郎の袂《たもと》を摑《つか》んだ季代であった。

「連中のうち三人は、痛めつけられた体力だい。どうしても正体を摑みてえ」

「相手は只者ではありませぬ。銀ちゃんが尾行するかも知れないことを予想していましょう。簡単に正体を摑むことが出来るとは、とても考えられません」

「だがよ……」

「お願い銀ちゃん、今宵は私の言うことを受け入れて頂戴。銀ちゃんも顔の腫《は》れを充分に治してから次の機会を……ね」

「判った。お内儀《かみ》さんがそうまで言ってくれるんなら……従いやしょう」

「いい子ね」

「おいおい、子供扱いは止しにしてくんねえ」

「さ、部屋へ戻りましょう。いま濡れ手拭《てぬぐ》いを持ってきますから、それで足の裏を清めてあげます」

「お内儀《かみ》」

「え？」

「ありがとよ」

銀次郎はそう言うと、季代の体をやさしく抱き寄せて背中をそっと撫《な》でてやった。

そして、もう一度小声で言った。

「本当に、ありがとよ。……おっ母《か》さん」

「馬鹿」

季代は両手で銀次郎の胸を軽く突いて離れると、濡《ぬ》れ縁《えん》の方へと戻っていった。

銀次郎は庭をゆっくりと見回した。

「よかったぜい。血で汚さなくってよ。この店屋敷で流血の騒ぎを起こせば、店の信用にも影響するところだったい。おっと、そうだい。商家の庭に投げ込まれちまった俺の刀、季代お内儀《かみ》に明日にでも取りに行って貰った方が、俺が行くよりは穏やかに済んでいいかも知れねえ」

銀次郎は大きく息を吸い込むと夜空の満月を仰ぎ見、「それにしても一体《いってえ》何者なんでい」

と、小首を傾《かし》げて濡れ縁へと足を進めた。

「……くれぐれも己れを大切にして、すこやかに過ごされるがよい」

頭らしい茶装束が穏やかに言い残したその言葉が、重苦しい痼《しこ》りとなって銀次郎の胸の内側に残った。命を賭けて対決した相手への去り際の言葉としては、余りにも不自然である、と思った。

四十四

「あら、お目覚めですか銀ちゃん。今朝はすっかり腫れが引いた綺麗な顔になっておりましてよ」

寝床の上に上体を起こした銀次郎に、すでに起きて身繕《みづくろ》いも寝乱れ髪も整え終えている季代が、居間の鏡台の前から涼しい声を掛けてきた。

銀次郎が「近江屋」に世話をかけてから、三日目の朝のことであった。

「お内儀《かみ》さんが毎朝顔に塗ってくれる軟膏《なんこう》が効いたんでござんしょ。感謝しておりやす」

「お金遣いの荒い父でしたけれど、薬草ではなかなかの才能がありましてね、自分で色んな薬草を混ぜ合わせては自分の体で試しておりました」

「ほほう、それはまた……」

「私《わたくし》が銀ちゃんの顔に塗った軟膏も、父から伝授されたもの。石松《せきしょう》や石韋根《せきいこん》、それに楊梅皮《ようばいひ》、小赤麻根《しょうせきまこん》などの有効成分を一定の割合で混ぜ合わせて出来た軟膏です」

「と、言われても薬草に無学な私《あっし》にはよく判らねえが……」

と、銀次郎は苦笑を返して、布団をたたみ出した。

「そのようなこと、私《わたくし》が致します」

「いいから、今言った薬草について、もうちいと説明を加えてくんない。またいつ殴られるか判んねえからよ」

鏡台の前から立ち上がりかけた季代をやんわりとした口調で抑えた銀次郎は、折り畳んだ布団を手早く押入へと運んでいった。

「またいつ殴られるか判んねえ、なんて私《わたくし》の心の臓を乱すようなことを言うものではありませぬよ銀ちゃん」

「すまねえ。その通りだい」

「今私《わたくし》が申し上げた薬草で石松というのは、ヒカゲノカズラを指して言うのです。どの部分を指して、というのではなくヒカゲノカズラの全草を指しましてね」

「なるほど……」

「次に石韋根ですけれど、これは比較的温かな場所の岩の上などに生えているヒトツバの根のことを言っております」

「あ、聞いたことがある。確か、亡くなった母が医者から貰っていたのがヒトツバだったい」

「そうでしたか、母上様が……」

季代は頷《うなず》いてみせた。ヒトツバの葉が排尿作用を助けることを知ってはいたが、それは口から出せなかった。尿が出にくいという事は軽い病ではない、と想像できたからだ。

「で、小赤麻根てえのは？」

銀次郎が話の先を促《うなが》した。

「コアカソの根のことです。日本のどこの山林でも見られる珍しくもない多年草でございましてね。ブヨとか蚊にさされた時などにも、葉を軽く揉《も》んで汁をつけると、たちまち腫れもかゆみも引いてゆきます」

「へえ、そいつあ凄い……お内儀《かみ》さんよ、ひとつ『近江屋』でも薬草を扱ったらどうでえ。薬種問屋にばかり任せておくことはねえやな」

「とんでもないことです。薬草は調合を少し誤っただけでも命にかかわることがございます。葉や根を採取したからと申して簡単に出来るものではないのですよ銀ちゃん」

「ま、そうだねい。おっと、楊梅皮ってえのを、まだ聞いてなかったたい」

「楊梅皮とは、ヤマモモの樹皮を指しているのです」

「ヤマモモってえと、初夏に赤紫色の甘い実をつけてくれる、あのヤマモモですかい」

「はい。そのヤマモモの樹皮には打撲や捻挫《ねんざ》の腫れ、痛みを鎮《しず》めてくれる成分があるほか、口の中の病（口内炎、扁桃炎）とか下痢にも非常によく効くのですよ」

「なるほどねい。道端《みちばた》に生えている雑草といえども馬鹿にゃあ出来ねえ訳だ。人間だって同じだあな。ぬくぬく育った野郎よりも、雑草みてえな野郎の方が、世の中に出りゃあ圧倒的に強《つえ》えと決まってらい」

「野郎だけではありませぬ。女性《おんな》にしても同じでございますことよ」

「てえと、さしずめお内儀《かみ》さんは雑草ですかえ」

「はい。私《わたくし》はそう思っております。恥ずかしいお家の事情とかで三百石旗本家から放り出され、右も左も判らぬ老舗《しにせ》の商家に入って今日まで必死で生きて来たのですもの」

季代はそう言うと、声を少し詰まらせた。

布団を押入に片付け終えた銀次郎は鏡台の方へとゆっくり近付いてゆくと、季代の体を後ろから腕の力を脱《ぬ》いてそっと羽交《はが》い締めにした。

「本当にお内儀《かみ》さんは、ようやりなすったい。この老舗の商家を、嫁に入った時よりも倍以上の規模にしなすったんだからねい。その過程でどれほどの凄まじい苦労があったか、私《あっし》には想像ができやす。身を持ち崩さねえ程度に、上手に遊んでよござんすよお内儀《かみ》さん。上手に遊びなせえ。お内儀《かみ》さんが困った時にゃあ、後ろに控えておりやすこの銀次郎がきちんと動きやす。安心しなせえ」

「私《わたくし》の心の内をものの見事に見透《みす》かしたように、そう言って下さるのは銀ちゃんだけ。その言葉だけで、心の内のどうしようもなかった淋しさが和《やわ》らぎます」

「そうですかえ……なら、拵《こしらえ》が無くったって、いつでも私《あっし》の住居《すまい》の半畳間《はんじょうのま》を訪ねて来なせえ。どうせあの半畳間《はんじょうのま》は、お内儀《かみ》さん専用の座布団みてえなもんだからよ……とは言っても、暫《しばら》くは私《あっし》のそばへは近付かねえ方がよいとは思いやすが」

「昨夜《ゆうべ》の不埒者《ふらちもの》たちは、どこから眺めても只者《ただもの》ではありませぬ、これではないか、というしっかりとした心当たりは本当にないのですか？」

「ござんせん……お内儀《かみ》には昨夜《ゆうべ》寝物語のように私《あっし》の身上についてあれこれと聞いて戴《いただ》きやしたが、その話の中に登場した不埒者とは、どこかが違っておりやすね」

「長之介さんの事件に関わる者でもなく、伯父上様を狙っている刺客のようでもなく、かと申して銀ちゃんそのものを倒そうとして襲ってきた者でもないとすると……一体どのような素姓の者なのでしょう」

「これから調べ上げていきやす。私《あっし》の狙いは只一つ。長《ちょう》を殺《や》りやがった奴をたとえ二年かかろうが三年かかろうが突き止め、そ奴の首を打ち落とし、場合によっちゃあ、そ奴の仲間も皆殺しにせにゃあ気が済みやせん」

「銀ちゃん。皆殺しなどという言葉は、私《わたくし》の前では使わないで下さい。そりゃあ長之介さんを殺された銀ちゃんの炎《ひ》のように激しい怒りはよく判るけれど……」

「いや、もう一度言いやす。たとえ二年かかろうが三年かかろうがそ奴を突き止め、私《あっし》はそ奴に対し精一杯むごたらしい殺意を突き付けやす。……必ずむごたらしく殺《や》ってやる。必ず」

「銀ちゃん……」

季代は悲しそうに眉《まゆ》をひそめた端整な顔を鏡に映した。

このとき、廊下を次第に近付いてくる摺《す》り足の音があった。控え目だが明らかにそちらへ向かっていますよ、と知らせる配慮がうかがえる摺り足の音だった。

銀次郎がお内儀《かみ》の体から離れて床の間と向き合うかたちで栗色に輝いている漆《うるし》塗《ぬ》りの座卓の前に正座をした。下座の位置だ。

「下座は駄目、床の間を背にして下さい」と季代から強く言われたが聞き入れない銀次郎だった。

朝日が当たっている障子の向こうに座る人影があった。この数日、銀次郎が見慣れている人影である。季代が鏡台の前から離れて、銀次郎と向き合う位置へと移った。

「お内儀《かみ》様、利助《りすけ》でございます。朝餉《あさげ》の用意が調いました。手代頭の恵三に持ってこさせて宜《よろ》しゅう御座いましょうか」

商いを統括している大番頭の利助――一番番頭与平《よへい》の遠縁に当たる――の抑え気味な声であった。この座敷に銀次郎が〈滞在〉していることを季代から事情を打ち明けられて承知しているのは、大番頭の利助、一番番頭の与平、二番番頭の善三郎、手代頭の恵三、それに女中頭のハルエの四人だけであった。いずれも十五年以上にも亘《わた》って「近江屋」に尽くしてきた季代の信頼が厚い奉公人たちである。銀次郎とも交流がある。

「はい。そろそろお願い致します」

「承知いたしました」

障子に映った人影がきちんと頭を下げて、去っていった。

摺り足の音が急ぎ気味に遠ざかってゆく。

「色々と世話をかけちまったが、朝餉を済ませたら、私《あっし》は麴町の屋敷へ戻りますよ、お内儀《かみ》さん」

「駄目でございますよう。当分はこの『近江屋』に寝起きをして、慎重に考え考え動かないことには……ね、そうなさいましな銀ちゃん」

「いや、そうはいかねえ。この店屋敷に血の雨を降らせなくてホッと致しておりやすが、またいつ不埒な野郎共が私《あっし》を狙って襲ってくるやも知れやせん。これ以上『近江屋』に迷惑を掛ける訳にはいかねえ」

「でも……」

「それに、次は私《あっし》の方が先手を打って刀を抜いてしまうかも知れねえんだ。私《あっし》は気の長《なげ》え優しい性質《たち》の人間じゃあ決してありやせんからねい」

また廊下をこちらへ向かってくる一人ではないと判る足音があって、二人は口を噤《つぐ》んだ。

季代が、お内儀《かみ》の表情へとなっていく。

両手に膳《ぜん》を持つ二つの人影が居間の障子に前後に並んで映った。後ろの人影は女髷《おんなまげ》だった。

二つの影が手にした膳を下ろしながら正座した影となる。

「お内儀《かみ》様。恵三でございます。朝の膳をお持ち致しました」

「ありがとう。お入りなさい」

「失礼いたします」

障子が静かに開けられていった。決して速くも遅すぎもしない開け方だった。

部屋の内に居る者の姿・姿勢が、判らない場合の障子を開ける微妙な呼吸が、そこにあった。室内への配慮であった。

三百石旗本家に育った季代の、奉公人たちへの教育が生きている。

手代頭の恵三と女中頭のハルエが、朝餉をのせた膳を手に居間に入ってきた。

「幾日も世話をかけちまって、ありがとうよ恵三さん、ハルエさん」

銀次郎は二人に対し、座卓に額が触れるほど頭を下げた。

「とんでもないことでございます。何なりとご遠慮なくお申しつけ下さい」

恵三が控え目な調子で言い、銀次郎の前に膳を置いた。

そしてハルエが「お内儀《かみ》様、どうぞ」と言葉短く言い、季代の前に膳を置いて二人は居間から出ていった。無駄のない洗練された動きであった。

「さ、戴きましょう銀ちゃん」

「うん……」

頷《うなず》いた銀次郎は箸を手に取ると、毎日欠かさず朝の膳を調えてくれる亀島川の畔《ほとり》に住む飛市とイヨの老いた顔を脳裏に思い浮かべて合掌《がっしょう》した。

(季代お内儀《かみ》もそうだが、老いた年の二人を騒動の内側に巻き込む訳にゃあいかねえな……)

そう思った銀次郎は、事態が落ち着く迄《まで》は飛市とイヨにだけは今日を境として自分から近付かない方がよいと思い、強く決意するのだった。

四十五

「近江屋」で朝餉を済ませた銀次郎は、取る物も取りあえず本八丁堀の自宅へ戻ると、人気の拵仕事《こしらえしごと》で貯め込んだ大枚を必要程度に身肌《みはだ》に付け、台所にあった破れ蓑笠《みのがさ》を「無いよりはまし……」とかぶり、裏口から外へと出た。

次に目指したのは麹町の我が閉門屋敷、桜伊邸であった。銀次郎が時に自嘲的に口にすることがある、いわゆる「御屋敷詣《もう》で」だ。

この江戸では、町人態《てい》の自分の姿、身形《みなり》は知られ過ぎている、と考えた銀次郎は、浪人姿でも矢張り動き難い、と感じていた。

したがって銀次郎は裏道から裏道へ、路地から路地へと姿を隠すかのようにして麹町に入ると、一層あたりに用心を払って我が閉門屋敷の勝手門を潜り、更に伯父や飛市、イヨが訪ねている気配がないことを確かめてから玄関よりそっと邸内に入った。

この住居《すまい》へ入った時は必ず一番にそうしているように、仏間に正座をして仏壇に合掌《がっしょう》し心身を鎮《しず》めて引き締めた。

「伯父と我が友の身の周りに、見え隠れした何者とも判らぬ不埒な者ども。こ奴らによって命を落としたに違いない友のために、この銀次郎、相手の正体を突き止め殺意を煮えたぎらせて刃《やいば》を抜き放ちまする。この激情を何卒お許し下され母上」

短い経をあげたあと、銀次郎は合掌を解いて畳に両手をつき平伏し、仏壇の母の位牌《いはい》に向かって告げた。

顔を上げ、位牌を見つめて耳を澄《す》ませたが、母正代の言葉は聞こえてこない。

銀次郎は立ち上がり更に丁寧に一礼をすると、自分の居間に移って薄汚れた浪人の身形を脱ぎ捨て、武士としての無紋の（家紋入りでない）普段着に着替えをした。

普段着とはいえ、銀次郎にとっては堅苦しいことこの上ない。

だが、そうは言っておれなかった。銀次郎にとっては、いわば〈武士としての〉本格的な戦闘準備でもあったのだ。

上に着たのは夜に目立たないやや黒に近い濃紺《のうこん》の羽織。その下に矢張り夜に目立ち難い紺の小袖《こそで》を着て、下は薄い縦縞《たてじま》模様が走る精好仙台平《せいごうせんだいひら》（単に仙台平とも）の茶色の半袴《はんばかま》。

精好仙台平とは、伊達《だて》藩（仙台）で織られている絹の高級袴地を指している。絹の高級袴地で織られた半袴の着用など、血雨が降るかも知れない戦闘用には勿体《もったい》ないように思われるが、しかし銀次郎にはそれなりの計算や考えがあった。

精好仙台平で織られた半袴は、特に多数を相手とする激戦を考えた場合、両の脚を前後左右に非常に動かし易《やす》いのだ。

次に銀次郎は住居《すまい》の北詰めにある内蔵に入ると、非常に軽く編まれている丈夫な深編笠《ふかあみがさ》を取り出し、再び仏間に戻った。

今度は正座はせず、立ったまま母正代の位牌を見つめた。

と、聞こえてきた。まぎれもなく母の声であった。

「……思いのままに生きなされ。但《ただ》し銀次郎、男であるべき正しい道、大きな優しい精神《こころ》を決して忘れてはなりませぬ。邪《よこし》まな道に踏み込んではなりませぬ」

今わの際《きわ》に苦しい息の下から言った、母の言葉であった。

銀次郎は、深々と頭を下げた。

「母上。この銀次郎、邪まを斬り刻みまする。阿修羅《あしゅら》となることをお許し下され」

銀次郎は母の位牌にそう告げると、仏間を出て深編笠をかぶった。

大坂の某《なにがし》寺に葬られている父の位牌に対しては、視線さえも注がなかった銀次郎だった。

玄関から外へと出た銀次郎は、敷き詰められた御影石《みかげいし》に沿うかたちで広い庭の東側に聳《そび》えている四方へ大枝を張った拳《こぶし》（辛夷《こぶし》とも）の巨木の前に立った。

高さは優に七丈《じょう》（二十一メートル以上）は超えているだろうか。家具や器具創りに用いられる質の良い木であり、早春の頃に芳香に富む白い花——時には薄紅色が入った——を咲かせる。

この拳の巨木を背にするかたちで、襲いくる邪《よこし》ま者《もの》を一撃のもとに打ち倒すかのような、凄まじい形相《ぎょうそう》の等身大の像が立っていた。

薬師如来《やくしにょらい》を守ると伝えられている十二神将《じゅうにしんしょう》（奈良市高畑町の新薬師寺に現存。国宝）の一《ひとつ》、伐折羅《ばさら》大将の見事以上と称して差し支えない模倣《もほう》像であった。

天平十九年（七四七年）、時の光明《こうみょう》皇后は聖武《しょうむ》天皇の病気平癒《へいゆ》を願って、奈良・高畑の里に新薬師寺を建立《こんりゅう》し、インドに住む精霊とも伝えられている阿修羅形相の等身大塑像《そぞう》十二体（木を芯としてその周りを粘土で塗り固め形成していく像）つまり十二神将を備えて新薬師寺の（薬師如来の）守護とした。

この十二体の神将はいつの頃からか十二支と結びつけられるようになり、たとえば髪を逆立てて剣を抜き放ち眦《まなじり》を吊り上げ口を大きく開けた凄まじい形相で悪を威嚇せんとする伐折羅大将は「いぬ年」、抜き放った剣で今にも悪を串刺しにせんと吼《ほ》える形相の宮毘羅《くびら》大将は「いのしし年」といった具合にである。

桜伊銀次郎は、「某年《なにがし》」とかの生まれであったが、当の本人はそのようなことはいささかも意識しておらず、**拳の巨木の前に伐折羅大将の等身大石像を建てたのは、銀次郎の生誕を喜んだ今は亡き祖父真次郎芳時《しんじろうよしとき》だった。**

「正しきを愛し豪《つよ》く育てよ」と願って。

その銀次郎の父元四郎時宗が大坂在番の任務の最中《さなか》に水茶屋の若く美しい女に入れあげ、あげく女の裏切りにあって激昂《げっこう》し、女を滅多斬りにして自身も腹を真一文字に裂いて自害するなど、伐折羅大将もあきれる道外しであった。

剣術の奥傳《おくでん》を極め、剣客と言われた元四郎時宗がである。

銀次郎は拳の巨木の前に長いこと立ち尽くし、伐折羅大将を眺《なが》めていたが、やがて「申し訳ありませぬ」と小さくひと言呟《つぶや》いて伐折羅大将に背を向け勝手門から出ていった。一体何に対しての「申し訳ありませぬ」であったのであろうか。伐折羅大将は銀次郎の後ろ姿におそらく思ったことであろう。なんと淋しそうな後ろ姿であることか、と。

深編笠で顔を隠した銀次郎は、雲一つなく晴れわたった明るい日差しの中を、迷う様子もなく足を急がせた。行き先をすでに肚《はら》の内で決めてあるのだろう。

銀次郎の足は桜田濠《ぼり》に沿った通りを、西に向かって急いだ。かなりの速足だった。今日一日の内に幾つかの問題について対処しようとでもしているかのような急ぎ様《よう》だ。

そして桜田御門を左に見る所まで来た銀次郎は右手、南の方角へと折れ、そのまま小・中大名屋敷が建ち並ぶ中へと入っていった。

整った身形であったから、銀次郎の急ぎ様《よう》は小・中大名屋敷街へと入っても格別に怪《あや》しくは見えなかった。決して安物ではない羽織の下に紺の小袖と仙台平の半袴であったから、見る者が見れば小・中大名屋敷の上級家臣くらいには見えようか。

深編笠に隠された己《おの》れの表情は相当に険しい、と判っている銀次郎ではあったが、その表情は幸いにも誰彼には見られることはない。

銀次郎が、さほどの刻《とき》を要さずに辿《たど》り着いて立ち止まったのは、例の浜松町四丁目の古川（上流部は渋谷川となる）に架かった金杉橋を渡って数間あたりの所であった。

ゆっくりとした様子で振り返った銀次郎は深編笠の中から、いま渡ってきた金杉橋向こうのほど近くに建っている「ふなやど　濱《はま》」を眺めた。

表口の腰高障子も二階のどの窓障子も閉まった状態で、軒下《のきした》から吊り下がっている「ふなやど　濱」の大きな白提灯が、右手海方向から吹いてくる風で所在無さそうに小さく揺れている。

銀次郎は間口の小さな雑貨屋の軒下へ身を潜《ひそ》めるようにして暫《しばら》く「ふなやど　濱」の様子を眺めていたが、ひとりの人の出入りもなかった。

銀次郎は船宿が無人になっているのでは、と感じ始めた。大きな白提灯の揺れ方がどうにも侘《わび》しく見える。

「当たってみるか……」

と呟いて銀次郎が雑貨屋の軒下から一歩を踏み出したとき、背後から「あの、旦那じゃござんせんか」と遠慮がちな小声がかかった。

「ん？」と銀次郎は振り返った。さり気《げ》なくだが、左手が腰の刀に触れていた。

銀次郎は、「おう……」と直ぐに応じて、刀に触れていた左手を深編笠に移し僅《わず》かに上げてみせた。

「あ、やっぱり旦那でござんしたねい。なんとなく体つきが似ておりやしたので……」

相手は親しい友にでも出会ったかのように破顔して、ひょいと一礼してから銀次郎に寄ってきた。過日、半町ばかり先、品川宿方向右手に見えている小体《こてい》な「めしさけ」の店で席を譲ってくれた事が縁で盃《さかずき》を交わした、老中間《ろうちゅうげん》の菊三だった。銀次郎のきちんとした武家の身形《みなり》にあれこれと触れないあたり、さすがに屋敷勤めで苦労してきたであろう老中間だった。

菊三の身形が、今日は遠出でもするのか旅姿である。

「どうにも、あの船宿が気になるんでござんすね、旦那」

菊三は船宿の方を眺めながら囁《ささや》いた。

「うん、まあな……それよりも菊三、その形《なり》は旅でもするのか」

「へい。もう年でござんすし、小さな味噌屋《みそや》へ嫁いだ娘に二人目の子供が出来やしたんで、暇を貰って里へ帰ることに致しやした」

「そうか。その里には女房もいるのか？」

「いや。女房は早くに亡くしやした。百姓をしていた当時の家が古くはなってありますがまだ残っておりやすので、少し手を入れて其処《そこ》でまた百姓でもやろうかと……のんびりと、へい」

「そうか、百姓をな。で、里は遠いのか」

「浜名湖のそばでござんすよ。米も麦も魚も取れる。いい所でございやしてね。娘の嫁ぎ先も近《ちこ》うございますから」

「浜名湖のそばとは羨《うらや》ましい。なかなかに風光明媚《ふうこうめいび》な所ではないか」

「ご存知で？」

「うむ。西の方へ旅をしたときに、立ち寄って一泊したことがある」

銀次郎はそう言って、左手を袖《そで》の中へ引っ込めた。

「そうでござんしたかえ。また西の方へ旅をなさる時は是非にも立ち寄って下せえ。舞坂宿《まいさかしゅく》に入って菊三の名を出して下さりゃあ、今でもたいていの者は知っておりやすから……なにしろ若い頃は呑んだくれの暴れん坊でござんしたから」

「ははは。よし、西への旅の機会があらば必ず立ち寄ろう。これは少ないが、路銀の足しにしてくれ」

銀次郎は取り出した一両を裸のまま相手の胸元へ軽く差し込んだ。

「だ、旦那。こんな事をして戴いちゃあ」

「いいではないか。受け取ってくれ」

「恐れいりやす。そいじゃあ遠慮なく。あ、それから、あの船宿でござんすが、昨日の昼でしたかねい。浪人まじりの五、六人があたふたと出て行ってからは、静まり返っており、ぶらりと町方役人ひとりが訪れたのを境にして、その後、人の気配は全くありやせんや」

「ほう、町方役人がのう。いいことを教えてくれた。じゃあ、気を付けて旅をな」

「ありがとうござんす。そいじゃあ、ご免なさいやして」

「うん。達者でな」

銀次郎は舞坂へと去ってゆく菊三の後ろ姿を、しばし見送ってやった。

その後ろ姿が少し小さくなってから、振り向いた菊三が丁重《ていちょう》に頭を下げる。

銀次郎は相手に遠目にも判り易《やす》いよう、深々と頷《うなず》いてやった。

菊三はもう一度腰を曲げると、早足となって遠ざかっていった。

「さて……」

銀次郎は、金杉橋をもと来た方へと戻り渡った。

通りは天気の良いこともあってか、旅人の姿、気ぜわしそうな商人たちの往き来が目立っていた。

鳥追《とりお》いが気がねしながらのように三味線を弾き鳴らし、銀次郎の姿を認めていつもそうしているのか会釈《えしゃく》を送ってきた。

深編笠で顔を隠している銀次郎は知らぬ振りを装い、船宿の手前の路地へと入っていった。

菊三が言ったように、「ふなやど　濱」の横手へ回り込んだ銀次郎が感じたのは、シンとした「無人の気配」である。

銀次郎は塀越しに二階の窓を見上げつつ、菊三が口にした「……町方役人ひとりが……」とは誰であろうか、と考えた。

二本差しか、それとも目明し風情《ふぜい》か、ぐらいは菊三に訊くべきであったかと後悔したが、「いや、訊かぬ方がよかった」と思い直した。その思い直しが「ちょいと忍び入ってみるか」という気持を起こさせた。

銀次郎は裏手の路地へ回り込むと、木戸の前に立った。

四十六

銀次郎は船宿の裏木戸を押してみたが、当然のこと施錠《せじょう》されているのか動かない。内側で閂《かんぬき》が通されているなら開けるのは難しいが、からくり錠《じょう》なら開ける自信が無くもない銀次郎だった。

麹町の桜伊邸の両開きになっている勝手口門も、潜《くぐ》り戸にはからくり錠が備わっている。

そのことから、からくり錠には必ず一定の基礎となる仕組があることを学び知っている銀次郎である。

銀次郎は裏木戸の把手《とって》のまわりを、用心深く耳を澄ませ、手指で軽く叩きながらその指先を這《は》わせてみた。

すると案の定、板張りの一部が微《かす》かな異音を発した。歯を噛《か》み鳴らすような。

銀次郎は微かな異音を発したその板張りの部分——僅《わず》かに色が違っている一寸角ほどの——を手指の腹で静かに、だが強めに押してみた。

するとその一寸角の板張りの部分が、浅く凹《くぼ》んだ。

その部分を銀次郎の指先が更に強めに押すと、凹みが強まって上からスルリと一寸角ほどの黒い板——いや、金属片が滑り落ちてきた。

「左かな右かな……」などと思いながら、銀次郎はその黒い金属片を左へ滑らせてみた。

今度は、カタンと硬い木板の落ちるはっきりとした音がした。

銀次郎が裏木戸を軽く押してみると、軋《きし》みながら木戸は内側へと自然に開きを広げていった。

銀次郎は表通りの人の往き来の音などが自分に向かって近付いてこないか、などに注意を払いつつ、暫《しばら》くの間、木戸の中へは入らずに様子を窺《うかが》っていた。

さして広くはないが手入れの行き届いた庭の向こう、屋内からは全く人の気配は伝わってこない。

「よし、いいか」と銀次郎は庭内に入って、音を立てぬよう気を遣《つか》いながら裏木戸を閉じた。

手入れの行き届いた庭の半分には、青菜がびっしりと育っていた。一方の半分は花壇拵えになっていて赤、黄、白の花が咲き乱れている。

中間《ちゅうげん》だった菊三は「日陰者の溜まり場みたいな嫌な臭《にお》いを感じる船宿……」という意味のことを言っていたが、手入れの行き届いた庭からは、そうは思えなかった。

陰気な臭いという感じは伝わってこない。

銀次郎は青菜畑と花壇との間を、正面の閉じられている雨戸の方へゆっくりと近付いていった。

近付くにつれ、人の気配は無し、が一層のこと確かとなった。

雨戸の向こうに、息を潜め殺意をもった者がいるとすれば、肌に鋭く感じるくらいの修行は充分に積んできた銀次郎である。

その銀次郎の手が腰の小刀を抜き、その切っ先を雨戸の敷居に差し込んだところで、ピタリと動きを止めた。

（この臭いは……血）

胸の内で呟いた銀次郎は小刀を鞘《さや》に戻すや、大刀を抜き放って目の前の雨戸に向かって袈裟《けさ》斬りに走らせた。

雨戸一枚が二つに分かれて、銀次郎に覆《おお》いかぶさるように倒れてきた。

銀次郎が身軽に飛び退《さ》がる。

「これは……」

日差しが差し込んで明るくなった雨戸の向こうに銀次郎が認めたものは、見るも無残な光景だった。

銀次郎は万一に備えて抜き身のまま、雪駄《せった》を脱ぐこともせず雨戸の向こう――廊下――へと上がった。

それは六畳の客間であった。隣接する八畳の客間との仕切り襖《ふすま》も開け放たれている。居抜きで何者かが買い取ったとかのこの船宿は、六畳の客間も八畳の客間も畳は古く湿《しめ》ったカビ臭い臭《にお》いを放っていたが、それが生臭《なまぐさ》い血の臭いと混ざり合って凄まじく、足を踏み込んだ銀次郎は思わず顔をしかめた。

六畳の客間には二人が、八畳の客間にも二人が、血の海の中に倒れていた。襖にも壁にも血が飛び散っている。

膳《ぜん》や徳利《とっくり》やぐい呑み盃が辺《あた》りに散乱しているところを見ると、酒を呑んでいた四人は踏み込んできた何者かに、いきなり斬殺されたに違いなかった。

骸《むくろ》のそばへ近付かなくとも、六畳の間《ま》に一歩入った銀次郎の目には見事な袈裟《けさ》斬《ぎ》りと判った。まさしく一刀のもと、にである。

「もうちいと明るい方がいいな……」

呟《つぶや》いて刀を鞘へ戻した銀次郎は、雨戸を二枚左右へ引き開けた。

六畳と八畳の客間が隅々まで明るくなった。

銀次郎は血の海を踏まぬよう気を付けながら、うつ伏せの骸のそばへ近付き、先《ま》ず一人の顔を覗《のぞ》き込むようにして眺めた。

「なるほど……悪人面《づら》だあな」

フンと鼻先を鳴らして次の骸へ近付こうとしかけた銀次郎が、思い直したように「ん？」という顔つきになって動きを止めた。

銀次郎の手が、骸の右の腕《かいな》に伸びた。めくれあがった袖口《そでぐち》から刺青《いれずみ》のようなものが覗いている。

銀次郎の手が、骸の袖口をめくりあげた。

矢張り刺青であった。それも馬の刺青だ。

「こいつあ……」と、銀次郎の目つきが険しくなる。

銀次郎は、骸四体の腕を次々と見ていった。

どの骸の上腕部にも、揃っておなじ形の馬の刺青があった。馬が後ろ足二本で立ち、前足で空《くう》を蹴っていないないている図だ。

「間違いねえ。こ奴ら、凶賊『穴馬様』だ。仲間割れでもあったというのけ」

銀次郎は小声を漏らしながら改めて室内を見まわし、「この船宿はおそらく穴馬様の盗人宿《ぬすっとやど》に相違ない」と思った。

が、「しかし……」と、直ぐに銀次郎は考え直した。わざわざ凶賊「穴馬様」の一味であることを証するような刺青を腕《かいな》にするのは少し不自然では、と気付いたのだ。夏場の軽装では、腕《かいな》はとくに人の目につく。

「こいつら本当に凶賊『穴馬様』の一味なのかえ……もしかしてこの連中、全く別の組織の者《もん》じゃあ……う、うむ、判らねえ」

　くそっと、呟いた銀次郎は廊下に出て、自分が殺し屋としていきなりこの船宿に飛び込んだ場合の光景をあれこれと想像しながら、目の前の惨状を見つめた。

　四体の骸は、反撃の様子を全く見せていなかった。どの骸も合口《あいくち》（短刀）を手にしてはいない。

　八畳の間《ま》の骸二体には、あわてて逃げ出そうとする様子が見られたが、六畳の間《ま》の骸二体は安心して呑んでいるところを、いきなり背後から袈裟斬りにされたことを銀次郎に想像させた。

「……てえことは、六畳間の二人は廊下に背を向けて呑んでいて、入ってきた何者かに『よう……』とでも応じたところをいきなり斬りつけられた……居合抜刀《いあいばっとう》で」

　つまり下手人――殺し屋――は奇襲するかの如く荒々しく飛び込んで来たのではなく、「無害の者」の様子を演じて訪れた、骸四体の顔見知りか仲間ではないか、と銀次郎は思った。

　ここで銀次郎の脳裏に、中間《ちゅうげん》菊三が言ったこと「……ぶらりと町方役人ひとりが訪れた……」が甦《よみがえ》ってきた。

（その町方役人てえのが、この四人の穴馬様野郎を殺《や》りやがったのか……いや、まさか町方役人がそのようなことは……）

銀次郎は想像し、そして首を横に振ってはまた想像を加えた。中間菊三は「……浪人まじりの五、六人があたふたと出て行って……」とも言っていたから、その五、六人が仲間割れか何かで四人を殺害したとも考えられる。

「じゃあ、この船宿を訪れたとかいう町方役人てえのは、一体誰《いってえ》なんでえ……」

呟いて銀次郎は首をひねった。もう少し詳しく、菊三から風体《ふうてい》などについて聞いておくべきだった、と己《おの》れの迂闊《うかつ》さを悔んだ。拵屋銀次郎などと世間様から言われて、どっぷりと化粧の匂い漂う平穏の中に身を沈めてきた、これが自分の〈軽さ〉なのであろうか、とも思った。

「父親の不行跡《ふぎょうせき》を責められたもんじゃあねえやな……」

と銀次郎は口元を歪《ゆが》めた。

銀次郎は他の客間や、玄関土間、浴室、二階の順で検《み》て回ったが、異状は見られなかった。

惨状現場へ戻って、銀次郎は暫《しばら》くの間、沈思黙考どのようにこれから動くべきかと考え込んだ。

そして、ここは矢張り左内坂の寛七親分に動いて貰うのが一番であろうか、と船宿をあとにした。

品川宿に近いせいもあってか、通りは明るく活気に満ち、女の姿も目立っていた。

深編笠を目深《まぶか》にかぶった銀次郎は、金杉橋の中程に立って欄干《らんかん》にもたれかかり、眼下の――という程《ほど》の高さでもないが――船着き場を眺めながら、左内坂の寛七親分に一番に知らせることが最善かどうか、もう一度慎重に考えてみた。親しく付き合ってきた寛七親分ではあったが、自分の身分素姓は今のところまだ知られていない。しかし、この余りにもきちんとした「武士でござい」という身形《みなり》のまま寛七親分を訪ねれば、勘働きに冴《さ》える親分だけに身分素姓をあやふやで押し通すことは難しそうだった。

「全く面倒だぜい。侍ってえのは……」

フン、と鼻先を鳴らした銀次郎が眺める船着き場に、空《から》の一艘の小舟がゆっくりと入ってきた。櫓《ろ》を漕《こ》いでいる男は、背中に「む」の染め抜きがある木綿地――らしい――半纏《はんてん》を着て、腰帯に小刀ではないやや小振りな刀を帯びている。

金杉橋の船着き場からは時に、「流人船」に乗せるため、**罪人を乗せた小舟が海に向かって漕ぎ出されること**から、櫓を漕いでいる「む」の染め抜き半纏を着た帯刀男は、若年寄下配の御船手頭《おふなてがしら》、向井将監《むかいしょうげん》の配下である水主《かこ》同心に違いなかった。

「流人船」はたいてい品川沖合に停泊しており、春と秋の二回、伊豆沖の孤島へと罪人を運ぶ。

この「流人船」には、二種の幟旗《のぼりばた》を備えているのがあり、「るにんせん」と平仮名を染め抜いた幟旗の船には重罪人が乗船し、「流人船」と漢字の幟旗で運ばれる罪人の刑は一般に軽かった。

罪人とは言ってもその中には、知識人や教養高い者も少なからずいた。

船着き場の杭《くい》に纜《ともづな》をくくり付けた水主同心が金杉橋を見上げ、深編笠の銀次郎と目が合った。

尤《もっと》も、銀次郎は深編笠をかぶっているから、水主同心には目が合ったとは判らない。

銀次郎は欄干から離れて金杉橋を「ふなやど 濱」の方へと戻り、そのまま船宿の前を通り過ぎた。

銀次郎の考えは、すでにしっかりと固まっていた。その塊《かたまり》の中に、「八郎駕《か》籠《ご》」と大書された表口障子の記憶があった。

その駕籠屋の白提灯が通りのすぐ先の左手で揺れており、表に三、四挺の空駕籠が並んでいる。

銀次郎は、足を急がせた。

少し気負い気味の自分が見えていた。吐く息も乱れている。

銀次郎は「八郎駕籠」の閉ざされている表口障子の前で足を止めて、深編笠の中から油断なく左右を見まわしながら、息を調えた。

なにしろ凶賊「穴馬様」と見られる刺青入りの四人の骸が、船宿で見つかったのだ。

その惨劇があった船宿を出入りした町方役人もいるというから事態は深刻だ。

自分がいささか気負い気味になるのも無理はない、と銀次郎は思った。

銀次郎は「八郎駕籠」の表口障子を「頼みたい……」と声を掛けつつ、静かに開けた。

「いらっしゃいやし。どちらまで？」

車座になって談笑していた駕籠舁《か》きたちが一斉に銀次郎の方へ顔を向け、二、三人が同時に同じ言葉を発した。訪ねてくる客にはいつもそうなのであろうか。

銀次郎は深編笠を取った。さすがにかぶったままでは拙《まず》い、と思った。

「どちらまで参りやしょうか、お武家様」

奥の板の間で、長火鉢の猫板に片肘《かたひじ》をついて煙草《たばこ》をふかしていた七十近くに見える老爺《ろうや》が、ポンと煙管《キセル》を打ち鳴らして吸い殻を火無しの火鉢に捨て「よっこらしょ」と腰を上げた。

小柄《こがら》だ。町駕籠を商《あきな》いとしてきた者には、とても見えない貧相な体つきである。が、目つきはどことなく鋭い。

「大丈夫ですかい、親爺《おやじ》さん」

手を差し出そうとした屈強そうな中年の駕籠舁きの肩を押しのけるようにして、

もう一度「よっこらしょ」と言いながら土間に下りた老爺であった。

「よくお訪ね下さいやした、お武家様」

苦労人なのか銀次郎の前に立った小柄な親爺さんは、にこやかだった。

「いや、私が駕籠に乗る訳ではないのだ。実は、人ひとりを此処《ここ》まで駕籠に乗せて、連れてきて貰いたいのだ」

「宜《よろ》しゅうございやすとも。で、何処《いずこ》のどちら様を？」

「市谷左内坂にな、強持《こわも》ての目明しとして知られた寛七という親分が住んでいるのだが」

「日焼けした渋い面立《おもだ》ちの三十五、六の男。そうでございやしょう、お侍様」

「なんだ。親爺は寛七親分を知っておるのか」

「へい。古くから存じ上げておりやすとも。その寛七親分を此処へお連れすりゃあ宜しゅうございやすのですな」

「此処だと駕籠商いの迷惑になるかなあ。よし、それでは金杉橋の上で落ち合うという事に致そうか」

「承《うけたまわ》りやした。急ぎやすかえ」

「うむ。かなり急ぐな。それから私の名は銀次郎……銀次郎とだけ寛七親分に伝えれば判る」

「駕籠に乗って戴くにゃあ、親分さんにきちんと用件なり目的なりを伝えないと、私共《あっし》の用事になりやせんが」

「馬に関する大事な用事だ、と告げれば寛七親分なら判ってくれよう」

「判りやした。おい、足の速《はえ》え源市と市三。お前達《めえたち》は寛七親分の住居《すまい》を知っているな。空駕籠を思い切り飛ばして、寛七親分に此処へ来て戴きねえ」

「合点承知の助」

名指しされたいかにも屈強そうな三十半ばくらいの髭面《ひげづら》二人が、敏捷《びんしょう》に立ち上がって車座から離れた。

四十七

居酒屋で適当に刻《とき》を潰した深編笠の銀次郎が、酔いを感じてもいない足取りで金杉橋まで戻ってきた頃には、日は西に深く傾きかけていた。

が、空はまだ瑞々《みずみず》しい青さを残し、二つ三つの小さな雲を東の方へと流している。

夕方の訪れには、まだ間がある刻限だ。

「お……正確じゃあねえか」

深編笠の中で銀次郎のべらんめえ調がこぼれた。「八郎駕籠」の親爺から「およそ、この刻限にゃあ金杉橋に寛七親分を乗せた駕籠が着きやしょう……」と言った刻限に、ほぼ合っている。

彼方から源市と市三と思《おぼ》しき二人が担ぐ町駕籠が、小さく現われたではないか。

「そいや」「へい」「そいや」「へい」という二人の独特の掛け合いも、力強く伝わってくる。かなりの足の速さだ。

「なるほど、商売の足だあねえ」

と、銀次郎は感心しながら、深編笠を取って源市と市三の駕籠が近付いてくるのを待った。

金杉橋の上は、品川方面から江戸へ向かう旅人とか商人《あきんど》、またその逆方向へ急ぐ人達で賑《にぎ》わっていた。夕方の訪れが遠くはない頃合だというのに。

やがて、担《かつ》ぎ棒の前を任された源市の髭面が「よいしょ」と最後の気合を口にしてから、銀次郎の前で足を止めニッと笑った。

「お待ちになりやしたか、お侍様《さむれえ》」

「なあに、待っちゃあいねえ。親爺さんが言った刻限どおりだい」

銀次郎がべらんめえ調で返すと、源市は目を丸くしてからようやく駕籠を下ろした。

「ありがとよ。少ねえが、これで二人で一杯やってくんねえ」

銀次郎は小粒を二枚、源市の手に握らせた。ご苦労さん代にしては大枚だ。

「こいつあ沢山に、どうも……」と、源市は頭を下げたが、この時にはもう銀次郎は、駕籠からむつかしい顔つきで下りてきた寛七親分と源市の肩ごしに目を合わせていた。

「ありがとうござんす」と、源市と市三が駕籠を担いで「八郎駕籠」の方へと戻って行くのを待って、寛七親分が眉間《みけん》に皺《しわ》を寄せ口を開いた。

「一体《いってえ》どしたんでい、その形《なり》は」

「訳はそのうちお話し致しやす。それよりも、呼びつけるような事をして申し訳ござんせん」

「そんなこたあ、いいんだ。呼びつけるだけの用事があるんだろうと、こちとらも思ったから駕籠に乗ったんでえ。で、何があった？」

「ちょいと一緒に来て下せえ親分」

「何処へ？　遠くかよ」

「直ぐ其処《そこ》。其処でさあ」

銀次郎は「ふなやど　濱」を指差し、寛七親分の表情が険しくなったのには気付かぬ振りを装って深編笠をかぶった。

「顔が見えねえと、うっとうしいやな。取りねえ」

「手に持っていると邪魔になりやすんで、ご勘弁くだせえ。さ、行きやしょう親分」

銀次郎は寛七を促《うなが》し先に立って歩き出した。

「それにしても、その身形……」と、親分はまだ銀次郎の、きちんとした侍の身形が気になるようだった。

舌をひと打ちした寛七親分は辺りをさり気なく見まわしてから、先に立つ銀次郎の背中を険《けわ》しい目で見つめ、ゆっくりとした足取りで従った。

銀次郎は後ろを振り返ることもなく、「ふなやど　濱」の表側から回り込むようにして裏木戸がある路地へと入っていった。

一直線に目標とする所へ向かっている。

銀次郎のその歩き様《よう》に、寛七親分の表情が尚のこと険しさを増した。なにしろ市谷左内坂から駕籠付きで来させられたのだ。尋常な事態である筈《はず》がない。

銀次郎は裏木戸のからくり錠を今度は訳もなく開け、庭内へと入っていった。

雨戸は真正面。開け放たれたままになっている。

先に庭へ入った銀次郎が後に続く寛七親分のために体を横に開き、黙って血みどろの客間を指差した。

「あっ」と、寛七が思わず背中をのけぞらせる。茜色《あかねいろ》濃い西陽《にしび》が斜めに差し込んでいる客間は、飛び散った鮮血が炎《も》えあがっていた。

寛七親分は後ろ腰の帯に差し通していた十手を抜き取るや、銀次郎を押しのけるようにして青菜畑を踏み渡り、雪駄《せった》のまま廊下に上がって客間へと入っていった。

銀次郎が落ち着いた様子で、寛七に続く。

寛七は暫くの間、茫然《ぼうぜん》と畳に広がる血の海の外側に立ち尽くしていた。

「いずれも凶賊『穴馬様』の……」

「判っている」

銀次郎に皆まで言わせず、寛七が半ば怒り調子で言った。

「しかもこの野郎はよ銀《ぎん》、頭《かしら》で血油《ちあぶら》の重三《しげぞう》とか言われている奴よ」

「な、なんですってい」

さすがに銀次郎は驚いて寛七親分の横顔を見つめた。

寛七が十手の先を小さく振るようにして、血油の重三の隣で畳をかきむしるようにしている骸を「しかもよ……」と指し示した。

「そっちの野郎は重三の一の子分、いわば副頭の立場にあると言っていい蜂山《はちやま》の景助《かげすけ》だ。この二人の凶賊は一昨日、幾人かの被害者の協力が得られてようやく奉行所で似顔絵が描き上げられたんでい」

「じゃあ、間違いござんせんので」

「うん、間違いねえ。描き上げられた似顔絵は重三に景助、それにもう一人、二番手子分黒雲《くろくも》の斬太郎《ざんたろう》のものでよ。正面顔と横顔が描かれた精緻《せいち》なものなんでい」

「じゃあ、奥の客間の二人も御覧になって下さいやすか」

「うむ」

頷《うなず》いた寛七親分は重三と景助の骸を回り込むようにして、隣の客間へ入ってい
った。

「この野郎は誰だか判らねえが、そっちの骸は……」

と、寛七の目が凄まじい怒りの色を見せて吊り上がった。

「黒雲の斬太郎と言いやがって、『穴馬様』では最も兇暴な野郎でな。血を見るのが飯《めし》よりも好きな野郎で、善良な幾十人を手にかけやがったことか……京都町奉行所、大坂町奉行所、奈良奉行所から江戸の奉行所へ正式の御手配書が回ってきた。ようやくな」

「今頃回ってきたんですかえ」

「うむ。それが役所仕事というもんだい。ただ、奈良奉行所からは、かなり前から回ってきていたらしい」

「奈良奉行所は、他の遠国《おんごく》奉行所よりもしっかりしている、ということですかねい」

「立派なお武家の身形をしていても、奈良奉行についちゃあ何も知らねえのかえ」

「身形は身形……私《あっし》は町人でござんすから」

「何が町人でえ」

鼻先で笑ってみせた寛七親分であったが、直ぐに真顔に戻った。

「俺だって与力同心旦那から教えられて知っているだけのことだがな。とにかく奈良奉行ってえのは老中に直属し、日々の役目についちゃあ京都所司代の指示命令に従っているんだとよ」

「ほう、そうですかえ」

や、やさぐれ生活に陥《おち》っているとは言え、五百石閉門旗本の若様銀次郎である。それくらいのことは勿論《もちろん》のこと承知しているが、もっともらしく頷いてみせた。

寛七親分は付け加えた。むっつりとした真顔《でえじ》だった。

「奈良大和には、この国にとっちゃあ大事な神社仏閣が沢山あるじゃあねえかよ。

多くの寺院神社が将軍家ともつながり深いらしく、たとえば有名な大神《おおみわ》神社の壮大な美しい大屋根ってえのは、今は亡き四代様（徳川家綱）がご自身の健康を祈願して葺《ふ》き替えなされたってえ言うじゃあねえか」

「なるほど」

「そんなこんなで奈良奉行所ってえのは、奈良大和の寺院神社を管掌《かんしょう》保護し、また将軍家領の管理、火付盗賊改、諸々の吟味《ぎんみ》監察など、決して大世帯の組織じゃあねえのに、結構頑張っているらしいんだな」

「奈良大和の人々の精神《こころ》の正しさ、忍耐強さってえ事でしょうかねい」

「なにしろ柳生新陰流の古里でもあるのだから、確かにそう言っても決して、おかしかねえや。うん」

「で、どう致しやす、この客間の惨状」

「それよりも銀。お前《めえ》はどうして、この惨状を知ったと言うんでえ。それよりも何よりも、この船宿の主人《あるじ》とか奉公人はどしたい？」

「親分はこの船宿を調べの対象にしたことは、一度も無《ね》えんでござんすか？」

銀次郎は逆に、ちょっと意地悪な問い掛けを放ってみた。

が、寛七親分はさすがに、たじろぎの片鱗《へんりん》さえも見せなかった。

江戸で三指に入ると言われている程の、いわば名目明《めい》しの親分である。

「俺の問いに先に答えねえ。畳の血のりはまだ乾き切っていねえから、銀を下手人と疑おうと思えば疑えるんだ。その侍姿だって、なんだか充分に怪《あや》しいやな。そうだろう。違うけ」

「冗談じゃあねえやな。疑われてたまるもんけえ」

「なら言っちまいな。俺と銀の仲じゃあねえかい。とろとろするねい」

「判りやした」

頷いた銀次郎は、老中間《ちゅうげん》の菊三とはじめて出会った時のことを、糞丁寧なほど微に入り細をうがって打ち明けた。

「なるほど……判ったい」

と、寛七親分は腕組をして考え込んだが、それは長くは続かなかった。

「ともかく奉行所へ知らせなきゃあなるめえ。銀、一緒に来てくれるかえ」

「この形《なり》でですかい」

「なあに構やしねえ。奉行所の旦那方には俺がうまく仕切ってやるから、道々その形《なり》の訳を聞かせてくんねえ。俺を信用しねえ俺を」

「判りやした。で、寛七親分はこの客間の惨状を、どう見ていなさるんです？」

「盗んだ金の配分をめぐっての仲間割れに違いねえ。それも下々の連中が寝返って上の者を殺《や》りやがったんだ」

「下が上をねえ」

「近頃、こういう盗賊集団が多いんだ。大きい声では言えねえが銀よ。下が上を叩きのめすってえのは、なにも盗賊仲間の間だけじゃあねえようだぜ。お武家たちの上下関係も、近頃は激しく動いているらしい」

「へえ……お武家もねえ」

「だからよ銀。どういう事情だか知らねえが、お武家の身形《みなり》など滅多《めった》にするもんじゃねえやな。みっとも無《ね》えぜ」

「ごもっともで……じゃあ行きやしょうか。だいぶ暗くなってきやしたし」

「うん。奉行所の旦那方と夜遅くになってから折り返し此処《ここ》へ来なきゃならねえが、ともかく雨戸だけはきちんと閉めておいてくんない」

「承知いたしやした」

二人が「ふなやど　濱」を出ると、御天道様《おてんとうさま》はすっかり沈み切っていて、西の空の端だけが真っ赤に染まっていた。

「血の色だな」

「まったくで」

二人は夕空を見上げて短く言葉を交わすと、速足で歩き出した。

「寛七親分……」

銀次郎は歩みを緩《ゆる》めることなく話しかけた。

「なんでい」

「私《あっし》は矢張り、このままの形《なり》で奉行所へ行くのは遠慮させて戴きやすよ」

「なんでえ。俺ひとりに荷物を背負わせるのかえ」

「名親分と言われている御人《おひと》が、何を仰《おっしゃ》います。私《あっし》はちょいと、是非にも立ち寄らねばならねえ所があることに気付きやしたんで」

「うん？……そうか、なら構わねえ」

薄暗がりの中で、意外にあっさりと同意した寛七親分だった。

「ありがとうござんす。それから親分に調べて戴きたい事が二つばかりあるのですが」

「調べてほしいこと？……言ってみねえ」

「怒らないと約束して戴きてえんですが」

「なんだ。銀らしくねえじゃねえか。いいから言ってみねえ」

「実は……」

「実は？」

「鹿島新當流を極めていなさいやす剣客同心、千葉要一郎様が、どういう経緯《いきさつ》で市中取締方筆頭同心になられたかを、調べて戴きてえんですよ」

「な、なんだと。銀、貴様……」

「怒らないでおくんない寛七親分。どういう家柄で南町奉行所同心となって、一《いっ》体《てえ》いつ何処の道場で誰に師事して鹿島新當流を極めなされ、誰に引き立てられて市中取締方筆頭同心にまで登りつめられたのか、私《あっし》は知りてえんですよ」

「お前《めえ》、まさか……」

「寛七親分は、いま私《あっし》が口にしたことを、全て知っていらした上で千葉様の配下になっていらっしゃるんですかえ」

「い、いや、そう言われると……しかし銀よ。俺は千葉様だけじゃあなくて、他の同心旦那の私的なあれこれについてだって何も知らねえぜ。べつに格別の関心もねえやな。俺だけじゃあねえ。目明し仲間の誰彼にしたって、みんな同じだあな」

「そんなもんですかねい」

「そんなものだあな。皆《みんな》、御役目だけの上下関係よ。だがよう銀、これこれしかじかだから調べてほしい、ってのをざっくばらんに打ち明けてみねえ。俺とお前《めえ》の仲じゃあねえかい、それ次第によっちゃあ、動いてみてもいいぜ」

「本当ですかい」

「ああ、本当だ。千葉様に何ぞ不審な点でもあるのけえ?」

「う、うむ……」

「何が、う、うむ、でい。おい銀、お前《めえ》その侍の身形によほどの意味なり訳があるんじゃねえだろうな」

「これについちゃあ、訳はそのうちお話し致しやす、と申し上げやした。今はそれでお許し願いやす親分」

「判った。くどくどとは言うまい。で、何ぞ不審でもあるのけえ、千葉様によう」

「それなんですが……う、うむ」

さすがに迷いがあって、銀次郎の歩みは鈍った。うま酒の風雅を心から愛する銀次郎が居酒屋「おけら」で、上手に酒を味わう寛七親分と知り合って、すでに随分《ずいぶん》となる。しかし、剣客同心千葉要一郎の「そのこと」について口にするには、迷いに付きまとわれた。なにしろ相手は、千葉同心と一心同体で治安の仕事に当たっている腕ききの名親分である。

「銀よ。案外に水臭《くせ》えんだな、お前《めえ》はよ」

寛七親分も歩みを鈍らせて顔をしかめた。

「判りやした。申しやしょう」

「おうよ。言ってみねえ。もうちっと速く歩こうぜ。なるべく早く奉行所に着きてえんでな」

「そうですねい」

二人は歩みを速めた。薄暗くなり出した通りの其処《そこ》かしこには赤提灯が点《とも》り始めていた。人の往き来はまだまだ衰えていない。女郎宿の多い品川宿が近いせいであろうか。

夜飛脚が二人の脇を物凄い勢いで追い抜いて、たちまち北の方角（新橋方向）へと遠ざかって行く。

「ねえ寛七親分……」

「ん？」

「この前の事でござんすが、千葉様と親分は夜道でいきなり襲われて気を失いやしたね」

「それについちゃあ全く面目ねえ。本当に地の底からでも現われたかのように、いや、まるで忍び者のように突如として目の前に現われた、と言った方が当たってらあな。ともかく避ける余裕もないほど稲妻のように殴りかかってきやがったんだ」

「で、殴られて親分は気を失いやしたね」

「失ったねえ。はじめての経験でい。あっという間に目の前で光の粒が飛び散ったかと思うと気持が真っ暗になりやがったい。ありゃあ、只者《ただもん》じゃあねえ」

「私《あっし》も、そう思いやす。ただね親分、千葉様は殴られはなさいやしたが、気は失っていなさらなかったんじゃあねえかと思いやす」

「なんだと。そりゃあ一体《いってえ》どういう意味でい」

「千葉様は私《あっし》という者が近くにいることを気付いていなすった。そこを何者かに奇襲され殴られたので倒れて気を失った振りをなされた」

「どうしてそうだと判るんでい」

「私《あっし》が気付けのため背中を叩きやすと、千葉様は直ぐに意識を取り戻されやしてね、その様子がどうにも不自然なんでござんすよ。ありゃあねえ親分、急所を外してわざと殴られたんじゃあねえでしょうか」

「な、なんだと……そんな器用なことが出来るのけい。相手は突然、襲いかかってきやがったんだぜ」

「武芸の極みに達しておれば出来なくはありやせん」

「けどよう……」

「尤《もっと》も、相当高い位《くらい》に達していないと、襲い来る者に急所を外させて殴らせる芸当なんぞは出来やせん。余程《よほど》の修練者でないと出来っこねえそれを、千葉様はいとも簡単になされたのではないかと……自分が余りにも強すぎる剣客であることを、襲い来る者にも、そして御二人の身辺近くにいやした私《あっし》にも気付かれたくなかったんじゃあござんせんか」

「お前の言わんとしていることが、俺にはよく判らん。それに銀よ、お前がそういう……まるで監察役人のような見方の出来ることも、俺にはもう一つよく判らん」

「寛七親分、千葉様っていう御人は、我々が思っている以上に凄い御人なのではござんせんか。単なる剣客同心どころではない……」

「お前《めえ》が何となく千葉様を胡散《うさん》臭く感じ出したことは、よく判った。お前《めえ》の腹の底にはおそらく千葉様に対する確信的な灰色の何かがあるのだろうよ。よし、俺で調べられる範囲のことについては、ともかく調べてみようかえ」

「ありがとうございやす」

「ところで銀、お前《めえ》のその形《なり》だがよ。お前《めえ》ひょっとして本物の侍《さむれえ》じゃあねえのか、本物のよう……それも偉《えれ》え御武家のよう」

「めっそうも……妙な目で見ないでおくんなさいやし。女の拵《こしらえ》に熱を上げている只《ただ》の貧乏町人でござんすよ」

「まあいいや。町人にしとこうかえ。しかし俺が千葉様のあれこれについて調べることについちゃあ絶対に誰にも言っちゃあなんねえぞ。千葉様はあれで結構、激情的なところがあるから、怒った勢いで俺の首を斬り落とすことぐらい平気でなさるだろうからよ」

「うへえ。くわばらくわばら、脅《おど》かさねえで下せえましよ」

銀次郎は夜空を仰ぐと、確かにその危険はあるかも、と思い背中を寒くさせた。

四十八

銀次郎が寛七親分と別れて、すっかり暗くなった空を仰ぎ小さな溜息《ためいき》を吐《つ》いたのは、太物問屋の大店《おおだな》「近江屋」の半町ばかり手前の四つ辻だった。

小さな雲が次から次へと流されてきては、月が出たり消えたりして、通りに居並ぶ商家もそれに合わせ現われたり見えなくなったりした。

日が沈んでまだ浅いこの刻限だと、多くの店が表口を閉じていないのがこの界《かい》隈《わい》の常であったが、「穴馬様」騒動が広がって、どの店も早じまいだった。

「さてと……行くかえ」

銀次郎は歩き出そうとして、辻の左手向こうへ視線を振ってみた。

ちょうど月明りが広がって、通りの向こうへ小さくなっていく寛七親分の背中が見える。その親分がいま歩いている右手の辺りに、「お内儀《かみ》の才覚で持っている茶問屋の『清水屋』がある」ことを知らぬ筈のない銀次郎であった。

「そういえば道楽息子の絹治《けんじ》はその後、真面目《まじめ》にしているかねい……」

呟《つぶや》いて銀次郎は、「ごめんなすって」と寛七親分の後ろ姿に向かって軽く頭を下げてから、本通りを進んだ。

半町ほどの左手に「近江屋」がある。通りに明りが溢《こぼ》れていないところを見ると、どうやら表口はすでに閉ざしているようだ。

銀次郎はむろん、通り過ぎる積もりだった。これから行こうとしている所は、麹町に屋敷を構える無外流の師、笹岡市郎右衛門《ささおかいちろうえもん》であった。師に、どうしても訊《たず》ねたい事があるのだ。

「近江屋」の季代お内儀《かみ》に、取り敢《あ》えず用はない。

が、銀次郎が「近江屋」の前を通り過ぎて何歩と行かぬ内に、店の表口がガタッと小さな音を立てた。

立ち止まって銀次郎は振り返った。

「近江屋」の表口の木戸一枚がそろりと開きはじめ、通りへ漏れる明りが次第に広がり出した。

銀次郎は、「近江屋」の前まで戻った。

表口の木戸が半分ばかり開いて、足元提灯を手にした銀次郎もよく知っている十七、八の若い奉公人が外に出てきた。

「おい留三、どしたんでえ今時分」

「あ、これは銀次郎さん。これからお内儀《かみ》さんを送って……」

と、そこまで言って口を噤《つぐ》む奉公人留三だった。

「ははあん」と銀次郎が見当をつけたとき、店の中で「え、銀ちゃんが其処《そこ》にいるのかえ」と季代の澄んだ綺麗な声があった。

「へい、此処《ここ》に……」と銀次郎が返すと、月明りが強く降り注ぎ出した外へ季代が現われた。銀次郎の「ははあん」が当たっている、なかなか見栄えのする若々しい装いだった。

と、季代に続いて、もう一人の女性《おんな》が現われた。これも季代に負けぬなかなかの装いであったから、銀次郎は呆気《あっけ》に取られたように「これは『清水屋』の沙由紀《さゆき》お内儀《かみ》……」と小声を漏らし、日頃から共に「妙齢」を自負して譲らぬ美しい二人の顔を見比べた。

「おや、これはまあ拵屋《こしらえや》の銀次郎さん……」

季代は「銀ちゃん」だが、茶問屋「清水屋」のお内儀《かみ》沙由紀は「銀次郎さん」ときた。

「それに何ですよう、その身形《みなり》……お侍の真似《まね》なんぞして」と沙由紀は目を大きく見開いたが、季代は知らぬ振りであった。

「いやなに、気まぐれ気まぐれ。たいして意味のねえ変装、変装。ま、遊び人銀次郎の只の賭場への出入り用身形の一つでさあ」

「あら、不良之助《ふりょうのすけ》だこと。本物のお侍様と揉《も》め事などを起こさないで下さいましよ」

「大丈夫でさあ」と銀次郎は笑って見せ、

「それにしても、これはまた、このような刻限にお二人がお揃いとは珍しいことじゃあねえですかい……何かございましたので？」

銀次郎は季代と目を合わせて、驚いた様子を示してみせつつ話の方向を巧みに逸《そ》らせてみせた。

「いいええ、べつに珍しいことでも何でもございませぬよ銀ちゃん。私と『清水屋』のお内儀《かみ》沙由紀さんとは、共に芝居を楽しむ間柄ですから」

「へええ、それは初耳でござんす。そうでござんしたか。で、今からどちらへ？」

「沙由紀お内儀《かみ》が常盤座《ときわざ》の人気役者、三津右衛門《みつえもん》様のお招きを受けていると仰《おっしゃ》って私《わたくし》も誘われましたから、これから沙由紀さんと二人で……」

「常盤座の三津右衛門と言やあ、女に手の早《はえ》え美男役者じゃねえですかい。で、何処のどの料理屋へ招かれていますので？」

「有名な不忍池《しのばずのいけ》ほとりの料亭『白梅《しらうめ》』でございますよ」

「あ、『白梅』ねえ。有名な料亭でござんすが、色々と男女の噂の多い料亭でござんすから、お二人とも呉々《くれぐれ》も泥鰌《どじょう》に呑み込まれやせんように」

「銀ちゃん、私《わたくし》のことが心配？」と、季代がチラリと微笑《ほほえ》む。

「とんでもねえ。心配なのは、その泥芋《どろいも》みてえなお化粧が、お役者三津右衛門をびっくりさせやしねえかってえ事ですよ」

「ま、泥芋とは失礼ですね銀ちゃん。言い過ぎですことよ。でも、そんなに変ですか」

「ちょっと店土間《たなどま》に戻っておくんない。なあに、直ぐに済みまさあ」

銀次郎は、季代と沙由紀の二人を押し返すようにして店土間へ戻すと、奉公人留三に向かってやんわりとした調子で言った。

「おい留三。すまねえが奥（居間のこと）へ行ってよ、手鏡ほか一式揃えて持って来てくんない」

「はい、判りました」

銀次郎が「手鏡ほか一式揃えて……」と言えば何を意味するのか判らぬ筈《はず》がない「近江屋」の奉公人たちである。

「さ、此処に腰を下ろしてくんねえ。季代お内儀《かみ》も沙由紀お内儀《かみ》もよ」

銀次郎が広い板床の店の間《たなのま》の上がり框《かまち》を、顎《あご》の先で小さくしゃくってみせた。

「もう、銀次郎さんたらあ、落ち合う刻限が迫っているのですよう」

沙由紀お内儀《かみ》が不満そうに言ったが、季代は言われるままに上がり框に腰を下ろした。銀次郎の化粧拵《けしょうごしらえ》の業《わざ》の凄さを、今や知り過ぎているほど知っている季代である。それに今宵は沙由紀に付き合う側であり、役者三津右衛門は好みでもない。今や季代が強く心ひかれているのは……。

「なら沙由紀お内儀《かみ》はひとりで先に行っていなせえ。季代お内儀は私《あっし》が『白梅』まで送って行きやすから」

銀次郎に突き放すように言われて、沙由紀はしぶしぶ季代の隣に腰を下ろした。

留三が「一式揃えて」廊下口に現われ、その後ろに手代二人が続いた。

何事か、と驚き心配したのであろうか。

「あ、丁度いいや。申し訳ねえがお二人、手行灯の明りを手にして、此処《ここ》と此処に立って下さいやせんか」

こういう場合の銀次郎の頼みは季代お内儀《かみ》の頼みであると心得ている手代二人は、てきぱきとした動きを見せ手行灯を手に銀次郎に指示された位置に立った。

「留三よ、風呂の湯に手拭《てぬぐ》いをひたし、固く絞って持ってきてくんない」

「判りました」

三つ四つの化粧小箱を上がり框に置いた留三は、身を翻《ひるがえ》した。

銀次郎は沙由紀お内儀《かみ》の顔を覗《のぞ》き込んだ。

「いつも御自分で化粧を改めて役者遊びをなさいやすので」

「ひと聞きの悪いことを言わないで下さいましよ銀次郎さん、私《わたくし》には亭主がいますから、役者の招きに応じるのはいつも一座が沢山の茶を買って下さるからですよ。ただそれだけのこと」

「季代お内儀《かみ》も沙由紀お内儀《かみ》も女の才覚で商いを次々と広げていきなすったという点では、女の今太閤でござんすから、町へ出りゃあ他人《ひと》様の目を引きやす。化粧くれえは泥芋にならねえように気を付けなせえ」

「ま……失礼な」

フンと顔を横に向けた沙由紀に流し目をくれて、クスリと笑いをこぼす季代であった。

留三が固く絞った熱めの手拭いを二本持ってきた。なにやら興奮に見舞われているのか、息を荒らげている。

銀次郎が手拭いを広げて、沙由紀の顔にぺたりと張り付けた。

「少し熱いですよう銀次郎様」

沙由紀の銀次郎さんが、銀次郎様に変わったが、銀次郎はそれには応えず、ふた呼吸ほど経ってから手拭いで沙由紀の眉《まゆ》と口紅を先ず丁重に拭き清めた。

手拭いが次第に汚れていく。

その後にとった銀次郎の手並は誠にあざやかなものであった。

「口を軽く開きなせえ」

「こう?」

「力を入れねえように。だらっとした感じで」

「こんな具合に?」

「そう。そのまま動かねえように」

銀次郎の眼光は鋭く、表情は険しくなっていた、季代お内儀《かみ》の唇には先ず薄く墨紅《すみべに》を塗り、それが乾いてから真紅の紅を塗ってゆく。

すると、男を虜《とりこ》にせんばかりのドキリとさせるような妖艶な唇となる。

が、銀次郎が沙由紀お内儀《かみ》に施《ほどこ》したのは一色塗りだった。

それでも眼光の鋭さは半端ではない。

「ちょいと上唇と下唇を浅く舐《な》め合わせてくんない……浅くそっと」

「はい」

「返事は余計だい」

沙由紀お内儀《かみ》が上唇と下唇を軽く舐め合わせた。その横で季代がほれぼれとした眼差《まなざ》しで銀次郎の顔を見つめている。

「今度は唇を左右へ静かに引いておくんなさい。そろりと静かに……仕上げを致しやす」

沙由紀が言われた通りに唇を左右へ引くようにしてゆっくりと開くと、銀次郎の紅筆が上下の唇にサッと走った。

「唇は終わりやした。が、そのまま動かねえで……」

手提灯を手にして突っ立っている手代二人が、うっとりと見とれ、留三が脇から「うわあ、綺麗……」と小声を漏らした。紅化粧は江戸の女を最も女らしく美しく見せる「武器」である。

銀次郎がジロリと留三を睨《にら》みつけ、「墨筆を……」と命じ調子で言った。

留三が丸形の捏墨《こねずみ》入れの蓋《ふた》を開けて墨筆（眉筆）と共に銀次郎に差し出した。

銀次郎は墨筆だけを受け取って、捏墨入れを筆先でチョンとだけ突ついた。

「動かねえでおくんない。絶対に動かねえで……こいつが口元の最後の勝負でござんす。大きさが狂うと、化け猫みてえになっちまう」

「？……」

化け猫と聞いて、「返事は余計だい」と言われている沙由紀の表情に不安が広がった。目を大きく見開いている。

「大丈夫よ」と、季代が横で囁《ささや》いた。

銀次郎の筆先が、茶問屋「清水屋」のお内儀《かみ》沙由紀の先へとジリジリと近付いてゆく。

見守る者たちは、息を殺した。

その墨筆の先が動きを止めたのは眉ではなく、なんと唇の僅《わず》かに右下の中空《ちゅうくう》だった。

銀次郎の目つきが一層の凄みを見せ、筆先が肌にジリッと近付き、そして触れたかどうかと見紛《みまが》うところで、後ろへ引き退《さ》がった。

「おうっ」と、手代二人から思わず小さな叫びが漏れた。

「沙由紀お内儀《かみ》、泣きぼくろを一つ付けさせて戴きやした。よく似合《にお》うていらっしゃいやす。ご覧になりやすかえ」

「は、はい……」と、沙由紀がようやく澄んだ声を出した。

「留三、手鏡を……」

若い留三はゴクリと生唾《なまつば》を呑み込むと、大きく頷《うなず》いて沙由紀お内儀《かみ》に手鏡（柄《え》鏡《かがみ》）を差し出した。江戸時代は手鏡つまり柄鏡が全盛の時代で、「踏返しの技法」によって大量の生産に拍車がかかっていた時代でもある（いわゆる銅鏡からガラス製の鏡となるのは明治に入ってから）。

手鏡に映る我が顔に見とれて「素敵だこと……」と、思わず溜息《ためいき》を漏らす沙由紀お内儀《かみ》であった。

「さ、眉に移りましょうかい。三津右衛門は沙由紀お内儀《かみ》のどのようなところが気に入っているんですかねい」

「流し目。ちょっと斜めに流す目にゾクリとするとか言ってくれていますよ」

「斜め流し目、とかいうやつですねい。判りやした。あ、それから料亭『白梅』へは私《あっし》が適当な頃合にこの侍の身形で迎えに行ってあげやすよ。『穴馬様』騒動で何かと物騒な夜になってきやしたから」

「まあ、わざわざ出迎えに来て下さるの銀次郎さん」

「わざわざでもねえんでさ。麴町のさる屋敷を訪ねたあと、不忍池辺《しのばずのいけ》りまで御無沙汰詫《わ》びにちょいと顔を出してえ所もありやすから」

「そう。喧嘩に滅法強いとかの銀次郎さんが迎えに来てくれると安心です。よろしく御願いします」

「ようがす。さ、眉を拵えやしょう」

銀次郎は沙由紀の眉元に指先を触れると逆立《さかだ》てるようにして撫《な》で上げた。眉毛の硬さを確かめてでもいるのであろうか。

四十九

麴町の旗本屋敷街からほんの少し離れるかたちで建っている無外流の剣客笹岡市郎右衛門の屋敷を出た銀次郎は、不忍池そばにある無外流道場へと急いだ。

留守を預かっていた市郎右衛門の妻佳乃《よしの》から、「門弟たちの『暗闇斬《くらやみぎ》り』の審査のため主人は今夜は道場に泊まることになっております」と告げられたからである。

かつて無外流の道場は麴町の笹岡邸にあって、現在もその道場は存在しているのであったが、門弟の数が増えて無外流の興隆この上もないことから、不忍池そばに新たに建坪《たてつぼ》百五十坪の平屋建大道場を設けたのだった。

「先生が道場にいらっしゃるなら好都合」

銀次郎は呟《つぶや》いて、今日、先生から極意を許されるのは果たして誰であろうか、と五、六人の知った高弟の顔を脳裏に思い浮かべた。

無外流不忍道場は、偉才の師範代とまで言われている高崎真之介《たかさきしんのすけ》四十八歳が道場に併設されている離れに妻と共に住み、道場の日常を管理している。

銀次郎はこの師範代に弟のように可愛がられ、無外流の皆伝者となれたのも、師の教えに加えて、高崎師範代の実戦的な厳しい教えの御蔭《おかげ》であると感謝の気持を忘れていない。

とはいえ、女相手の拵仕事《こしらえしごと》に精を出す遊び人同様の身となってのちは、次第に道場へ顔を出す機会が減っていた。

この無外流不忍道場から、季代と沙由紀がお役者三津右衛門に招かれている料亭「白梅」までは近い。道場の門を出ると直ぐ目の前に不忍池があり、その池の向こうに「白梅」が見えている。

目と鼻の先だ。

背中にうっすらとした汗を感じて、銀次郎は月明りのもと無外流不忍道場の表門の前に立った。

どっしりとした堂々たる水門（平磨門とも）であった。大名家として最初に門弟となった遠江安岡藩《とおとうみやすおかはん》五万三千石、安岡彦次郎利長が、新道場建設を知って寄贈したものである。

因《ちなみ》に、水門から左右両側へと延びている高さ六尺はあろうかと思われる築地塀《ついじべい》は、筆頭高弟であり大身《たいしん》旗本六千石、瀬東弥左衛門就寿《なりとし》の寄贈であった。

銀次郎は月下の門を潜《くぐ》った。二枚の大扉は、この刻限まだ開いたままだ。

免許皆伝を得るための最終関門である「暗闇斬り」の審査が行なわれているためであろうが、たとえそうでなくともこの道場が押し込みに狙われる心配などはないであろう。

江戸の剣客たちの間に、その名を轟《とどろ》かせている高崎真之介の住居《すまい》でもあるのだから。

「いえいっ」

銀次郎が門を潜るのを待つかのようにして、鋭い気合が左手の方角から聞こえてきた。

それには気にも留《と》めず、銀次郎は右手の方へと足を進め、月明り降り注ぐ庭の中へと入っていった。勝手知ったる道場内である。

庭木立の向こうに、薄明りが見えていた。何やらザアザアという、水浴びをしているような音が伝わってくる。

「はて?」

と銀次郎は首を傾《かし》げ、造園として設《しつら》えられた小さな竹林へと入っていった。一本一本、数を数えられる程度の「飾り竹林」だ。

風情《ふぜい》というものを大切にする恩師笹岡市郎右衛門らしい、と銀次郎も好ましく思っている「飾り竹林」だ。

またしても「たあっ」と鋭い気合が聞こえてきた。

銀次郎が竹林を抜けると、師範代夫婦が住んでいる小体《こてい》な離れの庭先にある井戸で、月明りの中こちらに裸の背を向け手拭いでこすりあげるようにして拭いている者がいた。

その筋肉質な後ろ姿が、銀次郎には直ぐに師範代高崎真之介であると判った。

銀次郎は竹林を抜けた所で足を止め、失礼にならぬよう控え目に「ご師範……」と声を掛けた。

「おう……」と振り返った師範代は、その声が銀次郎のものであると判ったのであろう笑顔であった。

銀次郎は相手に近付いて行った。

「実に久し振りだな。お前のきちんとした侍の身形も久し振りに見るぞ。ま、それが当たり前な身形なのだがな。で、どうしたのだ、このような刻限に……」

「はあ。笹岡先生にお目に掛かる積もりで麹町の御屋敷をお訪ねしたのですが、今宵は笹岡先生、こちらにお泊まりになると奥様からお聞き致しまして……」

「そうか。先生も間もなく道場母屋の居間へと入られよう。今宵は皆伝の最後の章『暗闇斬り』の審査があってな」

「そのようですね。で、今宵は幾人が免許皆伝を許されましたか？」

「無外流の免許皆伝は、そうそう簡単に許されるものでないことは、銀次郎もよく知っておろう。審査の対象となった大名家や旗本家の子弟七名全員が、『極め不足なり』と笹岡先生から厳しい叱声《しっせい》を受け次回預けとなった」

「次回預けと申しますと、無外流の審査は三年に一度でありますから……」

「うむ、三年後ということになるな」

「審査に落ちた者にとっては、厳しく辛い三年間になりましょうね」

「近頃の若い者は、どうも気迫が今一歩足りぬ。炎《も》え上がるような何かが決定的に不足しておるわ。ぬるま湯の中で育っておるのかのう」

「はあ……」

「お前は凄かった。今でも覚えておるぞ。審査の時のお前の竹刀《しない》の先は、炎え上がっておった。私を圧倒しておったよ」

「夢中でありましたから」

「いや、夢中という精神状態で、免許皆伝の審査の日に、大剣客笹岡先生から三本のうち一本、私からは五本のうち三本も取れるものではない」

「それもこれも、笹岡先生と師範代のお教えがあったればこそです」

「お前の切っ先は、いつの稽古《けいこ》の場合も炎《ひ》を噴き上げておった。その割に目つきは何とのう冷やかでな。恐ろしい、と思ったことは一度や二度ではない。それだけになぁ銀次郎、己《おの》れに気をつけねばならぬぞ」

「己れに気を……でありますか」

「お前が激しい怒りのままに鞘《さや》から刃を抜き放てば、必ず地獄の光景が広がる。私のこの言葉を忘れないでくれ」

「は、はい」

心の臓に重い一撃をくらったような気になって、銀次郎は小さなうろたえを見せつつ大きく頷いてみせた。

「で、笹岡先生に何ぞ大事な用か」

「はい、ちょっとお訊ねしたいことがございまして」

「ならば、余り長くならぬように片付けてきなさい。先生は、やや風邪《かぜ》気味の体で七名と激しく立ち合われたのだ。ゆっくりと休ませてあげるがよい」

「判りました。そう致します」

「終わったら戻ってこい。家内に酒の用意をさせておく。久し振りに盃《さかずき》を交わそうではないか」

「喜んで……」

銀次郎はにっこりと一礼して、道場の方へ踵《きびす》を返した。きちんと正面玄関から恩師を訪れる積もりだった。

「おい……」

師範代が、月明りを受けている銀次郎の背中へ、控えめに声をかけて、二、三歩踏み出した。

「はい」と銀次郎が振り返る。

「まだ遊び人の真似をしているなら、いい加減に桜伊家に戻れよ。今のままでは亡くなられた母上様が悲しまれるばかりだ。今宵の衣裳はよく似合っておる。桜伊家に戻れ。な、銀次郎」

「ありがとうございます」

銀次郎が背負っている〈事情〉を全て知っている師範代の温かな言葉に、銀次郎は深々と頭を下げ、そして「飾り竹林」の中へ入っていった。

五十

「師範代から、少しお風邪気味であると聞きましたが、大丈夫でございますか」

「なあに、ときどき軽い咳《せき》が出る程度じゃ。熱は無いし、食欲は充分以上にある。心配ない」

「お気を付け下さい。江戸の剣術界にとって笹岡先生は欠くべからざる存在でございますゆえ」

「有難う。気を付けよう」

銀次郎は、暫《しばら》く見ぬ内に笹岡先生は目の鋭さはそのままだが、随分《ずいぶん》と老けられたな、と思った。髪はすっかり白くなり、頬《ほお》がやや落ち込んでいるかに見えなくもない。

「さ、先《ま》ずはお前から呑め。遠慮はいらぬ。私に何か用があって参ったのであろうが、呑みながら聞こう」

「恐れ入ります」

師範代の妻作江《さくえ》が離れからこの居間へと運んできた灘《なだ》の酒であった。

「頂戴いたします」

と銀次郎は素直にぐい呑み盃を手に取って、恩師の徳利《とっくり》を受けた。

「で、用はなんじゃ」

鋭い目を銀次郎に向けたまま、笹岡市郎右衛門は自分の盃に手酌《てじゃく》で注いだ。

「はあ、実は……」

銀次郎は唇を濡らしただけの盃を膝《ひざ》の前に戻して恩師を見た。

「私《わたくし》が先生から特に厳しく叩き込まれました刺客に奇襲された場合の『急所外し』の打たれ方の業《わざ》でございますが……」

「ん？」

銀次郎のその問いが笹岡にとっては余程《よほど》に意外であったのか、徳利を持つ手が動きを止めた。

「どうしたのだ。誰ぞに襲われて不覚にも急所を打たれたというのか」

「いいえ、そうではありませぬ。偶然ではありまするが、数人に素手で襲われている武士の様子を眺《なが》めておりましたところ、実に巧みに己《おの》れの急所を外して相手に打たせ、その分深く踏み込んで相手を一撃のもとに倒しておりましたるところから……」

銀次郎は千葉同心の顔を思い出しつつ、多少の膨《ふく》らみを持たせて恩師に告げてみた。

「その武士の相手は只の町人とか遊び人か？　それとも侍とか忍び崩れといった感じであったのか」

銀次郎はハッとなった。千葉同心への関心ばかりに重きを置いていたが、実は襲いかかってきた相手こそが千葉同心の電光石火の反撃を「急所外し」の業で打たせておき、千葉同心の急所に強烈な一撃を放っていた可能性もあるのだ。

「まあよい……」

と、笹岡市郎右衛門は穏やかに微笑《ほほえ》んだ。

「お前の問いに答えるだけとしようかのう。『急所外し』は己れを守る最後の砦《とりで》となる至高の極意業じゃ。用い方を誤れば相手の凶刃《きょうじん》や巌《いわお》のごとき拳業《こぶしわざ》で首を飛ばされ、あるいは臓腑を粉微塵《こなみじん》に砕かれよう。無外流で申せば、たとえ免許皆伝を許されたものであっても、この『急所外し』の極みに達している者は数少ない。確かな極みに達している者は、僅かに三人ばかりかのう……」

「え、三人……それほど少のうございますか」

「先ずは私じゃ。そして次に師範代高崎真之介、あとは未《いま》だに父親の不祥事で性根《しょうね》を拗《す》ねさせ、遊び人のやゝさぐれ生活に陥《おちい》っているお前じゃ」

剣客笹岡市郎右衛門は優しく目を細めて銀次郎を見つめながら、盃を口元へ持っていったが呑まない。盃は途中で止まっていた。

「たったの三名でございましたか先生。十数名はいよう、と思うておりました」

「修行という同じ釜の飯を食ろうてきた恩師や兄弟子《あにでし》（高崎真之介）の存在を忘れて遊び人を楽しんでおるから、無外流についての大事な情報が耳へ入ってこなくなるのだ。銀次郎よ。お前はな、いわば無外流三傑の一人だぞ。しかもその内の一人は恩師の私であり、もう一人は兄弟子である師範代じゃ。しかもお前は、私からも高崎からも、立ち合えば確実に何本かを取れる凄腕。このことを考えれば、無外流の次期後継者は、桜伊銀次郎しかいない」

言い終えてようやく盃を傾けた市郎右衛門であった。

「無外流の次期後継者など……め、めっそうもございませぬ先生」

「これはな、私よりも高崎真之介が口をすっぱくして私に告げていることでもあるのじゃ。が、今のお前は親不孝者であり、恩師不孝者であり、兄弟子不孝者でしかない……実に情けないのう」

そう言いつつ、空になった盃を膝《ひざ》の前へ戻した笹岡市郎右衛門であったが、銀次郎を見る目はやはり優しかった。父親のような眼差《まなざ》しだ。

銀次郎は、うなだれてしまった。

「ま、よい。話を戻そうかのう。『急所外し』の業だが、これを極めることこそ免許皆伝の必須《ひっす》としている流派が、無外流の他に、もう一派ある」

「えっ」

それは初耳と銀次郎は驚き、背中を反《そ》らせた。

「何流でございますか先生。お教え下さい」

「鹿島新當流じゃ」

聞いて銀次郎の脳裏に千葉同心の顔がサッと過《よ》ぎった。恩師の言葉が続いた。

「お前も知っておるように、鹿島新當流は名流の誉《ほま》れ高い剣術であるから、その修行は無外流と並んで相当に厳しい。その業は多彩にして美しく、私が舌を巻く業が幾つもあるほどじゃ。なかでも鹿島新當流の『急所外し』の業は免許皆伝者のみに厳選審査のうえ伝授される業であって、極意中の極意業でな」

「左様でございましたか。恥ずかしいことに私は全く存じませんでした」

「無外流にしても鹿島新當流にしても、『急所外し』の業は公《おおやけ》にはされておらぬ。公にしてしまえば、襲い来る相手はそれを逆手《さかて》に利用するであろうからのう」

「で、鹿島新當流の『急所外し』の業は、これ迄《まで》に幾人が伝授されたのでございますか」

「一人だと聞いておるが」

「たったの一人でございますか……それ程《ほど》に伝授の審査は厳格なのでございまするか」

「その通りだ。それに、名流の誉れを大事にしている鹿島新當流は、そうやすやすとは免許皆伝者は出さぬ。文武の極みに加えて人格も厳しい審査の対象になっておるからのう」

「で、そのたった一人の……鹿島新當流『急所外し』の業を伝授された人物の名前は？」

「確か……岩田匡子朗正就《いわたきょうしろうまさなり》……じゃ。うん、そうだった。間違いない」

市郎右衛門はそう言いつつ、銀次郎の目の前に指先で字綴《じつづ》りをゆっくりと書いてみせた。

「岩田匡子朗正就……その名前からだと旗本家の者らしゅうございますね」

「かなり古い話になるので、その辺のことはよくは判らんな。もう、どれくらい昔になるかのう」

「それほども昔の事ですか、岩田匡子朗正就が鹿島新當流の『急所外し』の業を伝授されたのは……」

「うむ。確か十六、七歳の頃ではなかったかと思うのじゃが。とにかく天才剣士現わる、などと江戸の剣術界は騒然となってな。だから、岩田匡子朗正就の名前だけは今も忘れることが出来ぬ。なにしろ寄るとさわると、岩田匡子朗正就の名は、大道場の剣客たち、門弟たちの口にのぼっていたからのう」

「十六、七の年で、鹿島新當流の極め業『急所外し』を伝授されたとは凄いですねえ」

「銀次郎、お前だって無外流の皆伝者となって『急所外し』を伝授されたのは十七歳の時ではないか」

「は、はあ……」

「面白い試合になったかも知れぬのう」

市郎右衛門はそう言って腕組をすると、何かを空想するような目つきとなって天井を仰《あお》いだ。

「試合……と申しますると？」

「なあに。銀次郎と岩田匡子朗が同じ時代に同じ若さで出会っていて、将軍家の御前試合ででも対峙《たいじ》しておれば面白い試合になったであろうなあ、と想像したまでよ」

「その後、岩田匡子朗の名は聞きませぬので先生？」

「聞かぬ。全く聞かぬな」

市郎右衛門はちょっと眉《まゆ》をひそめると、腕組を解いて徳利を手に取った。

「さ、呑め」

「はい」

銀次郎が差し出す盃に酒を注ぎながら、市郎右衛門は言った。

「これは当時の噂でしかないのだがな。岩田匡子朗はどうやら表の顔と裏の顔を巧みに使い分ける……つまり何と言うか……うむ、そう、二重人格的なところがあったらしいのじゃ」

「ほう……」

「恩師の前では品行方正この上もない天才的若手剣士を完璧なまでに演じてみせ、裏へまわると女遊びに溺《おぼ》れ、弱い者から金品をまきあげるなどをしていたらしくてな」

「それはまた……」

「満月の出る夜に限って人を斬るとか斬らぬとかの恐ろしい噂も、市井《しせい》では出たり消えたりしておったらしくてな……あくまで噂として私の耳に入ってきたに過ぎぬが」

「なんと。それは真《まこと》に恐ろしいことで……」

「そのうち恩師の前へ姿を現わさなくなり、この江戸から姿を消したとか言われておる。あくまで当時の私の耳に入ってきた噂に過ぎぬと思ってくれよ」

「今も生きているとすれば……いや、たぶん生きていましょうが、三十六、七歳ということになりましょうか」

「いや、もし年齢を偽っておれば、あるいは四十過ぎを演じているやも知れぬな。目的のためには、それくらいの事はやりそうじゃ。それにしても今頃は何処でどうしているのかのう。己れの裏の顔を恥じて反省をし、修行を積み重ねて人格を研《みが》いておれば、何処へなりと仕官《しかん》が叶《かな》う立派な剣客になっていようが」

「そうですねえ」と、銀次郎は頷《うなず》いてから、手にした盃を静かに口元へ運んだ。

五十一

考えた末銀次郎は、本八丁堀の我が家へと戻った。つまり「遊び人銀次郎」へと戻った。ある人物が自分を訪ねて来るとすれば、矢張り本八丁堀の家しかない、と判断したからでもある。

が、三日が経ち、四日が過ぎても、「案外に早くに訪ねてくるであろう」と考えていた人物の訪れはなかった。

その人物とは、市谷左内坂の寛七親分である。

その間、銀次郎は我が家から一歩も外へ出なかった。ひょっとしたら顔を覗《のぞ》かせやしないか、と心配した亀島川の畔《ほとり》に住む飛市とイヨの老夫婦までがやって来ない。矢継ぎ早に我が身に押し寄せてくるきな臭さのことを考えれば、なるべく誰彼の訪れが無い方がよい、と思っている銀次郎ではあったが……。

五日目の朝、「ごめんなさいよ」と澄んだ女の声があって表の格子戸《こうしど》を引き開ける音がした。銀次郎には季代お内儀《かみ》と判る綺麗な声であった。いつも若々しい。

次いでカラコロと石畳を踏み鳴らす音がする。

「おや珍しい。今日は下駄なのかえ」と、銀次郎は玄関の方を見た。

表通りに面した格子の引き戸から玄関までは石畳が敷かれているが、ほんの三枚ばかりだから、カラコロは直ぐに鳴り止《や》んで、また澄んだ声で「ごめんなさいよ」があって直ぐ、「銀ちゃん、いる?」と続いた。

「入んねえ。構わねえよ」

「そう。じゃあ、庭先から勝手口へと回ります」

「ああ、好きにしねえ」

銀次郎は手枕で横になった。腹が空《す》いたなあ、と思った。この三、四日は一歩も外出しないようにしているため、ろくな物を食べていない。

季代お内儀《かみ》に何か作って貰うとするか、と銀次郎は手枕を変えて仰向《あおむ》けになり天井を仰いだ。

「はて?」という小さな疑念が胸のひと隅《すみ》にポツリと生じたのは、この時であった。

季代お内儀《かみ》が玄関から入らずに「勝手口へ回ります」と言ったのははじめての事だった。玄関はあいているから、わざわざ勝手口へ回る必要もない。おかしい、なぜだ、と銀次郎は思った。

それに、四、五日続けて本八丁堀のこの自宅に潜《ひそ》むようにして、来るかどうか判らない寛七親分の訪れを待っていることは、季代お内儀《かみ》は知らない筈《はず》だ。

もう一度「はて?」と首を傾《かし》げて銀次郎が半身を起こした次の瞬間、疾風――まさにそうとしか言えないような――が、銀次郎の真正面から襲い掛かってきた。

眩《まぶ》しい光のようなものを反射的に感じて思わず後方へとんぼ返りした銀次郎に、間《ま》を置かせるものかとばかりに、疾風の二撃、三撃が稲妻のように突きかかる。

光、光、光、と銀次郎の目にはそう映った。

それは、突きかかるという、空気を異様に斬り鳴らした連続的な攻撃だった。

が、なんと拳業《こぶしわざ》だ。

銀次郎が両腕を十文字に組んで防ぐ、顔をそむけて防ぐ。体を横に向け、わざと上腕部を殴らせて防ぐ。

左右上腕部は銀次郎が鍛えに鍛えた部分である。「急所外し」の一つとして打たせる部分でもある。

だが、殴られた銀次郎は激痛と共に横っ飛びに飛ばされ、箪笥《たんす》に横向きのまま叩きつけられた。

「おのれ」とばかり立ち上がろうとしたところへ、上から下へと殴り下ろすような一撃が、まともに銀次郎の横面《よこつら》に炸裂《さくれつ》。

「ぐあっ」

銀次郎の首がねじり切れんばかりに右へ半回転した。まだ相手の顔さえも見ていない銀次郎だった。それほど矢継ぎ早で強烈な連続攻撃だ。

横転状態で苦しまぎれに銀次郎は、己れの足先で相手の足を払った。

これはほんの僅《わず》かに効いて、相手の腰がグラッと小さく揺れた。

その〈僅か〉こそが、練達の者にとっては反撃の糸口となる。

だが、横面に痛烈な一発を食らった銀次郎には、無理だった。

受けた打撃が、予想以上に効いていた。

そのため、相手が腰を僅かに揺らせたその一瞬を、銀次郎は「逃げ」へと用いた。

目が回りそうなほど頭はくらくらしていたが、銀次郎は渾身《こんしん》の力でとんぼ返りを打った。

大きく天井すれすれに反転した銀次郎の体が半弧《はんこ》から垂直となり、壁に激突して前方へ弾む。反転して描いた弧が大き過ぎたのだ。

まるで「殴って下さい」と言わんばかりに相手の面前へ真っ直ぐに立ってしまった恰好《かっこう》だ。

その絶好の機会を逃《のが》す筈がない襲撃者である。

唸《うな》りを発する拳《こぶし》が、銀次郎の腹部に二発食い込んだ。

銀次郎が体を斜めに振って「急所外し」で受ける。それでも凄まじい衝撃で体を二つに折りつつ、銀次郎はようやくのこと相手を見た。

なんと明らかに忍び者の装束《しょうぞく》で顔まで隠しているではないか。生地《きじ》の色はあざやかな瑠璃色《るりいろ》で小紋などによく見られる小さめの雪輪を散らしている。

その腰に帯びているのは、武士の大刀でも小刀でもない、その中間の長さの明らかに忍び刀であった。しかも朱鞘《しゅざや》である。

忍びの流派はともかくとして、銀次郎は過去に伯父から、「朱鞘の忍者あるいは忍び侍は、組織の頭領格が多いと覚えておくがよい……」と教えられたことがある。

「き、貴様。忍び……」

忍びか？　と銀次郎に皆まで言わせなかった相手だった。拳業では限界があると察したのか、矢庭に抜刀するや深く踏み込みざま、その切っ先を銀次郎の眉間《みけん》に斬り下ろす。

ヒョッという空気を裂《さ》く鋭い音。

切っ先が銀次郎の眉間に届いたかに思えた次の瞬間、相手は刀を軸として一回転するや、もんどり打って床に叩きつけられていた。

ズターンという凄まじい音。銀次郎が「真剣白刃《しらは》取り」の凄業を見せて刀ごと相手をひねったのだ。

床の反動でそれが出来たのか、それとも叩きつけられた相手が敏捷性《びんしょうせい》に優《すぐ》れていたのか、相手はふわりと宙に浮くや猫のようにすっくと爪先《つまさき》で立った。

(女?……)

と、ようやく相手の全身を見る余裕を持った銀次郎を、衝撃が見舞った。相手の胸元には、見紛《みまが》うことのない膨《ふく》らみがあった。しかも豊かだ。

「くノ一に、ここまで痛めつけられるとは、俺もおちぶれたものだ……」

銀次郎は呟《つぶや》くようにして、唇の端から糸を引いている鮮血を、手の甲で拭《ぬぐ》った。

相手は「フン」と鼻先で笑うと、身をひるがえした。速い身のこなしだ。

銀次郎は追わなかった。いま足の速い相手を追わずとも、いずれ再び自分の面前に現われるに違いない、という確信のようなものがあった。

「あっつ……それにしても恐るべき女忍びじゃねえかい」

ぶつぶつと呟きながら銀次郎は水屋《みずや》の前まで行くと、中にあった大徳利を取り出して掌《てのひら》で酒を受け、それで唇の下の傷口を洗った。

「いてて……まったく好き放題に殴りやがった」

と、こぼしたあと、銀次郎はニヤリとした。誰でもよいから、もっとどんどん立ち向かって来い、と思った。その方が、長之介を殺《や》った下手人が見つかり易《やす》いような気がするのだ。

酒で清めた傷口や頰を、銀次郎は次に台所の甕水《かめみず》で濡らした手拭いで冷やした。

「それにしても女忍びまでが現われるとは一体どういうこってい……」

と、銀次郎はふてくされたように横になったが、思い直したように直ぐに起き上がって、勝手口の方を見た。

そして「はて?」と首を傾《かし》げた。くノ一は勝手口から侵入したに相違ない、という先入観があったが、庭に出入りする勝手口の腰高障子《こしだかしょうじ》は閉まったままだ。

「そろりと侵入したあと、わざわざ御丁寧《ごていねい》にまた障子を閉めやがったのかねい……いやあ、そんな面倒なことはすめい、だとすりゃあ、奴は一体《いってえ》どこから入りやがった」

銀次郎は二階へ上がってみたが、どこにも侵入した形跡などは残っていなかった。階下に下りて天井、押入、そして台所の土間に下りて床下に首を突っ込んでまでしてみたが、不自然はなかった。

あった。
「判らねえ……ま、それが忍びの侵入ってえもんだろうが……」
ぶつぶつ漏らしながら銀次郎が十畳大の板の間の上がり框《かまち》に腰を下ろした時で
あった。
庭――と言っても猫の額《ひたい》ほどだが――に出入りする腰高障子の向こうから、ザ
アッという明らかに水を使っている音が伝わってきた。
庭には一軒井戸（この家だけの井戸の意）と呼ばれている小井戸がある。どうやら誰
かが、その井戸を使っている様子であった。
もし不審者の侵入なら、己れの存在を知らせるような水音を立てたりはしない。
上がり框から立ち上がった銀次郎は勝手口へと近付いてゆき、腰高障子を勢い
よく開けた。
こちらへ背を向けるかたちで、井戸端で襷掛《たすきが》けをして手を洗っていた女が、び
っくりしたように振り返った。
驚いたのは、銀次郎も同じであった。
「なんでえ、季代お内儀《かみ》じゃありやせんかい」
「びっくりさせないで下さいよう、もう銀ちゃんたら」

「びっくりしたのは、こちとらだい」

「だって玄関口から声を掛けましたでしょう。庭先から勝手口へ回りますからって……」

「あ、ああ。そうだったな」

「好きにしねえ、と銀ちゃん言って下すったじゃありませんの」

「すまねえ。ちょいと、うとうととして半惚《はんぼ》けしていやした」

「うとうと？……何か重い物の片付け事をしていたのではありませんの。大きな音だの、気合のような声が漏れ聞こえていましたよ」

そう言い言い、袂《たもと》から取り出した小手拭いで手を拭きながら、銀次郎のそばにやってくる季代お内儀《かみ》だった。

「ま、まあ、いいや。で、何の用できなすったい」

「あら、なんだか水臭い言い様《よう》だこと。ようく庭を見てご覧なさいな」

「ようく見なくったって判りやす。ぼうぼうだった雑草を抜いて下さいやして、青菜の苗を植えて下さったんですねい。これは申し訳ないことで」

「雑草くらいは、ときどき自分で抜き取って綺麗になさいな。この家へは綺麗どころが拵事《こしらえごと》でよく訪ねて来るのですから」

「この頃は、なんだか嫌われちまったらしくてよ。すっかり訪ねて来る女の数が減っちまったい」

「頓珍漢《とんちんかん》なことを言うものではありませんよ銀ちゃん。神楽坂や新橋の綺麗どころが、『いつ銀様を訪ねても留守ばっかり』と機嫌を損《そこ》ねているのですよ」

「ふうん……そうでしたかい」

「ところで、またしても腫れあがったその顔はどうなさったの。もしかしてまた？」

「そのまた、だい。しかも、お内儀《かみ》さんが多分庭で雑草を抜いている最中にだい」

「まあ。では、あの大きな物音とかは……」

「うん、私《あっし》が殴り飛ばされて壁に激突した音よ」

「なんて事を……痛む？」

「少しは。ですが大丈夫だい。心配ねえ」

「見せて。冷やしてあげる。風呂場を掃除してあげようと米糠《こめぬか》を沢山持ってきましたから、それを水で練って平らにして貼ればよく効くのよ」

「ありがとよ、お内儀《かみ》さん。お内儀さんの優しいそのひと言こそが私《あっし》にとっちゃあ何よりの薬だい」

銀次郎はお内儀《かみ》の形のよい白い顎先《あごさき》にそっと左手を触れると、軽く力を加えて引き寄せた。

季代が一瞬であったが、目を閉じる。

だが直ぐにハッとなって「いけません、銀ちゃん」と、一歩引き退《さ》がった。

「それでいいんだ、お内儀《かみ》。この銀次郎も男だい。だから拵事以外でこの二階家を訪れるのは、もう止《よ》しにしねえ。私《あっし》だっていつ本気になるか知れねえから」

「本当に……本気になれて?」

「………」

「銀ちゃんが若《も》し本気になってくれるなら私《わたくし》……幾つも年上だけれど」

「それ以上は言っちゃあなんねえよ。『近江屋』はますます大店《おおだな》の道を進む巨大な商《あきな》いをなさっておられやす。一心不乱に打ち込みなせえ。お内儀《かみ》さんは凄い商才を持っていなさるんだ。『近江屋』を天に届く程の巨大商社にしてゆきなせえ。

器量も商才も満点のお内儀さんなら、出来やす」

「銀ちゃん、ありがとう……でも今の銀ちゃん、大嫌い」

季代お内儀《かみ》はそう言い残すと、襷掛《たすきが》けを解きながら銀次郎に背を向け、うなだれて玄関の方へとぼとぼと去っていった。

銀次郎は、空を仰いだ。あ、俺は今、「巨大商社」という言葉を我知らぬうちに用いたな、と思った。

商社……この江戸で、ひとりの遊び人の口から何気なく出たこの言葉が、次第にひとつの輪郭を持ち始めるには、なお長い年月を要することとなる。

表の格子戸の閉まる音がした。

季代お内儀《かみ》の足音が次第に遠のいてゆくのが銀次郎には判った。

「大好きだぜお内儀《かみ》……しかし、これからが『近江屋』にとって本当に大事な時期になっていくんでえ」

銀次郎は暫《しばら》くの間、空を仰いで立ち尽くしていた。銀次郎とて男である。しかも武芸で鍛えた強靭《きょうじん》な肉体の持ち主だ。その若い力は、はち切れんばかりの頂点に達していると言ってよい。

季代お内儀《かみ》の豊かな体が衣裳を脱ぎ解いたとき、そこに輝く雪肌の美しさ、圧倒的な乳房のふくらみは、充分以上に想像でき見えてもいる銀次郎だった。だからこそ、手を出してはならぬ、と自分に強く言い聞かせてきた。

桜伊銀次郎……本物の男であった。

五十二

腫《は》れあがった頬を濡れ手拭いで冷やしながら板の間に横になっていた銀次郎が、うとうととした心地よい眠りに誘われかけたとき、「ごめんよ、いるのかい銀……」と、聞き覚えのある声が遠くの方から聞こえてきた。

「あっ、親分の声だ」と直ぐに判った銀次郎は、自分の意思とは全く関わりないような速さで体を起こしていた。

「いるんなら入るぜ、いいかえ」

「おりやす。どうぞ入ってくんない親分」

「おう」と、玄関の障子張り格子戸の向こうで親分の応じる声があって、勢いよく格子戸の開く音がした。

「どしたい、暗《くれ》えじゃねえか。外はもう日が落ちかけているんだぜい、銀よ」

「おっと、そうでしたかい。うとうとしかけていやしたもんで判りやせんでした。ちょいとお待ちになってくんない。いま明りを点《とも》しやす」

「お前《めえ》が、うとうとしていたなんて珍しいじゃねえかい。いつもキリッとした男前なのによ」

「へへへっ……」

銀次郎は大行灯《おおあんどん》の明りを点した。昼夜の区別なく綺麗どころが訪れて化粧《けしょう》拵《ごしらえ》、衣裳《いしょう》拵《ごしらえ》、と忙しくしてきた銀次郎にとっては、この大行灯の明りは不可欠なものである。

「上がらせて貰うぜ」

「どうぞ。今日はもう御役目は上がりですかい」

「ああ予定していた一日仕事はきちんと終わった。ちょいと小伝《こでん》馬町《まちょう》へ立ち寄る野暮《やぼ》用が残っているがな」

「じゃあ軽く一杯やりやしょうか。肴《さかな》は何もありやせんが」

「あ、銀、ちょいと待ちな」

腰を上げ水屋の方へ行きかけた銀次郎の顔を見て、上がり框《かまち》の上に座り込んだ寛七親分の右手がひょいと前に出た。

「顔が腫れているじゃねえか。あ、唇の端も切れていやがる。おい、銀、何かあったのか」

「ちいと殴り合いやしたのさ」

「何処《どこ》で誰と」

と、問い詰める寛七親分の目つきが鋭くなってゆく。

「よく出入りする賭場で一、二度口論《こうろん》したことがある博徒《ばくと》二人と昼間によ、山王《さんのう》御旅所《おたびしょ》の薬師堂前でばったり出会っちまったんでさ。それでまた一口論《ひとこうろん》ありやしてね。袋叩きにされやした」

「袋叩きという程《ほど》には腫れちゃあいねえが、お前《めえ》の方が相手を袋叩きにしたんじゃねえのかよ」

「とんでもねえ」

「ま、争い事はするな、と暴れ者《もん》で知られた遊び人のお前《めえ》に説教したところで聞く耳持たねえだろうから無駄は言わねえが……おっと、それよりも判ったぜい例の件」

「剣客同心千葉要一郎様のことでござんすね」

「おうよ。少《すこ》しばかり嫌な雰囲気が漂ってきやがったんで、今日で調べから身を引いたんだがよ」

「嫌な雰囲気と申しやすと？」

「このところの俺の動きが、千葉様がどうやら、変だ、と見始めたようなんだよな」

「そいつぁ拙《まず》いですねえ。気のせいじゃあねえんですかい」

「いや、俺を見る目が妙に険《けわ》しくなっているんでい。それに御役目を俺に命じることが全く無くなってきた」

「それはまた……」

「代わって人柄の良さで知られた次席同心の真山仁一郎《まやまじんいちろう》様が急に俺に対して、あれこれと御役目を命じるようになってよ」

「じゃあ、今日で調べから身を引いたのは、ようござんしたよ。何事もなかった様子を装って淡々と御役目を務めておくんなさいやし」

「うん。そのつもりだ。今のところ真山仁一郎様とは上手《うま》く付き合ってらあな」

「それがよござんす。で？……」

「千葉様だがな、千葉家の血をひく御方ではないと判った」

「と仰《おっしゃ》いやすと、千葉家へ養子で入られたとでも？」

「その通りでい。千葉家というのは御鉄砲百人組の筆頭同心であってな、家長は代々にわたって千葉要一郎の名を継いできたらしい」

「ほう。すると今の千葉要一郎様は、別に名をお持ちでいらっしゃいやしたね。つまり**千葉家へ養子に入る前の生まれた時からの御名前を**」

「そりゃあ、当たり前だわな。名無しの権兵衛《ごんべえ》が御鉄砲百人組の筆頭同心家へ養子に入れる訳がねえやな」

「はあ……」

「千葉家ってえのは、どういう訳か先代も先々代も子宝に全く恵まれず、養子によって千葉家の存続をはかってきたというのだな」

「なるほど。そうしなきゃあ、御武家としての千葉家は絶えてしまいやすからねい」

「うむ。そういう事だな」

「ところで親分、御鉄砲百人組と申しやすと……」

「耳学問に優れた銀のことだ。話はそっちの方へ行くと思ったぜい。おそらく銀の肚《はら》の内で思っている通りだい。御鉄砲百人組と言うのは忍び軍団でな。『甲賀《こうが》組』『伊賀《いが》組』『根来《ねごろ》組』『二十五騎組』の四組で構成されているんだとよ」

「やっぱり……」

「その御役目ちゅうのは、平時は江戸城本丸の正面つまり大手前の御門に詰めていてよ、枡形《ますがた》内とか濠《ほり》に架かった下乗橋《げじょうばし》てえ辺りを警衛しているらしいのよ」

「それで将軍様が寺社参詣《さんけい》などで城の外へ出なさる際は、その寺社界隈《かいわい》を警備するとか?」

「そうそう。やっぱりよく知っているじゃあねえかい。御鉄砲百人組を指揮する組頭《くみがしら》てえのは大身《たいしん》の御旗本でな。その下に八十石高の与力や三十俵三人扶持《ぶち》とかの同心がいて組屋敷に住んでいるらしい」

「それは判りやしたが、千葉様はどういう御家柄から御鉄砲百人組筆頭同心の千葉家へ養子に入られたんです？」

「問題はそれよ銀。遡《さかのぼ》ること凡《およ》そ二昔《ふたむかし》も前、麹町の一角に百五十石取りの無役の旗本家があったと思いねえ」

「で、その御旗本家の主人《あるじ》の御名は？」

「主人《あるじ》の名はっつうと、岩田司朗高信《いわたしろうたかのぶ》様と仰ったんだがよ」

「岩田……」

聞いて呟《つぶや》く銀次郎の胸の内を同時に大衝撃が貫いていた。

だが、その衝撃を表情に出すまいとする銀次郎であった。

「そう。岩田様だい。早くに奥方様を病《やまい》で亡くされたこの岩田司朗高信様がだな、女房を亡くした淋しさの余り、などと芝居でよくある話だが『呑む打つ買う』に溺れ込んだ誠に厄介な御旗本だったらしくってよう」

（わが父と同じだ。しかも父の不行跡は母の存命中だった）と銀次郎は胸の内で思わず表情を歪《ゆが》め歯を小さく噛み鳴らした。

「じゃあ、若《も》しかして、その『呑む打つ買う』で、岩田家を潰してしまったんですかい」

「まあ、そうなんだがね。しかし単に『呑む打つ買う』だけじゃあ、そんなに簡単には旗本家ってえのは潰れたりはしねえもんらしいんだ。現に『呑む打つ買う』の不良旗本なんざあ、今時珍しくも何ともねえ世の中だい」

「言えますねい。するてえと、その岩田司朗高信様は一体《いってえ》……」

「浮き世の極楽として知られた吉原の花魁《おいらん》と無理心中したんでい。『岩田様は好きになれない』といやがる花魁を激昂してめった斬りにし、自分も腹をかっ捌《さば》いたと言うんだな。この花魁てえのが『吉原に天女あり』とまで言われた美貌の『一番《いちばん》太夫《たゆう》』だったからよう、江戸雀たちは轟々と沸いたわさ」

「当時、寛七親分さんは？」

「当時の俺は洟《はな》垂れ小僧から一歩踏み出したばかりのまだ十四、五だったたい。吉原のことなんぞ、何も判りゃあしねえ小僧っ子だ。百五十石取りのいい年をした不良旗本が花魁と無理心中したなんてえ騒ぎなんぞ、耳にも入っちゃあこねえ。なにしろ十手持ちだった俺の親父は、なかなか躾《しつけ》の厳しい人だったたんでよ」

「そうでしたかい」

明暦三年（一六五七年）、江戸に大火があった。市街地の大方を焼野原と化したこの大火（明暦の大火・振袖火事とも）を境として、それまで日本橋近くにあった吉原（元吉原）は、幕命により規模を巨大化させて浅草寺《せんそうじ》北側の浅草田圃《たんぼ》へ「新吉原」として移されていった。

この新吉原が今の吉原である。

元吉原時代の遊女は「端《はし》」、「格子《こうし》」、「太夫」の三階級から成っていた。「端」が最下級、そして「太夫」が美貌に恵まれ教養をも身に付けた別格とも言うべき最高級の遊女であった。因《ちなみ》に花魁と呼ばれたのは「格子」と「太夫」の二階級だけである。

今の新吉原時代になってからは、「切見世《きりみせ》」（最下級）、「局《つぼね》」、「散茶《さんちゃ》」、「格子」、「太夫」（最高級）の五階級となり、元吉原時代よりも「太夫」になるのはかなり難しく厳選されたため、「太夫」の人数は次第に少なくなっていきつつあった。財布の豊かな遊び人たちは「太夫」を一番太夫、二番太夫などと好き勝手に呼び分け、「五番太夫までが本物の太夫」などと入れ込みを競い合った。

この五階級の遊女が、「切見世」（最下級）、「部屋持」、「座敷持」、「附廻《つけまわし》」、「昼三《ちゅうさん》」（最高級）へと変化していくのは、もう少し時代の流れを待ってからのことだ。

とくに「昼三」には、かつての「太夫」に一番、二番、三番などが非公式にしろあったように、「呼出昼三」という別格最高位の遊女が存在した。略して「呼出」と称されていた。

そして花魁と呼ばれるのは、「座敷持」以上「昼三」までの三階級である。

話が次第に核心へと近付いたこともあって、銀次郎と寛七親分は、どちらからともなく重苦しい気分になり、しばし無言となった。

(馬鹿な家長ってえのは何処にでもいるもんだねえ。侍《さむれえ》の家ってえのは、家長が馬鹿だと問答無用で一巻の終わりでえ。それに比べりゃあ、桜伊家は神君家康公の『感状』によってまだしも救われている……手を合わせて有難く思わなきゃあいけねえのかなあ……)

そんなこんなを胸の内で思って、我知らず大きな溜息《ためいき》を吐いてしまった銀次郎だった。

その溜息で、寛七親分が我を取り戻した。

「おっと。で、千葉要一郎様の千葉家へ養子に入る前の名前なんだがな銀よ。いま打ち明けた岩田司朗高信様の御次男で、岩田匡子朗正就様とか仰るんでい……

こんな字だったかねい」

寛七親分はそう言いながら、銀次郎の目の前に指先でたどたどしく宙を撫《な》で、その名をゆっくりと書いて見せた。

銀次郎は平静さを装いつつ、両の拳《こぶし》を強く握りしめていた。ついに一つの重要な裏側が見えてきた、と思った。

「そうですか。千葉様は百五十石旗本家の御次男で、岩田匡子朗正就様と仰いやしたか。養子に入ったのを契機として、それ迄《まで》の名を全て切り捨てなされたんですねい」

「そうらしい。うん」

「岩田司朗高信様が花魁を斬殺し腹をかっ捌いた騒動ってえのは、御次男匡子朗正就様が千葉家へ養子に入られる前ですかい、それとも養子縁組のあと？」

「うんと、あとらしいや」

「要一郎様、いや匡子朗正就様が岩田家の次男だったてえ事は、岩田家には御《ご》嫡《ちゃく》男《なん》様はいらしたのですねい」

「それはそれは出来のいい嫁を貰った、生真面目《きまじめ》な御嫡男がいたらしいのだが、父親の不行跡の後、嫁を道連れに自害して果てたらしい」

「なんと酷い……じゃあ岩田家は、どちらにしろお取り潰しを免《まぬか》れなかったのですねい」

「そういうこったい」

「千葉要一郎様は父親の不行跡で、よく養子縁組先から追い出されなかったものです」

「それどころか千葉家では、気配りのきく気性の優しい頭の良い青年剣士、とかで大変気に入られたらしく、父親の不行跡で千葉要一郎様が傷つき挫折してはならじ、とむしろ懸命に庇《かば》ったとか」

「ほう……」

銀次郎は小さな息を吐くしかなかった。無外流の恩師笹岡市郎右衛門が「……岩田匡子朗はどうやら『裏表ある二重人格的なところ』があったらしい……」と言ったことが脳裏に思い浮かんでくる。

「恩師の前では品行方正この上もない天才的若手剣士を完璧なまでに演じてみせ、裏にまわると女遊びに溺れ、弱い者から金品をまきあげるなど……」と、笹岡市郎右衛門は言ったのだ。

「寛七親分、どうも有難うございやした。剣客同心千葉要一郎様の素顔ってえのが、少しは判ったような気が致しやした。親分に御迷惑を掛けることは決してござんせんので」

「ま、俺はお前《めえ》の気性を信頼してらい。俺はこれから真山仁一郎様に呼ばれてどうしても小伝馬町《こでんまちょう》まで行かなきゃあなんねい。すまねえが明日の午後にでもよ、お前《めえ》が何故、千葉要一郎様の素顔ってのをそれほど知りたがっているのか、ゆっくりと聞かせてくんねえ。ゆっくりと……いいな」

「これから小伝馬町だと、真っ暗になりやすぜい」

「仕方がねえやな。仕事だい。それよりも明日ここへ来っから、頼んだぜい」

「判りやした。お約束いたしやす」

「そいじゃあ、俺は行くぜ。よっく冷やして、男前のその顔の腫れをよ、早く元通りにしておきねえ。拵事《こしらえごと》で此処《ここ》を訪れる綺麗どころが、ぴいちくぱあちくと、またうるせえからよ」

「へい、よっく冷やしやす」

「じゃな……」

寛七親分は銀次郎の肩を軽く叩くと、土間に下りて「近頃は体が硬くなるばかりだい」と背中を少し反《そ》らせた。

五十三

翌早朝まだ暗いうち、銀次郎は空腹を抱《かか》えたまま金杉橋へ向かって走った。

「ふなやど　濱《はま》」のその後が気になったからである。

しかし「ふなやど　濱」は外から眺《なが》める限り静まり返って、人の気配は全く無かった。

銀次郎は、勝手知ったる裏木戸を開けてまだ薄暗い庭先へ一歩入った。人の気配がないのはやはり間違いなかった。銀次郎にいきなり殴りかかった、忍び者に見えなくもない三人の男たち。老中《ろうちゅう》間《げん》菊三が言っていた、船宿を居抜き買いして「ふなやど　濱」とした何処《どこ》の誰とも知れない年配の旦那。そこへ遊び人風の男どもや胡散臭《うさんくさ》い浪人たちが、足繁く出入りしていた、と老中間菊三は言っていたのだが、もはや用済みで放置されたかのような船宿の不気味な静けさだった。最初に見たときの此処《ここ》は、二階のどの窓からでさえ明りが漏れていて満室を思わせたのにだ。いま聞こえるのはシンという静寂の、音無き音だけである。

「一体《いってえ》何だったんだえ、この船宿は……どうも単なる凶賊どもの溜まり場とは思えねえが」

銀次郎は吐き捨てるように呟《つぶや》いて、裏木戸を閉めた。屋内にまで立ち入るつもりは、はじめからなかった。

「凶賊宿にしちゃあ、人気《ひとけ》を絶やすのが、余りにも早過ぎるように思うがねい」

ぶつぶつ言いながら表通りに出た銀次郎は、空腹の虫が鳴いている腹をひと撫でして辺《あた》りを見まわした。そろそろ早出の遠出職人たちがちらほらとだが威勢よく通りを往き来する刻限であったが、界隈《かいわい》に飯屋が見当たらない。老中間菊三と出会った「めしさけ」屋の年中下げっ放しと思われる暖簾《のれん》が少し先で小風に揺れているが、この刻限表口障子はさすがに閉じられたままだ。

銀次郎は船宿の軒下《のきした》にもたれるようにして暫《しばら》くの間考え込んでいたが、やがて「よし……」という顔つきになると、北東の方角、江戸市中に向けて駈け戻り出した。

なにを「よし……」としたのか、極めて硬い顔つきである。何かを決意したとでもいうのであろうか。

それにしても、凄い速さであった。金杉橋を目指して走っていたときよりも遙《はる》かに速い。全力を出し切っている。何かの間《ま》に合わなくなる、とでも言いたげな速さであった。

早出の遠出職人たちの姿が往来にちらほら目立ち出し、それらが「一体《いってえ》何事でえ……」と擦《す》れ違ってたちまち遠ざかってゆく銀次郎を呆《あき》れたように見送る。

宇田川《うだがわ》、露月《ろうげつ》、芝口《しばぐち》をあっという間《ま》に駈け抜けた銀次郎が、溜池堀川《ためいけほりかわ》に架かった汐留橋《しおどめばし》を渡って芝居町《しばいちょう》五丁目、六丁目（木挽町《こびきちょう》五、六丁目のこと。芝居小屋多し）を過ぎ、八丁堀の同心組屋敷前（現在の日本橋茅場町《かやばちょう》あたり）へ立ったときには、さすがに陽《ひ》の光は幾十条もの矢となって朝空に扇状に放たれ、一面の朝焼けが広がり出していた。

江戸時代の初期、この界隈は寺社地で、町奉行所の与力・同心の組屋敷が置かれたのは、元和《げんな》年間（一六一五～二四年）だった。以後次第に拡大され広大な区画割りとなっていくのである。

銀次郎は広大な同心組屋敷地の中へと入っていった。迷いの無い歩み様《よう》である。歩きながら銀次郎の右手は懐《ふところ》に入っていた。辺りに用心している目配りである。

この広大な八丁堀同心組屋敷地内に、町奉行の同心たちはそれぞれ百坪前後の敷地と木戸門付きの住居《すまい》を拝領していた。

町奉行所へ務めに出る刻限は朝五ツ頃（午前八時頃）、退勤は夕七ツ頃（午後四時頃）である。

「こうして踏み入った以上、あれこれ迷っていても仕方ねえ」

自分を鼓舞《こぶ》するように呟いた銀次郎は、足音を忍ばせるようにして急いだ。

行き先は、千葉要一郎の住居《すまい》。これまでに幾度も訪れたことのある千葉同心の住居《すまい》であったから、その位置はよく判っている。

銀次郎が気にしているのは、朝の空の明るさだった。そろそろ朝五ツになる頃だ。

「千葉様とバッタリ出会うことになったら拙《まず》い……静かに急ごうぜい」

小声を漏らし、ギリッと歯を噛み鳴らした銀次郎だった。

八丁堀同心たちの住居《すまい》の大方は低い板塀《いたべい》か生け垣《いがき》で囲まれ、一戸建が連なったかたちで建てられており、敷地の一部——とくに通りに接した側——に質素な貸家を建てて漢学の先生とか医者などに貸し、副収入を得ている者も少なくない。

銀次郎は塀越しに人目に摑まらぬよう、背丈を低く縮めるようにして急いだ。

千葉家の板塀も木戸門も、すぐその先に見えていた。

銀次郎は懐に入れていた右の手を出した。書面——手紙か？——のようなものを手にしている。

銀次郎は背丈を低くしたまま、何度も訪れて絶対に見誤る筈《はず》のない千葉家の前を風のように通り過ぎた。

右の手から、あの手紙のようなものが消えていた。振り返れば両開きの木戸門にそれが挟《はさ》まっていることが確かめられたであろうが、銀次郎は振り返らず、組屋敷地から出ることを優先させた。なにしろ広い組屋敷地である。顔見知りの同心は千葉要一郎だけではないから、外へ出ることに手間取っていると誰とばったり出会うか知れない。

今日、いや今朝ばかりは同心の誰と出会う訳にはいかなかった。

組屋敷地をぐるりと回るかたちで、ようやくのこと外へ出た銀次郎は、背中に小汗を覚えていた。

銀次郎は急ぎ足で組屋敷から離れた。

（千葉様の手に直接渡ってくれりゃあいいが……）

銀次郎は奉行所へ勤めに出る千葉要一郎の目に直接触れることを願いながら、ようやくのこと組屋敷御門の方を振り返った。

銀次郎が己《おの》れの名入りで予《あらかじ》め用意してきた「手紙」には、「千葉様の驚くべき『過《あやま》ち』をしっかりと拝見しましたよ」とただそれだけをあざやかな筆跡で書いておいた。証拠がある訳ではなかった。したがって千葉要一郎の反応をみるだけの揺さぶりでしかない。けれども、この手紙に書かれたことが全くの見当違いであったなら、たとえ漠然たる短文であったとしても銀次郎はただでは済《す》まない。いや、町奉行所筆頭同心千葉要一郎の人格を傷つけた銀次郎の行為は、目付の立場にある伯父で千五百石の大身旗本、和泉長門守兼行の役職罷免《ひめん》をも招く恐れは充分にある。

銀次郎の後ろ盾《だて》であることが明白な伯父和泉長門守は、教育不行届の責任を問われて「切腹」という結果にさえもなり得る。そうなると連座責任を問われて、和泉長門守の妻女ほか近親者も、自害に追い込まれる可能性無しとは言えない。

武家の「過ち」とは、それほど厳しいものであった。神君家康公の「感状」によって銀次郎自身は「お構い無し」となるであろうが、その分、三奉行（寺社奉行、町奉行、勘定奉行）の一《ひとつ》に数えられる町奉行（三千石以上の大身旗本）の和泉長門守に対する怒りは凄まじいものとなろう。

が、当の銀次郎は、この「手紙」の件で幕閣が怒りを爆発させたならば、近親者へ連座の責任が及ぶ前に、自《みずか》ら腹を切る覚悟を決めていた。神君家康公の「感状」で守られている自分が切腹しさえすれば、幕閣の御歴々《おれきれき》はむしろ慌《あわ》てふためき、それによって矛《ほこ》を収めてくれるであろう、と確信的に読み切っている。

場合によっては、銀次郎を自害へ追い込んだ者こそ、「感状」の威光によって「お家お取り潰し」となりかねない。

だが、銀次郎に読み切れていないものが、一つ潜んでいた。

それは怒濤《どとう》の如く……、そう、荒れ狂って怒濤の如《ごと》く向かってくる高い位《くらい》を極めた「敵」の刃《やいば》であった。

五十四

朝空にはすっかり陽《ひ》の光が満ち始めていた。

本八丁堀へ帰宅しても陸《ろく》な食い物はねえな、と思いついた銀次郎は途中から方向を変えて麴町へと足を向けた。本八丁堀の住居《すまい》へは亀島川の畔《ほとり》に住む飛市とイヨ夫婦が出来たての食い物を届けてくれるか目の前で料理してくれる慣《なら》わしとなっているため、備蓄されている食糧は殆《ほとん》ど無い。あるのは酒と梅干しくらいのものだ。

日本橋川と八丁堀川とを南北につないでいる掘割《ほりわり》に架かった新場橋《しんばばし》を西へ向けて小駈けに渡った銀次郎は、殆どそのままの勢いで商家が建ち並ぶ日本橋の町並を突っ切って、お城を正面に眺めるお濠端《ほりばた》(外堀通り)へと出た。

先《ま》ず目指すのは麴町四丁目。お濠端の通りを右へ向かっても左へ廻っても行ける場所だが、左廻りが僅《わず》かに近い。

市中の大路小路を知り尽くしている銀次郎は、迷わず左廻りを選んで急いだ。急いでいるのは空腹のせいもあったが、たとえ誰彼に声をかけられても聞こえぬ振りで離れていけるからだ。

現に南大工町《みなみだいくちょう》近くまで来ると早速、「あら銀ちゃん……」と呼び止める澄んだ黄色い声があった。誰の声かと直ぐに判ったから「この声は無視できねえか」、と銀次郎はしぶしぶの態《てい》を見せつつ、足を止め振り向いた。眉《まゆ》を寄せて「朝のうちからなんだよう」という表情をわざとらしく拵えている。

直ぐそこ、桶屋《おけや》の店先に風呂桶を手にした小意気な形《なり》をした若い娘が三人、にこにこ顔で立っていた。うち一人は銀次郎の顔見知りであったが、あとの二人は知らない。

「なんでえ、『艶《えん》』京橋店のお紺《こん》じゃねえか。朝風呂かえ」

「そ……」

と、三人のうち一番背の高い小股《こまた》の切れ上がった彫《ほ》りの深い顔立ちの娘が、腰をくねりとさせた。

「悪いが急いでんだ。またな……」

「あ、拵《こしら》えで未《ひつじ》ノ刻頃（午後二時頃）に半畳の間《ま》を訪ねるから」

「今日は駄目でえ。明日にしてくんねえ」

「困るわよう。断われない御屋敷へこの三人が招かれているんだからさあ」

と、お紺とかが口先をとんがらせた。まだ少女の香りを残している可憐《かれん》さがある。

「仕様がねえなあ……判ったい。じゃあ俺の方から『艶』を訪ねっから、ああして欲しい、こうして欲しい、という拵《こしらえ》に必要な道具をきちんと調えておいてくんない。但し、半刻《はんとき》ばかし遅れるかも知んねえ」

「うれし、ありがとう。だから銀ちゃん好き」

「馬鹿。大きな声を出すねえ」

銀次郎は踵《きびす》を返して走り出した。

芸達者で知られた座敷女中（のちの芸者または仲居）のお紺は、「艶」京橋店に二十三名もいる座敷女中の中では一番人気である。三味線がうまくて歌う声もこれまた澄んで美しいことから、単に人気があるというだけではなく、「格」も高い。座敷女中というよりはむしろ「芸妓」に近いが、この形容が一人歩きするには、ほんのもう少し時の流れを待たねばならない。

「艶」は新橋に本店を置く料理茶屋の名店である。

銀次郎が溜池《ためいけ》を右にした、人の往き来少なくない「赤坂町家筋《あかさかまちやすじ》」を走り抜けて、紀州徳川家上屋敷の長い塀を左手に見るいわゆる紀伊様坂へと入ったとき、妙な光景が生じ出していた。

迂闊《うかつ》にも銀次郎は、その光景がいつから生じ出していたのか、全く意識していなかった。紀伊様坂へ入ったとたんに、目に留《と》まったのだ。

半町と離れていない先を、中間《ちゅうげん》の身形《みなり》の三人が肩に長さ三尺見当の白木の棒と判るものを担《かつ》ぐかたちで並んで走っているではないか。しかも、その白木の棒の先端には「結び文」のようなものがある。三本ともだ。

一見すると、どこかの御屋敷に抱えられている中間が、市中の何処かへ急ぎの用で遣《つか》わされているかに見える。どこの屋敷中間か知られたくないのか、それとも単に顔を隠しているつもりなのか、頰被《ほおかぶ》りをしていた。

だが銀次郎は、「ありゃあ……仕込み杖《づえ》じゃあねえか」と、白木の棒を疑った。

紀伊様坂を往き来する町人、侍、老若男女らは中間三人が並んで走る光景など別段珍しくもないのか、驚きもしないし見送りもしない。

銀次郎の「仕込み杖では？」という疑念は、急激に膨《ふく》らみ出した。

それにしても長い紀州徳川家上屋敷の塀であった。明暦《めいれき》の大火（一六五七年）のあと急速に発展しつつある「赤坂町家筋」が近いこともあって朝とはいえ人の往来が絶えないところが、銀次郎にとってはいささかの救いであった。仕込み杖を肩にした三人が、たとえ刺客凶賊であったとしても、朝の人の往き来が絶えないこの道筋で襲いかかられる心配はない。

（こんなに腹が空《す》いていちゃあ、三人を相手には出来ねえ）

そう思って、銀次郎は思わず苦笑した。ともかく、この数日はろくな物を口にしていない。

喰違土橋《くいちがいどばし》（伊賀町新土橋とも）への曲がり口が前方に見え出したとき、銀次郎は背後にフッと異物のようなもの――それほど嫌悪感の無い――を感じ始めた。

（尾行されている……）

と察した銀次郎は、走る速さを緩《ゆる》めることなく振り返った。

いた。やはり半町と離れぬところに、またしても中間の身形の三人が並んで走

っているではないか。結び文らしきものを括《くく》りつけた白木の棒を肩にしていると
ころも、頬被りをしているところも、前方の三人と変わりがない。
「くそっ、ひと暴れするしかねえか」
と呟《つぶや》いて前方へ視線を戻した銀次郎の口から「あっ」と小さな叫びが漏れ出た。
今の今まで前方を走っていた中間ふう三人の姿が消えていた。右手は溜池の葦原《あしはら》、
左手は紀州徳川家上屋敷の塀である。
「溜池の葦原に消えたか？」
と思いつつ再度後ろを振り返った銀次郎は、またしても「おっ」と珍しくうろ
たえに襲われていた。
後方の中間ふう三人も忽然《こつぜん》と消えているではないか。
「忍びか……」
と、ようやく銀次郎は背中に薄ら寒いものを覚えた。
しかし走る速さを緩めることなく、銀次郎は喰違土橋へと勢いをつけて入って
いった。その先が、どれほど危険かは銀次郎には読めている。通りの右手には彦
根藩井伊家中屋敷、紀州徳川家中屋敷と長大な塀が長々と続き、通りの左手は尾

張徳川家中屋敷、と大名家の巨邸に囲まれ人の往き来が絶える。

溜池を渡るかたちで喰違土橋を過ぎた銀次郎は、立ち止まって辺《あた》りを見まわした。六名の中間ふうが何処からいきなり現われるか知れない。

油断はできなかった。

銀次郎が現在、きつい目つきで油断なく辺りを見回している「喰違」というのは、四谷見附と赤坂見附のなかほどに位置し、大名屋敷に挟まれた紀尾井坂へと続く道の入口に当たった。諸大名を普請役として江戸城惣構《そうがまえ》の大修築が実施された寛永十三年（一六三六年）に造営されたもので、敵の直進隊形での突入を防ぐ目的で鉤《かぎ》状に鋭く曲がっている。

城門といういかめしい構えはなく、貧弱な冠木門《かぶきもん》程度の脇に「組合辻番」の詰所があるだけだった。

銀次郎は再び走り出した。一体何処へ向かおうとしているのであろうか。

紀尾井坂を過ぎた銀次郎は、麴町の町家筋へと入っていった。

この界隈《かいわい》、明暦の大火前は武家屋敷が占めていたが、大火のあとは町家と武家屋敷の共存化が見られるようになり、とくに町家の発展が著《いちじる》しかった。その町家を取り囲むようにして、広大な御用地（緑地帯いわゆる火除地《ひよけち》）が設けられている。

「お、やってる、やってる」

走っていた銀次郎が急にゆっくりとした歩みに変わって目が細くなった。

少し先、正確には麴町四丁目の其処《そこ》（古地図によっては糀町《こうじまち》とあり）に「うなぎ　丹波屋」の赤提灯《あかちょうちん》と暖簾《のれん》を下げた小店があって、朝だというのに――とは言っても昼四ツ頃（午前十時頃）になりかけてはいるが――店の小窓からも表口からもなんとも芳《こう》ばしい薄紫色の煙を漂わせ、それが銀次郎の目の前で消えていった。

そうなのである。銀次郎は大の好物である、麴町は「丹波屋」の蒲焼《かばや》きを食しに訪れたのだ。

幕令によって金銀銭《きんぎんぜに》三貨の比価が、金一両↓銀六十匁《もんめ》↓銭四貫文《かんもん》と定められた元禄十三年（一七〇〇年）前後から、江戸では神田、麴町、水道橋、本所深川界隈で、鰻《うなぎ》を商いとする小店がじりじりと増えつつあった。とくに蒲焼き商いを先行させていく小店の中には、鰻料亭へと頭角を現わしてゆく店が出てくる。

「丹波屋」の店先に立った銀次郎は辺りを用心深く見まわしてから、伯父和泉長門守も時に一人でひっそりと訪れることがあるとかの「丹波屋」の暖簾を「ごめんよ」と潜《くぐ》った。

「おや、銀ちゃん、こんな刻限にどうしたんだえ」

「べつにこんな刻限でもいいやな。朝から店開きたあ相変わらず商売熱心だねい」

「仕様がねえやな。鳶組《とびぐみ》の気持がいいほど威勢のいい兄さん達が丹波屋《うち》で朝飯《あさめし》を食ってから出かけるしよ、銀ちゃんもよく知る大工の源公《げんこう》や熊公《くまこう》も朝飯はここで済ませて出かけるんだい」

「そうだったなあ……この江戸には嫁さん日照りの若い職人が多いから、親爺《おやじ》さんの優しさには助かっているだろうよ」

「今日はまた、どしたい？」

「蒲焼きと味噌汁と飯を頼まあ。ちょいと事情あって、ここんとこ朝飯をろくに食えねえんだ」

「姐さんたち相手が忙し過ぎてかえ。ま、座んねえよ。いま旨《うま》い物《もん》を用意してやっから」

はげあがった頭に手拭《てぬぐ》いを巻いた五十半ばくらいに見える「丹波屋」の主人《あるじ》

忠兵衛《ちゅうべえ》が、小上がりへ顎《あご》の先をしゃくった。

「ありがてえ」

と銀次郎が小上がりに腰を下ろし、主人《あるじ》の忠兵衛が芳ばしい煙を吐き出している調理場へひっ込もうとした時であった。

「水だ、水……」と甲高《かんだか》い声をあげながら、いきなり男がひとり店に飛び込んできた。

そのあとから、続いてもう一人。

「おっ。これは湯島の義平《ぎへい》親分、慌《あわ》ててどうなさいやした」

「あ、銀公……それよりも水だ、水」

「へい、ただいま」

怒鳴りつけるように求められた忠兵衛が、調理場へ飛び込んだ。

左内坂の寛七親分と常に張り合っている義平親分は、余程《よほど》に急いで駈けつけてきたのであろうか、顔をしかめ肩で苦しそうに息をしていた。その隣にいる若い衆《もん》も、空気が漏れたようにヒイヒイと喉《のど》を鳴らしている。

「どうぞ親分……」

忠兵衛に差し出された柄杓《ひしゃく》をひったくるようにして、義平親分は水を呷《あお》り飲みした。口元から、だらだらと水がこぼれ落ちる。

「ほい。お前《めえ》も……」

喉仏を上下させて一気に何口かを飲み下した義平親分が、隣の若い衆に柄杓を差し出した。

若い衆は名を三助《さんすけ》といって、銀次郎もよく知っている義平親分の下っ引きであった。

銀次郎は義平親分との間を詰めた。

「一体《いってえ》どしたんです義平親分。只事じゃあねえ様子でござんすが……」

「ぎ、銀よ。殺《や》られちまったい、斬られちまったよう」

「斬られた？……誰がでござんすか」

「左内坂が……儂《わし》の……儂《わし》の憎《にく》い無二《むに》の友、寛七がだよう」

「なんですってい」

銀次郎は背筋に冷水が走るのを覚えて、総毛立った。

「この三助が俺ん家《ち》へ駈け込んで知らせてくれたんでい」

言い終えるなり義平親分は両の目から大粒の涙をこぼした。

そばで聞いていた忠兵衛が顔を真っ青にして茫然《ぼうぜん》としている。寛七親分もこの「丹波屋」によく出入りしていた客である。

「何処で……何処で斬られたんです?」

「この近くの溜池そばだい」

「行きやしょう親分」

義平親分の腕《かいな》をわし摑《づか》みにして外へ飛び出そうとする銀次郎に、忠兵衛が「私《あっし》も行きやす」と手早く襷《たすき》のひと端を引いて解いてみせた。

「親爺さんは駄目だい。此処にいてくんねえ」

「しかし……」

「調理場で蒲焼きの炎《ひ》が荒れ狂っているじゃねえかい、火事になったら大変だい。とにかく此処にいてくんねえ」

「あ……」

と、調理場に炎《ひ》があったことに気付いて、忠兵衛は今にも泣き出しそうな顔で頷《うなず》いてみせた。

銀次郎、義平親分、三助の三人は「丹波屋」を飛び出した。

五十五

事件現場はすでに次席同心、真山仁一郎はじめ幾人もの同心や目明したちに囲まれ、それに野次馬も集まって騒然となっていた。

義平親分と共に駈けつけた銀次郎は、真山次席同心と顔見知りであったこともあり遺骸に近付くことを許された。

銀次郎は茫然と遺骸を眺《なが》めた。間違いなく息絶えた寛七親分が目の前にあった。

現場は喰違土橋から左手方向（南東方向）へ折れ、赤坂田町《たまち》筋に入ってその中程を左手、つまり人手で造られた上下水・灌漑《かんがい》など多目的の溜池の葦原へと入った「桜川疎水《そすい》」の脇だった。

この桜川疎水は、もともと葦原や畑が混在する溜池の畔《ほとり》をチロチロと流れていた自然の湿地であったが、明暦の大火のあと赤坂田町筋に町家が増え出し、また溜池の畔の開墾《かいこん》が広がっていったことにより、灌漑目的などで掘割化されたものだった。桜川とは、後《のち》になって名付けられた名である。

寛七親分の遺骸はうつ伏せ状態で左腕をだらりと疎水へ垂らし、右手五本の指は地面をわし掴《づか》みにする恰好であった。背中は、右の肩口から左の脇腹にかけて袈裟懸《けさが》けに斬られている。

一刀のもとに、と称してよい、ざっくりとした斬り口だった。

（おそらく即死……）

と、銀次郎は読んだ。涙さえも出てこなかった。衝撃が余りにも大き過ぎて、茫然とするほかなかった。畜生めっ、という怒りを忘れる程の大衝撃だった。

誰かの手が肩に乗ったので、銀次郎はようやく我を取り戻し、肩に手をのせてくれた相手を見た。

次席同心真山仁一郎の深刻な顔が目の前にあった。

「ま、真山様……」

「お前《めえ》は寛七とは仲が良かったな……辛《つれ》えだろうが……こいつあ残酷な現実だぜ銀次郎」

「真山様、寛七親分は何故、このような場所に？」

「判らねえ。顔の広い寛七のことだから、この界隈《かいわい》の町家《まちや》に親しい者がいたって少しも不思議じゃねえよ。その人に会いに来ていたのかも知れねえしな」

「真山様はこの界隈の調べ事について何ぞ……」

「寛七に命じちゃあいねえし、この界隈に特に急がなきゃあならねえ調べごとは今のところ、ねえよ」

「そうですかい……くっそう、悔しいです真山様」

「下手人は我々町奉行所の手でつき止めてみせる。怒りに任せて、決して勝手な動きを取るんじゃねえぜい銀次郎」

「はい、それはもう。で、この現場を一番に目撃して、お役人筋へ知らせに駆け込んだのは誰ですかい」

「ほれ、野次馬に混じってあそこで怯《おび》えた顔をしている白髪《しらが》頭の老百姓だい。あれが三助のところへ知らせに駆け込んだのよ。三助はほれ、此処《ここ》から程近い南部坂下の提灯《ちょうちん》長屋に住んでっからよ」

「あ、言われてみれば、そうでしたねい」

と頷いて、銀次郎は義平親分と共に茫然として突っ立っている三助の顔を見た。

義平親分も三助も両の目が真っ赤だ。義平親分は右の手に十手を持っていたが、その十手の先がぶるぶると震えている。

銀次郎は真山仁一郎に向かって囁《ささや》いた。

「真山様、あの老百姓と少し話をさせて戴いてよござんすか」

「お前《めえ》だから構わぬが、何か得るところがあったなら、必ず私の耳に入れるようにしてくれ。いいな」

「よございます。お約束いたします」

銀次郎は完全に我を見失っているかのような表情の義平親分と三助をもう一度見てから、真山次席同心から離れた。

銀次郎が老百姓の方へ近付いてゆくと、相手もそうと気付いたのか、ちょっと逃げ腰になって野次馬の中へ二、三歩あとずさった。

銀次郎が野次馬の外側に出て老百姓の背後から近付いてゆこうとすると、観念したのか相手も野次馬の外へと出てきた。

銀次郎は近寄っていって老百姓の耳元で穏やかに囁いた。

「決して迷惑はかけねえよ。一つ二つ訊《き》きてえんだが協力してくんない」

「あ、兄さんのその顔は確か……」

「ひょっとして私《あっし》の顔と名前を知っているのですかい？　神楽坂や京橋、新橋、ちょいと遠い所で浅草や本所深川あたりの綺麗どころを相手に、化粧や着物、髪の拵仕事《こしらえしごと》なんぞで飯を食っておりやす」

「銀次郎さんだ。そうですねい。綺麗どころにちやほやされているという……」

「ちやほやは余計だが、ま、知ってくれているんなら話は早《はえ》えや。殺されたのは私《あっし》と日常的に付き合っていた腕利きの目明しの親分さんで寛七と仰《おっしゃ》ってな」

「知っていまさあ。死ぬ間際に少しだが話を交わしもしたしよ」

「えっ、爺《と》っつあんが見つけた時、寛七親分はまだ呼吸《いき》をしていたのかえ」

「弱々しくだがな」

「で、どんな話をしたんだい？」

「話と言っても切れ切れに一言か二言だい。川崎屋……六年前……赤ん坊……と聞こえたように思ったがねい」

「川崎屋……六年前……赤ん坊、とな。その他には？」

「銀へ……銀へ……と言ったようにも思うんだけど、よく聞き取れなかったたい。

金へ……金へ……だったかも知んねえ」

「そのこと、役人の誰かにもう話しちまったかえ」

「いいや、まだだ」

「じゃあ、私《あっし》から次席同心の真山の旦那に伝えておくから、爺《と》っつあんは誰にも言わねえようにして貰いてえ」

「わかった。そうする」

「ありがとよ、爺《と》っつあん」

銀次郎は老百姓の手に素早く小粒を握らせると、野次馬から離れ榎坂《えのきざか》方向へと向かった。優れた勘の持ち主と評されている次席同心真山仁一郎に気付かれぬようにと、注意しながら。

だが、真山同心は次第に遠ざかってゆく銀次郎の後ろ姿を、しっかりと目で追っていた。険《けわ》しい顔つきで。

銀次郎は野次馬から「充分に離れたであろう」と読んだところで立ち止まり振り向いてみた。

真山同心ほか役人たちの姿は、大勢の野次馬に隠されて目に入らなかった。

「よし……」

と、安心した銀次郎は駈け出そうと、振り向いた姿勢を元へ戻した。

しかし駈け出しかけていた足が、一歩を踏み出しもせぬ内に硬くなって止まった。すぐ目の先、数間と隔たっていないところに、またしてもこちらに背を向けて出現しているではないか。

件《くだん》の中間ふう三人が。

横に並び、銀次郎の行く手を遮《さえぎ》るかのように、ゆったりと歩いて。それは不自然なほど、ゆったりとした足取りだった。肩にのせた棒の先に括り付けられている結び文は寸分変わることなく同じである。

（おのれ、またしても……）

では背後にもいるのか、と銀次郎が再度振り返ろうとしたとき、右の肩に後ろから何者かの手が軽く乗り、

「そのまま何事もないように、お歩きくださいまし銀次郎様」

と、丁重に囁く声があった。澄《す》んだ女の声だ。明らかに。

「事態は逼迫《ひっぱく》いたしております。このまま麴町の御屋敷へお戻りになり、次に

お備え下さい。次の事態に」

「次の事態にだと……」

銀次郎が言いざま後ろへ体をひねろうとすると、「どうか、そのままで……」と銀次郎の肩に乗った手に力が加わった。

銀次郎は急所を針で刺されたかのような強い痺《しび》れを覚えた。並の痺れではない。ここは仕方ないか、と銀次郎は「わかった」と小さく頷《うなず》いた。

澄んだ声の囁きは続いた。

「麹町の御屋敷へ戻られましたなら、必ず仏間で武士として身形《みなり》を調え下されませ。今日《こんにち》只今以降、丸腰のままの外歩きは命にかかわりまする。宜《よろ》しいですね。命にかかわりまする」

「貴様たちは何者か、先《ま》ず自身の名と素姓を明かせ」

銀次郎の口調は我気付かぬ内に、侍を取り戻していた。

が、名を明かせ、の問いに答える相手ではなかった。

「暫《しば》しそのまま、大人しく前に向かってお歩きなさりますように。振り向けば数倍の痛みが体を貫きまする」

と、囁きの主《あるじ》の手が、銀次郎の右の肩から離れた。言葉の終わりに、微《かす》かに「ふふっ……」と含み笑いがあった。

銀次郎は数歩を行ってから振り返った。

けれども囁きの主の姿はすでになく、野次馬の外に出てこちらをじっと眺めている真山同心の小さくなった姿が、銀次郎の目にとまるだけだった。

銀次郎はチッと舌を打ち鳴らして、歩き出そうと、体の向きを元へ戻した。

数間と離れていない先に横に並んで歩いていた筈《はず》の中間ふう三人の姿も、なんと消えているではないか。銀次郎にそれこそ「針の先ほどの消える気配」も感じさせることなく……。

「並の忍びじゃねえ……一体《いってえ》何者なんでい」

銀次郎は空を仰いで小さな息を一つ吐いてから、我を取り戻し走り出した。行き先は「麹町の御屋敷」ではなかった。その前に訪ね、どうしても確かめる所があった。

寛七親分が今わの際に老百姓に言い残した「川崎屋」そして「六年前」「赤ん坊」である。

このことを銀次郎に伝えてくれ、と寛七親分は言いたかったに違いないと確信している銀次郎だった。

（それにしても寛七親分はなぜ、桜川疎水の脇なんぞに倒れていたんだい……何者かに追われて、あの場所まで逃げたところで、後ろから袈裟懸けにバッサリとやられたのか……）

考え考え銀次郎は全力で走り続けた。

とくに銀次郎がよく知る「川崎屋」は、江戸には三軒があった。一つは市谷田町浄瑠璃《じょうるり》坂下《さかした》の油問屋「川崎屋二郎兵衛《じろべえ》」、次に日本橋の公儀御用達の薬種商「川崎屋五佐右衛門」、そしてもう一つが新橋の米・質・菓子問屋「川崎屋助吾郎」の三軒である。

いずれも銀次郎が知る限りに於いては、まっとうな商いをしており、江戸市井《しせい》の評判も決して悪くはない。そのため、町奉行から「商名《あきないめい》」である「川崎屋」のあとに続けて、主人《あるじ》の名を付すことを勧められている程のいわば名店である。それぞれ、その業界では大きな規模の店構えを有しており、とくに副業を認められている「川崎屋助吾郎」方《かた》は、質業の分野で町人百姓など弱者の立場に立って評判この上もないことで知られていた。殆《ほとん》ど無利子に近い状態で、生活費・医療費などを融通《ゆうずう》しているという。

ただ、名親分として知られた寛七親分が今わの際に言い残した程であるから、それこそ「名も無き小さな店」同様の川崎屋ではない、と銀次郎は確信的に思った。つまり他にも「川崎屋」という中店小店は幾多とあるのだ。

いま、銀次郎が向かおうとしているのは、江戸の「三大川崎屋」の中では最大規模の店構えを誇っている市谷田町浄瑠璃坂下の油問屋「川崎屋二郎兵衛」方《かた》であった。

ただ銀次郎は、飲食の席を何度か同じくしたことがある他の川崎屋二店（五佐右衛門、助吾郎）と比べ、この「川崎屋二郎兵衛」とは、さほど親しくはなかった。主人《あるじ》の二郎兵衛とは道で会えば、日常の挨拶を交わす程度である。

川崎屋二郎兵衛と自分の年が開き過ぎているからだろう、と銀次郎は自分なりに解釈している。

六十を半ばは過ぎている筈の川崎屋二郎兵衛は、大店《おおだな》の主人にふさわしく無口で毅然《きぜん》とした風格を漂わせ、商人というよりは学者然とした印象の人物で、銀次郎はこういう年寄りは苦手であった。

伯父の和泉長門守とつい重ねてしまうのだ。

溜池そば赤坂田町から市谷田町まで、大路小路の勝手知ったる銀次郎にとっては、一足飛びとでも言える訳の無い道のりだった。

銀次郎は「川崎屋二郎兵衛」の店前に辿《たど》り着くと、「へえ……」という表情を拵え改めて店の端から端までを眺めまわした。間口は凡《およ》そ半町（約五十五メートル）、総二階建の見るからに堅牢《けんろう》にして重厚感を漂わせている店構えだった。高い塀に囲まれている庭内には海鼠壁《なまこかべ》の大きな土蔵が五棟、鋸状《のこぎりじょう》の屋根を隙間《すきま》なく連ねている。

その鋸状屋根の土蔵には三万両とか五万両とかが眠っているという噂が専《もっぱ》らで、「深夜融資」の噂も付いて回っている。

財政苦しい中・小大名家が、深夜になってそっと融資を頼みに訪れる、というのであった。

ただ川崎屋二郎兵衛は清冽《せいれつ》な気性の人間で知られており、後ろ暗いジメッとした噂はなかった。

「ますます儲かっているという様子だねい」

銀次郎は呟《つぶや》いて、重い足を店土間《たなどま》へ一歩踏み入れた。寛七親分の無残な姿が胸の内からも脳裏からも離れない。

銀次郎の気分は、泥水《どろみず》状態だった。

「おや、これはまた拵屋《こしらえや》の銀次郎さん」

店に入った真正面、それこそ何百冊と並んでいる書類棚——大福帳などの——を背にして大きな帳場に、主人《あるじ》の川崎屋二郎兵衛が座っており、銀次郎に気付いて腰を浮かせた。

忙しく動きまわって声高に製油業者とか小売商人らを相手にしている大勢の奉公人たちは、主人《あるじ》の「おや、これはまた拵屋の銀次郎さん」を気にもとめない。

銀次郎が二郎兵衛に対して丁寧に腰を折ると、二郎兵衛は「そこを回って、こちらへ……」という手振りをしてみせた。なにしろ間口が優に半町はある江戸一番の油問屋である。店内には店土間《たなどま》を均等に三つに区切るかたちで店路地《たなろじ》というのが設けられ、そのいわば商《あきな》い小路が店の奥に向かってずうっと延びていた。

尤《もっと》も、板床の大広間となっている「店の間《たなま》」から奥は、暖簾《のれん》が下がっていて客には窺《うかが》えないようになっている。

二郎兵衛の手振りに従って、銀次郎は店路地へ入っていった。主人《あるじ》が座っている大きな帳場が間近となって、二郎兵衛がにこりともせず、しかし決して傲慢《ごうまん》という訳でもなく、店路地の上がり框《かまち》までやってきた。

二郎兵衛が物静かな口調で切り出した。

「この川崎屋では油の小売はやっておりませぬよ銀次郎さん」

「あ、いや、油を買いに来たのではありやせん。いつも八丁堀の小売り店《だな》で買っておりやすから。へい」

「ではまた、うちの嫁が化粧《けしょう》拵《ごしらえ》などでお訪ねして何か、ごね事《ごと》でも？」

「いえいえ、小糸《こいと》様は近頃まったく、お見えになっておりやせんので御安心ください」

嫁の小糸三十歳が銀次郎の「半畳間《はんじょうのま》」へ通い出したと知って、「夜の綺麗どころが足繁く出入りするような銀次郎宅を川崎屋の嫁が訪ねるなど言語道断《ごんごどうだん》」と主人《あるじ》の二郎兵衛はもとより、夫の安右衛門《やすえもん》三十五歳が著《いちじる》しく機嫌を損ねたのは半年ほど前のことだった。以来、嫁の小糸は銀次郎の前には姿を見せていない。

「ではまた今日は、なんの御用で？」

と、いぶかし気な表情を拵える二郎兵衛だった。

銀次郎は囁《ささや》いた。

「この川崎屋さんへは、凄腕目明しで知られた寛七親分は、よく出入りしておられやしたので？」

「寛七親分がお住まいの左内坂は此処から近いこともあって、そうですねえ、三《み》月《つき》に一度くらいは顔を出してくれましたか」

「あ、そう言えば、左内坂は近くでしたね」

「一年ほど前でしたか、酒に酔った性質《たち》のよくない一見《いちげん》の浪人が行灯《あんどん》の油を付け売りしてくれ、と見えましてね。うちは小売りも付け売りもしていないと丁重にお断わりしたところ、いきなり大声で怒鳴り始めまして……」

「へえ、そんなことが……」

「ちょうどそこへ、表通りを通りかかった寛七親分さんが『何事だ……』と顔を覗《のぞ》かせて下さり、面倒にならずに済んだのですよ。以来、三月に一度くらい『変わりねえかい』と、ひょいと顔出し下さるもんですから、渋茶を一杯お出しするなど、この上がり框で短い雑談を交わすようになりましてねえ」

「そうでしたかい……実は川崎屋さん」

「はい？」

「たいへん言い難《にく》いことなんだが」

「言い難いって……ひょっとして銀次郎さん、寛七親分さんに何か……重いご病気でも？」

「いや、そうじゃあねえんで。驚かないで、おくんない。寛七親分は少し前《めえ》、溜池の畔、桜川疎水の脇で、死体で見つかりやした」

「…………」

ええっ、という声も出せない程の驚きで、二郎兵衛は口を大きくあけ、目を見張って金縛り状態となった。

五十六

「どうぞ、奥の間へ……」

顔色を変えた二郎兵衛に促《うなが》されて銀次郎が通されたのは、広縁《ひろえん》を隔《へだ》てて広大な庭に面する十二畳の座敷だった。庭と言っても池泉廻遊式《ちせんかいゆうしき》庭園だの枯山水《かれさんすい》庭園だのといった金に飽《あ》かせた贅沢《ぜいたく》な庭づくりなどはしていない二郎兵衛だ。それどころか庭の半分は綺麗にたがやされた畝《うね》が幾筋も並んでいて、よく育った青菜の広がりが美しかった。奉公人が大勢なため「野菜くらいは自分の手で」という、二郎兵衛の堅実な考えなのであろうか。

「それで、寛七親分さんはどのような様子で亡くなっておられたのですか」

銀次郎を座敷に案内して障子を閉ざすことなく向き合った二郎兵衛は、身を乗り出すようにして小声で訊《たず》ねた。

「背中を袈裟懸けに斬られておりやした。無残な姿でござんした」

「なんと……」

二郎兵衛は絶句して背筋をのばした。

「あれは剣術を知らねえ私《あっし》が見やしても、相当な遣《つか》い手に一撃のもとに斬られたと判りやす。寛七親分の十手捕り縄の術は相当なもの、と誰彼によく知られておりやすから」

「それにしても何故、桜川疎水などで……」

「判りやせん。ただ、現場から程近い南部坂下の提灯長屋に、湯島の義平親分の手下で三助というのが住んでおりやすから、何らかの用なり頼み事があって訪ねる途中だったのかも知れやせん」

「それにしても名親分として知られた寛七親分さんが、袈裟懸けに斬られるなど……親分さんには妻子がいらっしゃいましょうに」

「その通りでござんす。胸が痛みやす。けれど寛七親分は自分に何事があっても妻子が困らねえようにと、神楽坂の名料亭『夢座敷』の斜め向かいで五、六年ほど前から『上方うどん』の店をやらせておりやして、この味が大評判でよく繁盛しておりやす」

「そうでしたか……にしても酷いことです」

「ま、『夢座敷』の客筋からも注文が絶えないとかで、今では小女《こおんな》二人に婆さん一人を雇うまでになって、うどん料理の種類も随分と増えているとか……悲惨な事件には違いありやせんが、妻子の生活が困ることはござんせんでしょう」

「判りました。この『川崎屋二郎兵衛』も、さりげない形でそっと応援させて戴きましょう」

「それを聞いてこの銀次郎は、ホッと致しやす。ひとつ宜《よろ》しくお願い申し上げやす。私《あっし》と寛七親分とは酒を挟んで大層仲が良かったものですから」

「で、銀次郎さんは、どうして寛七親分の死を『川崎屋』へ知らせに来てくれたのですかな。言葉を飾らずに言わせて貰いますと『わざわざ……』という気がしないでもありませんが」

「倒れている寛七親分に最初に気付いた百姓が駈け寄ったとき、親分はまだ弱々しいながら意識がありやして」

「お、すると、そのお百姓と親分さんとは何事か話を交わせたのですかな」

「へい。しかも、どうやらこの私《あっし》に対して伝えてほしい、という具合のようでして……それで急ぎ『川崎屋』さんを訪ねて参ったような訳でして」

「え……という事は」

と、二郎兵衛の表情がそれ迄《まで》の驚きから、強張《こわば》りに変わった。寛七親分惨殺の事件が自分の店に何ぞかかわりがあるのか、と思ったのであろう。

「卒直にお訊きさせて戴きやす。ご気分を害されねえように御願い致しやす」

「は、はい、何でも、どうぞ……」

と、二郎兵衛が正座している姿勢を硬くさせた。

銀次郎が姿勢を少し前へ傾ける。

「親分の今わの際の言葉を色付けしねえでそのままそっくりに言わして戴きやすとね。『川崎屋……六年前……赤ん坊……』となるんでござんすよ」

銀次郎の言葉が皆まで終わらぬうちに、青ざめ気味であった二郎兵衛の顔が、今度は逆にサッと紅潮《こうちょう》した。明らか過ぎる程の反応であった。

銀次郎は、やや早口となって続けた。

「そしてね。銀へ……銀へ伝えてくれ、と言い残して息絶えたと言うんですよ」

銀次郎は、「金へ……金へ」だったか「銀へ……銀へ……」だったかの判断迷いは余計なことと思い、「銀へ……銀へ……」を取り上げ、そして少し色付け（脚色）した。

「ぎ、銀次郎さん……」

「矢張り、何かございやすね川崎屋さん」

「その前に銀次郎さんに訊ねます。亡くなった寛七親分は今わの際の言葉を何故に銀次郎さんへ伝えて欲しかったのですか」

「それについて具体的に申し上げるのは、ちょいと勘弁《かんべん》ねがいやす。寛七親分の、いや、町奉行所のお調べ事にかかわってくる事でござんすから」

「町奉行所の……」

「ですが御安心下せえ。この件が川崎屋さんの大事《でえじ》な商いや身代《しんだい》に影響を及ぼすようなことはありやせん。この銀次郎が体を張ってでも、それはお約束いたしやす」

「本当ですね」

「はい、必ず……」

「では、この『川崎屋』に隠された悲劇を、亡くなられた寛七親分さんに打ち明けるつもりで、お話し致します」

「そう言って下さいやすと、寛七親分の御霊《みたま》も安らかとなりやしょう」

「はい。で、この『川崎屋』ですが、あと二、三年で私は隠居しまして、倅《せがれ》の安右衛門と確《しっか》り者の嫁小糸に商いを任せようと考えております。倅は今年で三十五歳、嫁の小糸は三十歳ですので、そろそろよいのでは、と」

「左様で。私《あっし》の知る限りでござんすが、安右衛門さんの市井《しせい》での評判もなかなかに宜しいようですから結構なことだと思いやす。化粧拵には玄人筋《くろうとすじ》以上の鋭い美的感覚を持っていらっしゃる小糸さんも非常に確り者ときていやすからねい」

「有難うございます」

「あまり若夫婦を……と言っても既にいいお年だが、二郎兵衛さんの頑固《がんこ》な考え一筋のまま、がんじがらめにしねえで少しは自由の幅を与えておやりなせえ」

「はい……そうですね……考えておきましょう」

「おっと、話が横道にそれやした。打ち明ける、と言いなさった言葉を聞かせて戴きやしょう。他言は絶対に致しやせん」

「六年前になりますか、実はこの『川崎屋』は夜盗に襲われまして、『商い蔵《あきないぐら》』から三千両を奪われました」

「えっ、六年前にそのような事が……そいつあ初耳です」

「初耳、無理もありません。その無様《ぶざま》な油断を、『川崎屋』の信用にかかわるとして店の者全員に厳しい箝口令《かんこうれい》を敷きましたから」

「しかし、箝口令と言ったたって、夜盗に手傷を負わされたりとかした奉公人が出たりしやすと隠し通すのは……」

「いえ、手傷を負わされるどころか、主人《あるじ》の私から風呂場の罐焚《かまた》きの年寄り夫婦に至るまで、誰一人として夜盗の侵入に気付かず、したがって手傷を負わされることもなく、ぐっすり眠り込んでいたのですから」

「それはまた……」と、銀次郎の驚きは大きかった。

「しかも銀次郎さん、『商い蔵』から三千両もの金が消えていることに気付いたのは、恥ずかしいことに翌日夕刻の金銀出し入れ確認の時なのです。それ迄《まで》は誰ひとりとしてその大事《おおごと》に気付かず……こんなに情けないことはありませんでした」

「金銀出し入れ確認と言いやすと?」

「その日、一日で得た商《あきな》い金《がね》は、私が座っている帳場の後ろにあります『一日蔵《いちにちぐら》』へ、一番番頭、二番番頭、そして三人いる手代頭《てだいがしら》の手によって、出入帳《でいりちょう》と共に先《ま》ず納められます」

「いつ納めるのです?」

「その日に得た商い金は、得た都度《つど》、つまり生じた都度、『一日蔵』へしまい込まれます。安全のために」

「その『一日蔵』とかから、更に安全度の高い『商い蔵』へ移されるのが、一日の商いを終えた夕刻なのですね」

「そうです。その通りです」

「先程この座敷へ通されやす時に、庭の左手方向奥に鋸状の屋根を持つ海鼠壁の大きな蔵が五棟並んでおりやすのが見えやしたが、あの頑丈そうな蔵こそが『商い蔵』ですね」

「あ、いや……」

「え?」

「あれはその……つまるところ『不動蔵《ふどうぐら》』と申しまして、『商い蔵』ではありません」

「ほう。『不動蔵』ねえ。では、高価な家具骨董《こっとう》美術品の類《たぐい》などを納めるための……」

「そうではありません。正直に申し上げますと『不動蔵』の中は全て千両箱でしてね。壁、扉の厚さとも一尺半はあります」

「五棟の蔵すべてに千両箱？」

「はい。この『川崎屋』が凡《およ》そ八十年に亘《わた》る汗水垂らした商いで得た、いわゆる艱難辛苦《かんなんしんく》の金字塔《きんじとう》、純利益でございます。不動の純利益でございます」

「ふえっ……一体《いってぇ》幾らが入っているんです？」

「それはご勘弁ください銀次郎さん」

「そ、そうですねい。失礼致しやした。いやあ……凄い。すると夜盗に盗まれた三千両とかの『商い蔵』と言いやすのは？」

「一番番頭と二番番頭の部屋に挟まれるかたちで、頑丈な座敷蔵が設けられています。廊下を隔《へだ》てた向かいには手代頭の部屋が三部屋並んでおり、この蔵から番頭手代の誰も気付かぬ内に三千両が奪われたのですから、私はくやしくて」

「失礼ですが、番頭手代の身元は大丈夫なんですかい」

「大丈夫です。これについては、針の先ほどの心配もありません。身元は非常に確《しっか》りしております」

「では、寛七親分が言い残した『川崎屋』と『六年前』という言葉はこの店、『川崎屋二郎兵衛』さん方と密接に関係していると判断して間違いござんせんね」

「間違いないと思います。寛七親分の言い残した言葉の中に『赤ん坊』というのがある以上は……」

「これはどういう意味です？　奉公人の誰ひとり傷つけなかった夜盗と密接につながっているとはとても思えやせんが」

「それが……実はつながっているのです」

「聞きやしょう。この部分、どうやら、相当に大事そうですねい」

「はい。六年前に侵入した野党が盗みさったものは三千両の金だけではありませんでした」

「なんですってい……まさか」

「そのまさか、です。夜盗は生まれて七、八か月になるかならないかの赤ん坊……女の赤ん坊まで盗み、いや……連れさ……あ、いや、矢張り盗みさったという言葉を使いましょうか。ええ、女の赤ん坊を盗みさったのです。風のごとく」

「そいつあ……な、なんてこった」

と、銀次郎は呻《うめ》いた。予想も出来なかった事実であった。

「その女の赤ん坊てえのは、二郎兵衛さんのお孫さんですかい」

「違います」

「じゃあ誰の？　奉公人の誰かの？」

「わが子です」

「えっ」

「女房を病《やまい》でなくした私が、シノに手を出してしまいました。赤ん坊は私が女中頭のシノに産ませた、わが子です」

銀次郎は茫然の態《てい》で二郎兵衛を見つめた。

二郎兵衛は辛《つら》そうな目で銀次郎を見返し、両の目に今にも頬を滑り落ちそうな大粒の涙を浮かべていた。だが、はっきりとした調子で言葉を続けた。

「二十九になるシノが身籠《みごも》ったと知ったとき、私は手代の末席にいた純な性格の与市《よいち》に百両を与えて夫婦《みょうと》の祝言《しゅうげん》を挙げさせ、この店の東の端にある十畳の部屋を住居《すまい》として与えました。シノはこれからの自分の永《なが》い人生に不安を覚えていたのでしょう、祝言には抗《あらが》いませんでした」

「東の端の部屋と言いやすと？」

「裏木戸から入って直《す》ぐの部屋です。番頭や手代頭たちの部屋とは、それなりに離れてはいますが一本の廊下《ろうか》でつながっています」

銀次郎は腕組をした。大金を盗んだ夜盗が逃げる際、邪魔になりかねない赤ん坊を何故〈盗んだ〉のか、という疑問がすぐに浮かびあがった。

（もしかして……夜盗の中に、子好きな女賊でもいやがったのか）

と、想像してはみたが、自信がなかった。都合のよい想像であるという気がした。

「三郎兵衛さん。末席手代の純な性格とやらの与市さんは、シノさんが身籠ったことを……」

「知らずに祝言を挙げました。生まれた子を、生まれ月がどうのこうのなど一言も言わずに、心から可愛がっておりました。シノを大切にもしていました。私は、本気でこの夫婦と子供の面倒を見てやらねば、と自分に誓っていました」

「それで今、与市さんとシノさんは？」

「赤児《あかご》が夜盗に攫《さら》われた半年ほど後《のち》、気落ちしたシノは食欲をなくすなどで病に倒れてそのまま……」

「可哀そうに。で、与市さんは？」

「落胆した与市もたちまち体調を崩し、手堅く醬油《しょうゆ》と酒の小売りをしている上総《かずさ》の親父の元へ帰ってしまい、シノの後を追うようにして呆気《あっけ》なくこの世を去ってしまいました」

「気の毒に……」

「せめてもの罪ほろぼしにと、『川崎屋』では駿河《するが》店、鎌倉店の分をも含め、与市の父親から醬油、酒を日常用、贈答用を含めて買うようにしています」

「攫われた赤ん坊の捜索は、奉行所へは頼まなかったのですねい」

「はい。それを頼むということは、『川崎屋』としての被害をも表沙汰にすることになりますから」

「なるほど……」

大成した職人気質《かたぎ》とまで言えるほど格の高い商人の根性というのは、ここまで冷酷に「商い第一」「営み（経営）第一」を貫けるものなのか、と銀次郎は背筋を思わず寒くさせた。

幕府の奥深くにまで恐らく二郎兵衛の商いの巨《おお》きさは及んでいるであろうから、

「商い第一」「営み第一」は頷《うなず》ける気がしないでもない銀次郎ではあったが、その一方で、嫌悪というものが頭を持ち上げていた。しかし今は、その嫌悪を振りかざしている場合ではない。

「じゃあ、二郎兵衛さん。攫われた赤ん坊の……女の赤ん坊の特徴を聞かせてくんない」

「はい。生きておれば六歳の可愛《かわい》い盛りでございましょう。母親のシノは頭の回転が速いよく出来た女中頭でしたから、その血を引いている子もきっと利発な子であろうと想像しております。あ、そうそう、一番の特徴は右の耳たぶにはっきりとした星形の、小さなかわいい黒子《ほくろ》があったことでしたよ」

「右の耳たぶに小さなかわいい黒子……」

「はい。母親のシノは、きっと天の神が私に授《さず》けてくれた子供なのだ、と喜んでおりましたが」

そう言って肩を落とす二郎兵衛であった。

暫《しばら》く考え込むようにして無言であった銀次郎が、「あっ」と小声を発して顔を上げ、二郎兵衛ではなく天井を仰ぎ見た。

（あったぞ……確かにあった……見誤りではない。確かにあった……星形の小さな）

胸の内で呟《つぶや》いた銀次郎は、次に「う、うむ……」と呻《うめ》いて腕組をした。衝撃を受けている表情だった。

「あのう……銀次郎さん」

二郎兵衛が怪訝《けげん》な目で、銀次郎の顔を覗《のぞ》き込むように上体を前に倒した。

「ちょいと黙っていてくんない。いま、大変《てえへん》な考え事をしているんでい」

「は、はい」

「お前《めえ》さん。シノさんを手代に押しつけるなど、罪なことをしなすったねえ。私《あっし》は、女性《おんな》に無慈悲を押しつけて泣かせるような野郎なんざあ、大嫌いなんでい」

吐き捨てるように相手に投げかけて、ギリッと歯を噛《か》み鳴らした銀次郎であった。

五十七

銀次郎は左内坂の寛七親分の自宅の二階へ、親分の手下《てか》だった下っ引き二人と共に三日の間泊まり込み、通夜、葬儀、埋葬などを手伝った。

寛七親分の妻滝乃《たきの》は気丈《きじょう》で涙ひとつ見せず、弔問に訪れた大勢の町役人、目明し仲間、市井の人々などに見事にきちんと応対してみせ、「さすが寛七親分の女房……」と誰彼に囁《ささや》かせた。

四日目の朝、今は亡き寛七親分宅を出た銀次郎の足はようやく「麹町の御屋敷」へと向かった。

この丸三日の間、訪れる弔問客や表通りを往き来する人々に注意を払ってきたが、不審な人物のうろつきは皆無だった。通夜から埋葬に至るまで、穏やかな天候と優しい人々に見守られて寛七親分は永遠に旅立った。

「麹町の御屋敷」の人の気配なき勝手口門——小造りな——の前まで〈帰って〉来た銀次郎は、晴れ渡った朝空を仰いだ。目に涙があった。

（長《ちょう》よ、後から旅立った寛七親分が浄土の道に迷わねえよう、宜《よろ》しく見守ってやってくれ。頼んだぜ）

胸の内で呟いた銀次郎は勝手口門の木戸を開けて庭内へ一歩足を踏み入れた。

そして足元を見たまま体の動きを止めた。

ふううう っ……と、その場で深く息を吸い込んだ銀次郎の両眦《まなじり》が、紙を引き裂いたような音を立てるかのようにして、吊り上がり出した。上下の唇はぶるぶると震え、激しく握りしめた両拳《こぶし》の甲に幾条もの青い血の道が、うねる蚯蚓《みみず》のように浮き上がる。

「容赦《ようしゃ》しねえ……」

ぼそりと呟いた銀次郎の足がようやく前へと踏み出した。

目は血走り、唇も頬《ほお》もますますの震えであった。それは恐らく誰が見ても、これ迄《まで》の銀次郎ではなかった。気性の激烈さは銀次郎に身近な者なら誰もが知っていたが、それを抑え込む気力も生半《なまなか》でないことを大勢の人は知っている。

だが銀次郎は今、違った。いや、違っていた。

銀次郎は玄関へ回り込み、式台《しきだい》の向こうへ黙って一礼してから雪駄《せった》を脱いだ。

このところ毎日のように誰かが訪れているのか、庭内も屋敷内《うち》も清掃がよく行き届いていた。玄関式台の向こう、階段を二段上がったところの大きな四枚の引き扉も「いらっしゃい」と言わんばかりに開放され、奥へと続く廊下は黒光りしている。

銀次郎は仏間へと向かった。長い廊下は全ての雨戸が開けられている訳ではなかったが、要所要所が明りと外気を取り入れるために開けられていた。夕方になら ぬ内にまた、これらの雨戸を閉じるために「忠僕」が訪れるのであろう。

仏間には小さめの文机があって、その上に大小刀と綺麗に折り畳まれた衣裳や手紙のようなものが二通乗っていたが銀次郎は見向きもせず、仏壇の前に正座をし母の位牌を真っ直ぐに見つめた。

ただ、見つめるだけであった。何も語らなかった。しかし、歯ぎしりをし、膝《ひざ》の上にのせた両の拳は矢張り震えていた。肉体の内側で炎が荒れ狂っているのであろうか。

やがて銀次郎は仏壇に向かって深々と頭を下げ、ようやくのこと文机の前に座り直した。しかし正座ではなく、胡座《あぐら》を組んだ。

銀次郎は二通の書面を手に取った。美麗で力強い達者な筆跡は二通とも伯父和泉長門守からのもので、一通には表の宛て名の下に「先《せん》」と、もう一通の表には「後《ご》」と記されていた。

「先に読め」の意かと判断して銀次郎は「先」を開き、読み出した。簡単な文面であった。

「私を目付の地位から失脚させんと謀《はか》った者の素姓が判明。三年前、新刀の試し斬りで町人を斬殺して改易《かいえき》となった大身旗本家と現職にあるその一族郎党。一昨日ことごとく切腹なり。これにて解決安堵。詳細は後日に」

これだけであった。要するに伯父和泉長門守を暗殺しようとしていた一団が捕まって処断された、という通知である。

いささかの安堵を覚えた銀次郎は、もう一通の方にも目を通した。これは、「麴町の御屋敷」を訪れてみたところ仏間に見なれぬ立派な大小刀と真新しい衣裳が揃っていたが一体何事か。今日は手に触れずに帰るが後日に説明を、という内容だった。要するに、この屋敷へ来てみて仏間の文机の上に置かれている物を見て驚き、この屋敷にて「後」の箋《せん》を急ぎ書いたらしかった。銀次郎への伯父の不安心配が再び急に増幅したのであろう。

銀次郎は立ち上がって二通の手紙を黙って仏壇に置いて文机の前に戻った。

そして、立ったままの姿勢で、文机の上の衣裳に横たわってのせられている見なれぬ大刀にゆっくりと手をのばした。いつのまにか全く無の表情となっている。

銀次郎は大刀の柄《つか》を右に刃《やいば》を外側へ向けて畳の上に横たえ、その前へ静かに正座をした。

そして刀に対し、まず左手を穏やかな動作で畳につき、次に右手を畳に下ろし、深々と頭を下げた。

これが初めて目にする刀への、銀次郎の礼法であった。いや、剣客としての礼法である。

柄を右にして横たえたのは、前方から不意に襲いかかってくるかも知れない右利きの敵に、柄を奪われないためであり、刃を外側へ向けたのも一気に居合抜刀で反撃し、円状に振った刃で相手の腹部をザックリと割るためであった。

ふた呼吸ほど見なれぬ刀に対し礼をとった銀次郎は、右手を先に畳から放しつつ姿勢を正した。右手を先に畳から放したのは、居合抜刀に不可欠の右手を、左手よりも先に「自由」とするためである。

無外流の真髄が、この礼法の中にこそあった。

次に銀次郎は大小刀を仏壇の前へ供《そな》えるように横たえた。どのような拵えの刀であるのか、何故か検分しようともしない。

と、文机の前で銀次郎は今着ているものを脱ぎ出した。帯をヒュッと鳴らして解き、とても安物には見えない着流しの三枚重ねを、ハラリと足元に脱ぎ落とす。一番あとに落ちた薄く白い肌着用と思《おぼ》しきものが、ふわあっと舞い広がって先に落ちた二枚を覆《おお》い隠した。

背丈《せたけ》に恵まれている（五尺七寸余）の銀次郎ではあったが、格別に筋肉質とかの「凄い体」には見えない。

文机の上に折り畳まれ揃えられていた着物を着ようとして、銀次郎の表情が「ん?」となった。

銀次郎は「きっと固苦しい羽織、半袴《はんばかま》に小袖《こそで》が調《ととの》えられているのであろう」と思ったが、案《あん》に相違して侍の衣服ではなかった。

銀次郎は文机の上に重ね揃えられている着物の、下から肌に付けていった。

先《ま》ず、ひやりと冷たい透き通ったような白い着物を肌に付けて内紐《うちひも》でしっかりと結び止め、次に小菊を地紋に織り出した淡い青無地の小袖を重ね、最後に正倉院文様を茶色の色無地に織り上げた着流しであったが、それを重ね着ようとして銀次郎の顔色がサッと変わった。

その渋い茶色の着流しの右胸だけに、なんと徳川将軍家の葵《あおい》の御紋《ごもん》が、しかも差し渡し一寸半くらいの大きさで銀糸で織り込まれているではないか。右片胸にだけだ。

銀次郎は思わず廊下に出て、何者かを捜し求めるかのようにして庭内を見まわしていた。

とうてい信じられない着流し——しかも明らかに高価な——が置かれていたのである。

「聞いたことがあるぞ……一体《いってえ》これはどういう事だ」

呟きながら仏間に戻って着流しを着る銀次郎は、二、三年前だったか和泉邸でなごやかに酒を呑み交わしたとき、伯父長門守から聞かされた「……私も最近になって大目付様から聞いた事なんだがな、幕府には葵の御紋を一つだけ片胸に織り込んだ着物を授ける隠された強力な組織があるらしいぞ……」という言葉を思い出していた。

双方ともに気持よく酔っている中での会話であったことから、銀次郎は単に聞き流すだけで関心は殆《ほとん》ど持たなかったのだが……。

しかし伯父のそのときの酔い言葉の中に、「……必殺命令……」という聞きとり難い言葉があったことを決して忘れてはいなかった。

「これがその必殺命令であるというのか……なれば幕府はこの俺に誰を必殺せよというのか」

そう呟きながら右片胸に葵の御紋の銀刺繡《ししゅう》がある着流しを小袖の上に重ねた銀次郎は、用意されていた菱繫《ひしつな》ぎ文様の角帯を、びしっと締め込んだ。

さらに、大小刀を帯を鋭く鳴らして通す。遊び人の銀次郎、と市井の人々からは親しみを込めて、あるいは恐れられもしつつ眺められている銀次郎ではあったが、もともと五百石旗本家の嫡男である。葵の片紋入り無地茶の着流しと帯への大小刀差しが似合わぬ訳がなかった。

身形《みなり》を調えて銀次郎が腰帯を軽く叩き肩の力を抜いたとき、左の袂《たもと》の中でガサッという音がした。

何やら入っていると察した銀次郎が右の手を袂に入れて、取り出したのは四つに小さく折り畳まれた紙片であった。

銀次郎はそれを開くや、ぎゅっと唇を引き絞めた険しい顔つきとなった。紙片には、達者な字でさらさらと小さく、こう書き流されていた。

「只今のお姿を忘れることなく正しきを天下に貫かれよ。これ厳命なり」

銀次郎は「なにが厳命でえ」とフンと鼻先を鳴らして紙片を破りかけたが、思い直して元通りに四つに折り畳み左の袂へ戻した。

そのあと廊下の日のよく当たっている中に立って、ようやくのこと銀次郎は大刀を鞘《さや》ごと帯から抜き取り、じっと眺めた。

「こ、この刀……とうてい尋常の拵えではない」

と、今になって気付いた銀次郎は、その判りの遅さをいたく恥じて仏間に隣接する居間へと少し慌て気味に入っていった。

日差しが床の間の手前深くまで差し込んで、清々《すがすが》しい明るさの居間であった。

銀次郎は床の間に接している飾り棚の中から「刀具箱」を取り出して、床の間を背にし正座をすると再び大刀をじっと眺めた。

鞘は光沢をやや抑えた気品漂う黒漆塗《くろうるしぬ》りであった。柄《つか》は藍革《あいかわ》（藍色《あいいろ》染《ぞ》めの鞣革《なめしがわ》）で菱巻《ひしまき》にされ、鍔《つば》はやや小振りだが力強い厚みを見せる赤銅磨《しゃくどうみがき》（黒みを帯びた紫色）の無文鍔（文様の無い鍔）である。

銀次郎は静かに鞘を払って、座敷に差し込む日差しに刀を当てて見入った。眼光は異様に鋭かった。遊び人銀次郎のまなざしではなかった。剣客の目つきである。刃の長さは凡《およ》そ二尺二寸余、刀全長は凡そ三尺一寸余か。

暫く経ってから、銀次郎は確信的な呟きを漏らした。

「これは……三池元真光世《みいけげんしんみつよ》の作……間違いない」

鮮明な特徴を見せている樋幅《ひはば》の広く深い鎬造《しのぎづくり》（鎬筋をつけた刀剣）、ひと目で良質この上ないと判る地鉄《じがね》、古雅で豪壮な作風を思わせる猪首鋒《いくびきっさき》、これらの「深い」「太い」「樋幅の広い」特徴こそ、三池元真光世の作、と読んだ銀次郎であった。

その読みの確かさは、銀次郎を次第に大衝撃へと近付けていたが、それが待ち構えているとは、銀次郎自身まだ気付いてはいなかった。

名刀匠《めいとうしょう》と称される三池元真光世は鎌倉期（平安末期説があるが誤り）の筑後国（福岡県）の人であった。いわゆる三池一派とされる刀工集団の総帥《そうすい》であり、刃文《はもん》が沸本位《にえほんい》の中直刃《ちゅうすぐは》のものは正しく三池元真のものとされ、いまその特徴を銀次郎は、はっきりと認めていた。

この名刀匠三池元真光世はまた別名（通称）、三池典太《てんた》（伝太とも）光世とも言われている。

次に銀次郎は柄の目釘《めくぎ》をはずしに掛かった。銀次郎が受けるであろう大衝撃は、いよいよ間近に迫っていた。

だが、銀次郎も無外流免許皆伝の剣客である。手にする名刀三池元真光世の作が普通の者が所持できない程の名刀であることぐらいは理解できている。とはいえ位高き何野何兵衛様が所持する、あるいは所持した刀であろう、との見当まではさすがにつきかねた。三池元真の名刀を所持する大藩の藩主は一人や二人ではない。優に十五指を超えることぐらいは銀次郎とて学び知っている。

柄の目釘を取り除いた銀次郎は、柄からそろりと刀身を引き抜いて、茎《なかご》（柄鉄《つかがね》。柄の中に入る部分）を注視した。

銀次郎の口から「あっ」という小さな叫びが生じたのは、次の瞬間だった。

「こ、これは……」

茎を見る銀次郎の目は、驚きの余り大きく見開かれていた。茎に彫り刻まれていたのは「ソハヤノツルキウツスナリ」であった。片仮名文字である。

この片仮名の刻み文字がある三池元真作の刀こそ、神君徳川家康公ご愛用の刀（現在、久能山東照宮博物館所蔵）と証するものであることを、銀次郎は伯父から聞かされて知っている。

あろうことか、その刀が今我が手の中《うち》にあるではないか。

因《ちなみ》に「ソハヤノツルキウツスナリ」の意味は未《いま》だに解明されていない。

「恐れ多くも、この神君家康公のお刀を用いて、正しきを天下に貫かれよ、と申すのか。おのれらは」

銀次郎の口から侍言葉が出て、目に見えぬ何者かに対し「おのれらは」という言葉を向ける銀次郎であった。

銀次郎は柄を元通りに戻し、「神君刀」を床の間の刀架けに横たえた。

改めて眺めるにつけ、さすがに銀次郎も身震いを覚えた。

現、将軍家の者とてやすやすとは手に触れることが出来ぬ「神君刀」である筈《はず》だった。それよりも何よりも「神君刀」は伝説上の刀とも言われており、その所在は誰にも突き止められていない筈であった。

伯父和泉長門守からも、「神君刀」は「おそらく伝説であろうがな……」と付け加えて聞かされている銀次郎だ。それがなんと目の前にある。

「これは……偽物《にせもの》か」

呟いてから、銀次郎は「いや……」と首を静かに横に振った。どの角度から検《み》ても、寸分の緩み無き名刀中の名刀の拵えだった。刀身の鍛えは鎌倉期、拵えは桃山期、と自信を持って読み切れている銀次郎である。

「さて、どう動くか……」

と、銀次郎は床の間から離れて廊下に立ち、庭を眺めた。

川崎屋二郎兵衛から聞かされた、赤ん坊のときに攫《さら》われた子の特徴が脳裏にこびりついていた。

その特徴がそっくり、あの堀内千江の特徴と重なっている。

もはや疑いようがない、と銀次郎は思った。

千江は七歳と言っていたが、攫われた赤ん坊が今も無事だとすれば六歳。一歳の差は大した問題とはなるまい、と銀次郎は思った。むしろ特徴のぴったりな重なりこそ見逃してはならない、と自分に言って聞かせた。

その堀内母子《おやこ》が今どこにいるのか、全く摑《つか》めていない。

銀次郎はあれこれと考えながら、廊下の雨戸を仏間の前の一枚を除いてすべて閉めていった。

「ままよ……ともかく、ひと眠りするか」

亡《いま》き寛七親分の悲劇で睡眠不足が続いていた。それでなくとも、長之介の事件も未《いま》だ解決していないのだ。

銀次郎は腰の小刀を取って、仏壇の前に左の手枕で横になった。いつ何時使うことになるか知れない右の手は、手枕厳禁である。

銀次郎は目を閉じた。脳裏で堀内千江が微笑《ほほえ》んでいた。かわいい微笑みであった。いたいけない、微笑みであった。

「あの子が若《も》し攫われた川崎屋二郎兵衛の実子であるなら、川崎屋へ戻してやらねばならない」

そのようなことを考えつつ、銀次郎の睡眠不足の肉体は、心地よい眠りの中へ落ち込んでいった。ようやく解放されたかのような、実にいい気分であった。とろりとした気分だった。

脳裏の堀内千江が、ふっと寛七親分の笑顔と入れ替わった。明るい、笑顔だった。「よろしく頼むぜ、銀」と言っているかのようだ。

その寛七親分も、すうっと遠のいて、銀次郎は眠りの闇深くへと引きずり込まれていった。

昏々《こんこん》と銀次郎は眠った。

眠りながら銀次郎は、高い位置から眠っている自分を鋭い目で眺めていた。その眺めている自分を、また別の自分が検《み》ていた。この眠りが出来なければ、どれほど剣の業《わざ》が優れていても無外流免許皆伝は授けられない。

皆伝業の第六章「猫の目」である。

安らかな寝息を、銀次郎は立てていた。

仏間に差し込んでいた外の明りが、次第に畳の上で差し込む位置方角を変えてゆき、それにしたがって部屋の明るさがゆっくりと弱まっていった。

どれ程が経ったであろうか。銀次郎の聴覚がチリッという微《かす》かな音を捉《とら》えた。

熟睡していた筈の銀次郎が、薄目をあける。

右の手が小刀に伸び、そして上体を起こし静かに立ち上がった。

一枚だけ開けてあった雨戸の向こうは、いつのまにか夜となっている。

帯に小刀を通した銀次郎は、足音を忍ばせるようにして隣の居間へゆき、床の間の「神君刀」に手をのばした。

それをゆっくりと、腰の帯へ通していく。

銀次郎はそのままの姿勢で、床の間を背に、身じろぎもせず立ち尽くした。

再び聴覚が、チリッという楊枝《ようじ》の先でも折るような音なき音を捉えた。

銀次郎が左手を鯉口《こいぐち》へと運んでいく。

（二人……三人……五人……か）

胸の内で数え終えた銀次郎であった。

銀次郎は廊下に出、雨戸が一枚だけ開いている仏間の前へと静かに、だが、滑るようにして移った。やや、腰を沈め気味に。

左手は親指の腹の部分を、鍔の内側（裏側）に軽く触れたままであったが、まだ鯉口は切っていない。鍔の内側に軽く触れたままの親指の腹は、刃筋(刀の真上)に位置しないよう、無意識のうちに刃筋よりも体側(内側)になっているあたり、さすが無外流皆伝者、銀次郎であった。親指の腹が刃筋に位置していると、一閃《いっせん》の居合抜刀によって、親指の腹を自身の刃で裂きかねない。

そのような不手際《ふてぎわ》を生じせしめて「うッ」と痛みで顔を歪《ゆが》めた直後には、無残な敗北が待ち受けている。

銀次郎は、雨戸が開いている手前で、息を殺し聴覚を研《と》ぎ澄《す》ませた。近付いてくる気配を、はっきりと捉えていた。

(一人増えた……六名)

と、銀次郎は己《おの》れに対して頷《うなず》いてみせ、さらに腰を低めつつ左足を引き右膝《みぎひざ》をくの字に折った。

そして遂《つい》に鯉口を切った。暗闇《くらやみ》の中で、無外流居合抜刀の美しい構えが、微塵《みじん》の揺らめきもなく決まっていた。

(来たっ)

全身の感覚が相手の激しい動きを察知したと同時に、「神君刀」が暗闇の中で鞘走《さやばし》っていた。

空気が鋭く鳴る。

雨戸が斜めに斬り裂かれ、その向こうで声無き殺気が二つに裂け地面に叩きつけられるように沈んだ。闇の中のそれを銀次郎の五感は逃《のが》さず捉えていた。捉えながら銀次郎は、廊下から暗闇に向かって躍《おど》り出た。

相手は全く見えない。漆黒《しっこく》の闇だ。

次の殺気が矢のように打ちかかってくる。その空気を斬り裂く音に向かって「神君刀」は下から撥《は》ね上げ、返す刀を袈裟《けさぎ》斬りに走らせた。

闇の中、殺気が仰向けに——おそらく——もんどり打って沈む。

（右っ……）

と、三つ目の激しい殺気が右手すぐそこにある、と看抜《みぬ》いた銀次郎の「神君刀」が、大きく踏み込みざま真っ直ぐに突いた。

やわらかな手応え。よろめく殺気。

銀次郎が「神君刀」の柄を抉《えぐ》るように半回転させて抜きざま、幹竹割《からたけわ》りに斬り下ろした。

「があっ」

と、最初の断末魔の悲鳴があがった。

銀次郎は「神君刀」を右下段に構えて素早く三歩を退《さ》がり、次に備えて呼吸《いき》を封じた。

残っている筈《はず》の、あと三つの殺気が無かった。消えたのか、それとも殺気を消したのか。

呼吸《いき》を封じている銀次郎が、全方位へ研ぎ澄ませた五感を放ちつつ、「神君刀」を鞘に納め、左足を引き右膝をくの字とした。

次の無外流居合抜刀への備えであった。

だが、相手がまるで摑《つか》めない。全方位へ放つ五感への手応えは「無」であった。

鯉口の左手、柄の右手に、銀次郎は噴き出す汗を覚えた。

「無」の存在ほど恐ろしいものはない。銀次郎はそれをよく知っている。

「無」の精度が透徹《とうてつ》していればいるほど、それは優れた忍びの存在を意味するものであるからだ。

(何処だ……何処にいる)

銀次郎は全神経を痛いほど研ぎ澄ませ、無外流居合抜刀の構えに全ての信頼を預けた。それが揺らげば負けしかない。

と、不意に、天の神が銀次郎に味方したか、それとも地の神が敵の足元に味方せなんだか、まさしく不意に、天地が皓々《こうこう》たる明るさとなって満月が夜空に浮かんだ。

予想もしなかった至近の位置に、紅色の忍び装束で全身を包み、僅《わず》かに目だけを覆面の小さな目窓から覗《のぞ》かせている三人がいた。

三人とも昂然《こうぜん》と腕組をしている。それだけではなかった。仲間三人が銀次郎によって殆《ほとん》ど一瞬の内に暗闇の中で倒されたというのに、六つの目が笑っている。

そう、笑っていると銀次郎には見え、背筋に悪感《おかん》が走った。

「この屋敷に金目の物は何も無《ね》えぜ。何用で来なすったい」

訊ねる銀次郎の声は硬かった。相手に恐怖を覚えてもいた。正面切って「敵」と認識せざるを得ない忍び者と真剣でやり合うのは、初めての経験である。

右端の忍びの目が、銀次郎の問いに対し、はっきりとした笑いで答えた。無言の答えだった。

「その目、見覚えがありやす。いや、よく似ている。お前《めえ》さん……」

銀次郎は脳裏に千葉同心の顔を思い浮かべつつ言ってみたが、自信がある訳ではなかった。確実に見覚えがある目、という判断が出来るほどには覆面の目窓は大きくない。

細く、それも目幅ぎりぎりに開いているに過ぎない。

しかし、銀次郎の言葉で、相手の目から笑いが消えた。

この機会を逃してはならないと、銀次郎はゆさぶるつもりで畳みかけた。

「鹿島新當流の剣客同心じゃあなくて、忍び同心だったんですかえ千葉要一郎さんよ」

相手の目から笑いは消えたものの昂然《こうぜん》たる腕組の姿勢には微塵の変化もなかった。

「甲賀《こうが》ですかえ、伊賀《いが》ですかえ……それとも根来《ねごろ》ですかえ千葉さんよ」

問いながら銀次郎の左手の親指の腹は、鍔《つば》をひと呼吸、僅《わず》かに押していた。左端の忍びの足先が、ほんの少し動いたのを見逃さなかった。

と、右端の男が答えた。おどろおどろしい響きの声だった。同心千葉要一郎の声とは、似ても似つかぬ、と銀次郎は感じた。

「ふふっ、ただの遊び人銀次郎ではあるまい、と見続けてきたが、有力旗本家のご嫡男であったとは……矢張りな、という思いだ」

「私《あっし》を見続けてきた……ということは、お前《めえ》さんは疑いようもなく千葉の旦那と思いてえが……そういう事かえ？」

「…………」

相手の答えはなかった。だが答えなかった事が合図でもあったかの如《ごと》く、左端の侵入者が抜刀するや目にも留《と》まらぬ一瞬の速さで銀次郎に突っ込んだ。

銀次郎も抜刀。

双方の刃《やいば》が激突して青白い火花と音が月下に散った。

ただの忍び剣法ではなかった。鋭く正確に首、横面《よこつら》、首、横面と速い四連続で打ち込んでくる。無言また無言。

銀次郎は受けた。受けたが余裕を持っての「受け」ではなかった。反撃が許されない「懸命」の受けだった。

忍び剣が銀次郎の頭上にひるがえるや、眉間《みけん》を狙って打ち下ろされる。凄《すさ》まじい速さ、強烈な気迫だった。銀次郎にひと呼吸すら与えない眉間、眉間、眉間の三連打であった。

あとの二人の忍びは、腕組をして見守るだけで身じろぎひとつしない。

銀次郎は右へ左へと上体を逃した。躱《かわ》したのではなく逃した。

「うっ」

銀次郎の口から小声が漏《も》れて、顔が歪む。

浅く割れた眉間——左目寄り——から月下にはっきりと血玉が飛び散っていた。

手応えあり、と相手はいったん退がって呼吸を調えた。銀次郎に与えられた、それは僅かな休みの刻《とき》であった。

左目の上から糸のような一本の血の筋が伝《つた》い落ち、濃く切れ長な眉に当たって横へ流れ、左の頰を伝い落ちた。

「ぬかったな」

と、銀次郎の口元に微《かす》かな冷笑が浮かんだ。そう、微《かす》かな冷笑であった。

無言の相手の目付きが「なに?……」となる。

「休まず打ち続ける力が無かったか……休まずに」

呟きを放ったあとの銀次郎の口から「ふふっ」と不敵な含み笑いが漏れる。

相手が、八双《はっそう》に構えた。銀次郎の呟きで忍びとしての感情が瞬時に煮《に》えくり返ったと見え、ぐいっと眦《まなじり》を吊り上げている。

それに対し銀次郎は、右足を静かに後方へ引き滑らせつつ両脚《あし》を開き、上体をほぼ真横とするかたちで左体側《たいそく》を相手に曝《さら》した。その身構えの動作の中で、「神君刀」を頭上へとゆっくりせり上げ、そして峰《みね》を背筋に触れる程に真っ直ぐ垂直に垂《た》らした。

見方によっては攻撃者へ腋《わき》を大きく開放した、未熟で油断した構えと受け取れる。腋をザックリと抉《えぐ》られかねない。

しかし五尺七寸の引きしまった体が表したその左体側曝しの構えは、まるで人気の舞台役者が演じるような美しさで決まっていた。

それまで昂然と腕組をして見守っていた二人の内の右側の忍び——千葉要一郎か?——が「はっ」とした目付きとなって何事かを呟いた。おどろおどろしい、小声だった。

その呟きを「無外流雷《いなずま》がえし」と聞き逃さなかった左側の忍びが「え?」と

いう目で右側の忍びを見る。

右側の忍びが淀《よど》んだ声で「もう遅い……」と漏らした。

銀次郎がまたしても、ふっと不敵に笑った。

その笑いが消えるか消えない一瞬を狙うかのようにして、銀次郎と対立していた忍びが地を蹴った。

銀次郎は動かない。

忍びの剣は、己《おの》れの肉体をまるで死へ捧《ささ》げるかのような無謀さで、姿勢を低くし銀次郎の腹部へぶつかっていった。それは肉体と剣を一体とさせた銀次郎への激突であった。

渾身《こんしん》の力で銀次郎は「神君刀」を振り下ろした。容赦《ようしゃ》しなかった。

肩を断ち割られた忍びが、銀次郎を拝《おが》むようにして「ぐぐぐ……」と唸《うな》りながら右肩先より地面に突っ込んでいく。

銀次郎は残った二人の内の、左側に立っていた忍びへ、一気に迫った。相手も抜刀して待ち構えていた。

銀次郎は眦《まなじり》を吊り上げ修羅《しゅら》の形相《ぎょうそう》だった。

先の相手を倒してひと呼吸も間《ま》を置かない。銀次郎の奇襲。

けれども相手はたじろがない。

閃光のように斬り込んだ銀次郎の「神君刀」を、忍び刀が跳ね返した。いや、忍び刀ではなかった。相手が右の手にしていたのは、忍びの近接格闘用「苦無《くない》」であった。大型だ。形が手裏剣に酷似している。

それが「神君刀」を跳ね返し、銀次郎の鼻の下を猛烈に突いてきた。銀次郎が、のけぞる。のけぞったその腹部を、忍びの左の手があざやかに腰の忍び刀を抜刀し、右から左へと払った。

チッと顔をしかめ、痛みを堪《こら》えて銀次郎が飛び退《さ》がる。着衣の帯の上が真横に切られていた。

忍びは寸暇《すんか》も取らない。猫のようにやわらかな体であった。のけぞり飛び退がった銀次郎に吸い付くようにして間《ま》を空《あ》けず「苦無」で突く、また突く、さらに突く。その三度目の突きで、今度は左の手にした忍び刀が右下から左上へと走った。のけきれずに、銀次郎が仰向《あおむ》けに、地面に叩きつけられた。

着衣を袈裟懸《けさが》けに割られ、新たな痛みが銀次郎を襲っていた。

針先ほどの寸陰《すんいん》も惜しむ、とばかりに忍びが「苦無」を激しく振り上げ、銀次郎の真上へ倒れ込んだ。肉を裂いて骨を砕くかのように。

銀次郎が仰向けのまま「神君刀」を、弧を描くようにして掬《すく》い上げる。

必死の反撃。

「あっ」と鋭い尖《とが》った悲鳴があがるのと、銀次郎の頬を切り裂いた「苦無」が、シャリッという音を発して地面に突き刺さるのとが同時だった。

自分の体の上に乗った相手を素早く押し飛ばして痛みと共に跳ね起きた銀次郎の目にとまったのは、最後に残った忍びが軽々と宙に躍《おど》り上がって高い塀の向こうへ消える瞬間だった。

「おのれ、逃げるか」

追おうとした銀次郎を再び月が隠れて闇が包み、その闇の中から「無駄でございます。相手は忍び。とうてい追いつけませぬ」という落ち着いた声が届いた。

「なにやつ……」

「私の手の者三人が追っておりまする。行き先は恐らく神君家康公の『感状』が秘匿《ひとく》されている目付和泉長門守様邸でござろう」

「なんと。奴は『感状』を奪うつもりか」

「私もこれより参りまする。渾身《こんしん》の走りで追って来て下され」

「その方たちは一体……」

「ふふふっ。やはり侍言葉がよく似合《にお》うていらっしゃる。我らの素姓については『感状』が納められている白木の箱の引き出しをご覧あれ」

「なに。引き出し?……」

そのような引き出しはあったか？　と思ったとき、月明りがさんさんと降り注ぎ、闇からの声は消えていた。

ひろがってゆく重苦しい静寂の中、銀次郎の足元で忍びが悶《もだ》え苦しんでいた。

「神君刀」によって両足の踝《くるぶし》から下を切り落とされている。

銀次郎はしゃがむと、「どうした。忍びの最後は己《おの》れで己れの命を処するのではなかったのか」と言いつつ、紅色の覆面を引き千切るように剝《は》ぎ取った。

（あ……）

銀次郎は胸の内で驚愕し、大きく目を見開いた。

堀内秋江が、まぎれもなく堀内秋江が苦悶の表情で月明りを浴びていた。銀次郎を真っ直ぐに見て、「苦無」を差し出そうとしている様子であったが、両足首からの夥《おびただ》しい出血がその気力を急速に奪っているかのようだった。

銀次郎は手早く「神君刀」を鞘に戻すと地に片膝をついて、くノ一に違いない堀内秋江の肩を抱いてやり「なんてこったい……」と呻《うめ》いた。

「忍びだったのかえ。おい、秋江さんよ」

銀次郎にべらんめえ調が戻って、堀内秋江は弱々しく頷《うなず》き、尚《なお》も「苦無」を銀次郎に手渡そうとした。

銀次郎は、秋江の肩を抱いていない左手でそれを受け取った。

「お前《めえ》さんはもう助からねえ。忍びらしく、いやくノ一らしく俺の問いに答えてくれ。頷《うなず》くか、首を振るだけでいい」

堀内秋江が美しい表情を歪《ゆが》めて喘《あえ》ぎながら、小さく頷いた。

「お前さんは、甲賀か?」

首をはっきりと横に振った秋江であった。

「じゃあ根来《ねごろ》?」

秋江は再び首を横に振った。白目をむき始めている。

「甲賀でも根来でもなければ、伊賀者か」

秋江が頷いた。はっきりと頷いた。そして喘ぎ喘ぎ「幕府……」と聞き取り難い小声を漏らした。

「幕府お抱《かか》えの伊賀者というのか？」

「は、はい……」

これだけは言葉で答えたい、とでもいうのか必死な言葉が秋江の口からこぼれた。

多くは訊《き》けねえな、と判断した銀次郎は畳みかけた。

「遊び人の権道《ごんどう》や、そして俺の無二の友長之介や、目明しの寛七親分を殺しやがったのは、お前《めえ》さんだな。お前《めえ》がこの『苦無』で殺しやがったな」

「寛……寛七は……」

そこまで言って秋江は首を横に振った。

「判ったぜい。お前《めえ》は権道と長之介を殺しやがったんだ。そうだな」

秋江が頷き、「くそったれがあっ」と銀次郎は絶叫した。何故殺したのか、と訊ける余裕はもう秋江には無さそうだった。銀次郎は急いだ。

「千江ちゃんは何処《どこ》にいるんでい。お前《めえ》が産んだ子じゃねえだろう。答えろ、何処にいるんでい」

「小石川……清涼寺《せいりょうじ》」と荒い呼吸《いき》の下から秋江は吐き出した。

「小石川の清涼寺か……よし判った。あの子は『川崎屋二郎兵衛』方《かた》へ返すぜい。それでいいな。『川崎屋二郎兵衛』方へよ」

目をむいた秋江が微かに頷き、がっくりと首を折った。

「寛七親分を……寛七親分を殺《や》りやがったのは……あの野郎だ」

軽々と高い塀を飛び越えて去った忍びの背中を脳裏に甦《よみがえ》らせ、銀次郎は立ち上がった。

五十八

銀次郎は表御門を閉ざして静まり返っている伯父邸の高い塀を見上げた。月下を全力で駈けつけた銀次郎の呼吸《いき》は、大きく喘いでいた。肩を激しく波打たせている。

しかし、意外に冷静な己れの感情を、銀次郎は感じ取っていた。予想もしていなかった己れの冷静さであった。

心を乱せば必ず敗れる、それが無外流の恩師の厳しい教えであった。

銀次郎は長い塀に沿って月明りの中を敷地の北側、表御門と真逆に位置する勝手口門へと廻った。

ここでも屋敷内からは、不穏な気配、声、音などは伝わってこない。

銀次郎は両開き二枚扉の勝手口門の右側へ五、六間《けん》ばかり移動して、人の背丈ほどの一枚木戸口に立った。勝手口門を開ける程ではない客に対しては、屋敷の下働きの者たちはこの一枚木戸を開けて応対する。

銀次郎は音を立てぬよう、心得ているからくり錠を解いて、用心深くそろりと木戸を押し開けた。

正面の向こうに、衝撃の光景が待ち構えていた。

銀次郎が思わず「うっ」と背筋を反《そ》らせる。

皓々《こうこう》たる月明りのもと、広い庭の南詰め——桜の巨木の下あたり——で、紅色装束の忍びと茶色装束の忍びが声もなく対峙《たいじ》し、二人の足元まわりは青白い月明りを浴びた累々《るいるい》たる屍《しかばね》であった。和泉家の家臣とひと目で判る者、紅色装束の忍び、茶色装束の忍び、それらが血を噴き流して折り重なっている。青い月明りのせいであろう、血の色が黒々と見える。

木戸を固く閉じ、銀次郎は紅色装束の背後から近付いていった。

もはや足音を忍ばせる必要は無かった。

と、生死を賭《か》けた緊張の中で銀次郎を認めた茶色装束の忍びが、ぐらりと足元をよろめかせた。

すでにどこかを斬られているのか。覆面の細く切れた目窓から覗《のぞ》いている二つの目の様子だけでは、苦痛の表情は窺《うかが》い知れない。

紅色装束の忍びが、ようやく体を横に開いて、近付いてくる銀次郎にはっきりと覆面の中から、目をニヤリとさせた。

「う、うむ……」

茶色装束の忍びがはじめて呻《うめ》きを発し、がっくりと膝《ひざ》を折った。

まるでそれを待っていたかのように、脇腹へ血が黒々と広がってゆく。

もはや茶色装束の忍びに打ちかかってくる気力体力は無し、と読み切ったのであろう、紅色装束の忍びがゆっくりと踵を回して銀次郎の方へ体の向きを変え、またしても覆面の中の目に月明りを吸わせニヤリとした。瞳《ひとみ》が一瞬だが猫の目のように光る。

そ、い、奴の右の手側は「御殿様御殿《おとのさまごてん》」の広縁《ひろえん》となっており、その広縁に沿うかたちで伯父和泉長門守の書院と伯母夏江の居間が並んでいた。この伯母の居間は伯父の登城準備の時だけに使われる。

「奥方様御殿」は地味で小造りであったが、東の棟に設けられている。

銀次郎は月明り降り注ぐ中を紅色装束の忍びまで七、八間《けん》の辺りまで近付いた。

書院の大行灯《おおあんどん》の明りが揺れているのが見える。

が、伯父たちの姿までは窺えない。

「伯父上、銀次郎参りました。大丈夫ですか」と、銀次郎は声を掛けた。

「おう、銀次郎か。手練《てだれ》の忠臣五名にしっかりと守られて無事じゃ。夏江も儂《わし》の横で薙刀《なぎなた》を手に気力旺盛じゃ」

「無茶をなさいまするな伯母上」

「なんの。忍びごときに後《おく》れはとらぬ」

伯母夏江の気力に満ちた返答を聞いて、銀次郎よりも紅色装束の忍びが目を細めて、なんと「うんうん」とばかり頷《うなず》いてみせた。

「伯父上、こ奴は私がこの場より動かしませぬ。家臣の誰かを小石川の清涼寺へ走らせ、その寺にいる千江という六、七歳の女児を保護して下され」

「なに、女児を保護とな」

「いま事情を話している余裕はありませぬ。詳しいことはあとで」

「だが、家臣も下働きの者も誰ひとりこの屋敷からは動けぬ。そ奴の配下数名に玄関から表門にかけてを制圧されておる」

「なんと……」

「そ奴を倒せ銀次郎」

と、伯父和泉長門守が忠臣たちに守られるようにして、ようやく広縁の手前まで現われた。

紅色装束の忍びが、ずいっと一歩広縁の方へ歩み出して切っ先を和泉長門守へ向けた。

忠臣たちが反射的に身構える。

「伯父上、退《さ》がっていて下され。臣の皆も伯父上を書院の奥へ……速く」

忍びの恐るべき瞬発的な変化を知る銀次郎が、声鋭く言い、伯父と忠臣たちが書院の奥まで退がった。

大行灯の明りが風雲急を告げるかのように、大きく揺れる。

夜空の月は一層のこと皓々《こうこう》として、それがかえって不気味でさえあった。

銀次郎は、紅色装束の忍びと向き合った。

相手が「ふん」と銀次郎を小馬鹿にしたように、覆面の中で鼻先笑いをし、刀をゆっくりと鞘に納めた。

「おい。『ふん』ではねえだろうが、ええ、お前《めえ》さんよ」

銀次郎にべらんめえ調が戻ったが、相手の目は笑っていた。

「強がるのは止《よ》しねえ。お前《めえ》が幕府お抱《かか》えの忍びだってことは、くの一が息を引き取る間際《まぎわ》に打ち明けてくれたぜい」

「な、なに。幕府お抱えの忍びだと……」

銀次郎の言葉に驚いた幕府目付和泉長門守が思わず広縁に出ようとするのを、忠臣たちが「殿……」と制止した。

「伯父上も伯母上もそこで銀次郎を見ていて下され。決して出て参ってはなりませぬ」

改めた口調で言う銀次郎であったが、紅色装束の忍びからは目をそらさなかった。忍び相手では一瞬の油断が命取りとなる。

「そのむさ苦しい覆面をよう。そろそろ脱いだらどうだえ、千葉要一郎さんよ。ええ、そうだろう、剣客同心千葉要一郎なんだろう」

「なんと。その忍びの者、鹿島新當流の達者で知られた南町奉行所の筆頭同心、千葉だというのか」

和泉長門守がまたしても驚きの声を上げた。

それを聞き流した銀次郎は相手との間《ま》を詰めて、腰の「神君刀」の柄《つか》へと右手を持っていった。相手との間を詰めたことで、書院の奥まで退がっている伯父と伯母の様子がよく窺えた。

銀次郎に詰め寄られて、相手の目が糸のように不気味に細くなる。

「お前《めえ》さん、凶賊『穴馬様』の頭領でもあるのかえ」

「それについては頷いてやろう」

おどろおどろしい声で相手は答えた。それは銀次郎の問いかけに対するはじめての頷きであった。

「だがよ。『穴馬様』ってえのは、東海・北陸地方に勢力を伸ばしていた西国の浪人集団だったんじゃあねえのか」

「だからと言うて、東国に居ながら指揮が出来ないという訳でもあるまい」

「するてえと、この江戸にいて押し込みの指示命令を放っていたというのかえ」

「凶賊勤《つと》めは何も東海・北陸ばかりではないわ。駿河《するが》でも小田原でも江戸でもやっておる」

「凶賊勤めだとう」

「左様。これは我らが勤めだ。面白半分でやっている訳ではない」

「何を目的としての勤めだ」

「言えぬ」

「お前《めえ》さんの上には、お偉《えれ》え人がいるのかえ。幕府お抱えの忍び集団ならば当然、お偉え人が……」

「いても言えぬ」

「この屋敷へ侵入したってえのは、わが桜伊家が神君家康公より賜《たまわ》りし『感状』が、ここに秘匿《ひとく》されていると知った上でだな」

「否定はせぬ」

「それを奪うためじゃねえのか。奪ってどうする気だ」

「言えぬ」

「てめえ。言えぬ言えぬで、この目付屋敷から外へ出られると思ってやがんのけ」

「出る。皆殺しにしてでもな」

「面白え。やってみな」

「強がるな」

「強がっているのは、手前《てめえ》の方だろうが。おい、千葉よ。不自然な、おどろおどろしい声をつくるのは、もう止《よ》しにしねえ」

「…………」

「目明しの寛七親分を殺《や》りやがったのは手前《てめえ》だろ。寛七親分の仇を取らせて貰うぜ」

「取れるかな。もし見事に取れたなら覆面を脱ぎ、素声《すごえ》で身分素姓を打ち明けてやろう。その他、何もかもな」

「本気か」

「本気だ。但し、お前では私は倒せない」

「それはどうかな。今宵の名月、お前《めえ》にとっちゃあ冥途《めいど》への、いい土産《みやげ》となろうぜ」

言い終えて銀次郎の口元が引きしまり、左足の雪駄《せった》が地面をザリザリと鳴らしてゆっくりと退がり、それに合わせて抜き放った「神君刀」が頭上にせり上がっていった。

その銀次郎の呼吸に寸分たがわず合わせるかたちで、紅色装束の忍びがなんと全く同じ動きを見せた。

月下に、僅《わず》かな相違さえも感じさせない美しい「雷《いなずま》がえし」が凡《およ》そ三間弱の間を空けて向き合った。まさに大江戸で一、二の人気を競う舞台役者が演じるかのような、二人同形の身構えだった。

書院の奥に退がっていた数人は、固唾《かたず》を呑み息を殺した。

和泉長門守は感じた。今は亡きわが妹の息《そく》銀次郎の全身から、さながら音を立てて炎《ひ》を噴き上げているかのような、凄《すさ》まじい殺気が放たれているのを。

それに対し、忍びの方は厚く硬い静寂の衣《ころも》をまとっているかに見える。

双方まったく動かない。微動だにしない対決であった。あえて申せば「静」と「動」の対決であった。忍びの「雷がえし」は殺意を隠し激情を抑え黙々として暗く澄んでいる。そして、この「静」の「雷がえし」こそ、名流の誉《ほま》れ高い鹿島新當流の剣客同心として知られた千葉要一郎のもの、いや、岩田匡子朗正就《いわたきょうしろうまさなり》ののと承知している銀次郎であった。

実は「巧みに己れの急所を外して相手に打たせ、その分深く踏み込んで相手を一撃のもとに倒す」無外流の高度な皆伝業《わざ》「急所外し」は、「雷がえし」と表裏一体業として修練者に伝授されるべきものであった。

そして今、銀次郎とそっくりな構えを見せている忍び者――恐らく千葉要一郎――も、銀次郎に劣らぬ「急所外し」を心得ていることは、もはや間違いなかった。

「静」の相手に対し「動」の銀次郎の殺気は、烈々たる炎と化して全身から放たれつつある。

「よくも……よくも寛七親分を手にかけやがって……」

呻《うめ》き呟《つぶや》いてギリッと歯を噛み鳴らす銀次郎であった。

やや隔たりある目の前で対決する二人を見守っている書院の和泉長門守ほか数人の者は、双方の「雷がえし」に僅《わず》かな違いを認めていた。

銀次郎の「雷がえし」は頭上から背中へと垂直に下がった「神君刀」の峰が、寸分たがわず脊椎《せきつい》三十数個の椎骨《ついこつ》に重なっていたが、忍び者の「雷がえし」は、後ろ首のところで脊椎から左へとかなり逸《そ》れていた。

「殺す」

忍びが漏らすや、ジリッと足先を進めた。

「やってみやがれ」

返した銀次郎の足が用心深くゆっくりと雪駄を脱いだ。そして爪先《つまさき》が地面を嚙むようにして、前へと躙《にじ》り寄る。

（す、凄い……銀次郎の極めがここまで達していたとは……）

息を殺して見守る和泉長門守は幾度となく生唾《なまつば》を呑み下し、夫の袂《たもと》を摑む妻夏江の手はぶるぶると震え出していた。

と、月に雲がかかり出したのか、忍びの背中側から、濃い闇が近付き出した。

（まずい……）

と和泉長門守の表情が心細げに揺れる行灯の明りの中で硬直した。先に忍びが闇に包まれるのだ。その闇に隠れ音も無く銀次郎に迫ることが出来る。書院の大行灯の明りと雖《いえど》も、濃い闇をやわらげる力はとうてい無い。

そして、目がくらむような、その緊迫の瞬間が訪れた。

「せいっ」

裂帛《れっぱく》の気合が濃い闇の中から銀次郎に向かって放たれ、ひらりと後方へ飛び退がった銀次郎が同時に地を蹴っていた。

幕が引かれるような異様な速さで、闇がたちまち庭を覆《おお》い尽くした。その闇の中空でガチン、チャリン、ギンッと鋼《はがね》が激突し合い、無数の小さな火花が闇の中を走る。

その鋼の打ち合う音も、飛び散る火花も、闇の中空を全力で駈け抜けたかの如く、書院から南詰め方向へと離れていた。

和泉長門守は制止しようとする忠臣の手を振り切り、広縁まで出た。

苛立《いらだ》たしい程の遅さで雲が流れ、月明りが庭の北側からようやく降り出した。

和泉長門守も、身辺を守らんとする忠臣たちも、視線をまだ闇が残っている庭の南詰め方向へ釘付けとした。

月明りの中に二人の姿が浮かびあがった。闇の中空で如何なる激突があったのか、二人の位置が入れ替わっている。変わっていないのは、双方ともに美しい「雷がえし」の構え。ひと息さえの乱れもない。

だが、和泉長門守の口から「おお……」という小さな呻きが漏れた。

こちらへ背中を見せている銀次郎の左肩下に長さ一尺余の衣裳の裂け目がはっきりとあって、急速に赤黒い血が広がり出していた。

一方、対峙する忍びは下顎《したあご》を裂かれて、血玉がしたたり落ちている。当たり前の侍《もののふ》ならば、待ち構えるは即「死」であったのだろうか。

「斬る」

「きやがれい」

双方のその言葉が終わらぬうち、忍びが先に飛燕《ひえん》の攻《せ》めを見せた。

見つけた獲物の喉首《のどくび》に襲いかかる狼のような殺気。

「ぬん、ぬん、ぬん、ぬん……」

「静」の忍びが「静」を捨て爆発した。面、面、面、面と猛烈極まる連打であった。しかもその一刀一刀が「雷がえし」である。手先から放つ「軽妙な洒脱業《しゃだつわざ》」に頼った連打ではなかった。切っ先が、峰が、己れの脊柱に触れた上で、唸《うな》りを発し円を描いていた。

轟音を発しての打ち下ろし。

「つつ……」

銀次郎が凄まじい一撃一撃に思わず目を閉じかけて、懸命に受ける。逃げる積もりはなくとも、足が退がっている。

「けいっ」

異様な気合を発して忍びの「雷がえし」が激変した。

矢のように、それこそ矢のように銀次郎の喉下《のどした》を突く、突く、突く。

閃光《せんこう》であった。稲妻であった。

のけぞる余りに足元を乱した銀次郎が横転。

「砕けいっ」

忍びの憤怒が切っ先を脊椎へ戻し、目にも留まらぬ速さで円を描いた。夜が悲鳴をあげた。月さえも震えあがった。忍びの切っ先が空気を泣かせて裂《さ》き銀次郎の胸へ打ち下ろされる。

ザクッという断末魔の音。

書院で見守る誰もが反射的に目を閉じていた。無残にも銀次郎の胸が真っ二つに割られ、宙に抉《えぐ》り撥《は》ね上げられた心の臓が血泡を噴き飛ばす。

銀次郎は、絶叫する余裕も与えられなかった。

思わず目を閉じた書院の誰もが、瞼《まぶた》の裏にその光景を描いた。

だが、ガチン、チャリンという鋼の響きが再び生じていた。

凄まじい忍びの攻めを、躱《かわ》すに躱しきれなかった銀次郎が、なんと苦しまぎれに自《みずか》らを池に落下させた。苦しまぎれに。

和泉長門守が大切に育てている錦鯉《にしきごい》の池だ。

忍びに容赦はなかった。膝上《ひざうえ》までの深さがある池にまで躍《おど》り込んできた。覆面の目窓から覗《のぞ》いている二つの目は、青白い月明りを浴びて血走っていた。もはや「静」どころではなかった。激烈な動きであった。爆烈した憤怒であった。

「いえいっ、やっ、やっ、やっ……」

凶刀が短い気合を背負ってまるで半狂乱の如くに一閃、また一閃、そして一閃。信じられない速さで襲いかかる円の殺法「雷がえし」であった。肩、肩、肩、肩、と銀次郎を立たせてはならじとばかり渾身《こんしん》の攻め。

胸上まで池の中へ押さえ込まれた銀次郎の頭上で、青白い水滴が美しい糸を引いて輝き強烈な円の舞いを見せる。

「くそおうっ」

銀次郎が頭上から打ち殴られるようにして水没しかけながら相手の凶刀を必死で受け防ぎ、己れが右の手にしていた「神君刀」を絶叫に手伝わせて相手に投げつけた。夢中であった。そして素早かった。

武士でありながら、手にしていた刀を、しかも家康公から賜った「神君刀」を投げつけるなどは、あってはならぬ事だ。

そのあってはならぬ事が相手の意表を余りにも見事に衝《つ》いた。

なんと「神君刀」の鍔《つば》が相手の下顎《したあご》、浅からず傷ついて血玉を垂らしている相手の下顎に鈍い音を発して命中したのだ。

忍びが顔いっぱいに広がる激痛で、ほんの一瞬、まさに万分の一呼吸ほどであったがたじろいだ。

それこそ銀次郎にとっては反撃のために与えられた寸陰《すんいん》。

銀次郎は腰の小刀を抜刀し、水中に潜るようにして相手の腹部に斬りかかった。刀が左から右へと走る。これも鮮やかな速さ。

「うっ」

と前かがみになった忍びが、しかし銀次郎の眉間《みけん》に勢い凄まじく斬り下ろす。

銀次郎が小刀の鍔元《つばもと》でそれを受けざま、渾身《こんしん》の力でひねり上げた。

乾いた音がして、凶刀の切っ先が月明りの中をきらめきながら弾け飛ぶ。それでも忍びは、渾身の第二撃を忘れない。

小刀で受ける余裕のない銀次郎がそれを手放しざま、左の掌《てのひら》でがっしりと相手の刃《やいば》を摑んで引き寄せた。意思でない意思がそれをさせた。

たちまち銀次郎の掌に相手の刃が沈んでいき、左上腕部へと震えがくるような痛みが走った。

この時にはしかし、小刀を池の中へ手放した銀次郎の右の拳《こぶし》が、内側への捻《ひね》りを見せながら、忍びの左の頬《ほお》へ炸裂《さくれつ》していた。ドスッという鈍い音。一見普通に見える銀次郎の右の拳であったが、その薄皮膚《うすかわ》の下に隠されている丘墓状に円《まる》く潰れた指四本の「指丘《しきゅう》」は、積み重ねた数枚の厚瓦《あつがわら》を粉微塵にする威力を秘めている。

蹴鞠《けまり》のごとく首を右へ振った忍びが、覆面の下で数本の歯を吐き飛ばしていた。

寸暇を置かず銀次郎の左の拳――血まみれの――が、頭を右へ振ってのけぞった忍びの右腋《みぎわき》へ、これも内側へ捻り込むようにして食い込む。

肋骨が折れたのか、鈍い音。それでも忍びは、のけぞった姿勢に反動をつけて戻しざま、銀次郎の鼻柱へ己れの眉間《みけん》を叩きつけた。

「げえっ」

と悲鳴を発した銀次郎が仰向《あおむ》けに池の中へと沈む。乱闘であった。肉体と肉体をぶつけ合う乱闘であった。実力伯仲の乱闘であった。

銀次郎の右の拳が水中から突き上げるようにして、忍びの左膝頭《ひざがしら》を激しく打つ。

膝頭の皿が耐え切れずに粉砕され、今度は忍びが左の肩から水没した。

銀次郎の拳が、水面を打った。また打った。更に打った。水しぶきが赤黒く染まって高々と撥ね上がる。

「もう止せ。もうよい銀次郎」

和泉長門守の大声が飛んで、振り上げた銀次郎の右の拳が宙で止まり、わなわなと震えた。

忍びが水の上に顔を出した。無残であった。左顔の半分が覆面とともに崩れていた。

銀次郎は池から忍びを引きずり上げ、そして覆面を剝《は》ぎ取った。

まぎれもなく千葉要一郎であった。

「おのれえっ」

銀次郎は右の拳を夜空に向かって突き上げ、怒声を放ってから千葉要一郎の胸倉を摑んだ。

「寛七親分を返せ、長之介を戻せ。おのれは許さねえ」

銀次郎はまたしても拳を振り上げた。泣いていた。

書院から庭先へ飛び下りた和泉長門守の忠臣三人が、それこそ飛びつかんばかりに銀次郎に走り寄って、前後左右から羽交い締めとした。

「耐えよ、銀次郎」

広縁に立って、和泉長門守が叫んだ。

千葉要一郎が最後の気力で舌を噛み切ったのは、その直後であった。

「何をするか。全てを打ち明けるとの約束ではなかったのか……全てを」

銀次郎は、白目をむきながら血を噴き出している千葉要一郎の肩を激しく揺さぶった。

「銀次郎様、抑えなされ、どうぞ抑えて……」

長門守の忠臣たちが必死で銀次郎にしがみつく。

「舌を噛み切るとは、千葉要一郎卑怯《ひきょう》なりい」

銀次郎は夜空に向かって叫んだ。大粒の涙を流していた。

その絶叫を聞き逃す筈《はず》もない、表門付近を制圧していた紅色装束の数名が腰の刀に手をやって駈けつけ、しかし現場の結末に茫然《ぼうぜん》となって立ち竦《すく》んだ。

「やるか、おのれら。向かってこい。どうした」

びしょ濡れで忍び達に歩み寄り、ひとりの胸倉を摑むやその頰を張り飛ばした。

抵抗はなかった。

「我らはもはや……」

と、やや後ろ側に立っていた背の高い偉丈夫《いじょうふ》が、銀次郎の前に進み出た。銀次郎の背後に歩み寄っていた長門守の忠臣たちが、一斉に刀の柄に手をかけて身構える。

「もはや抗《あらが》いませぬ」

そう言いながら偉丈夫の忍びが腰の刀を帯より抜き取り、足元へ力なく落とした。

あとの忍び数名が、それに従った。

偉丈夫の忍びが続けた。物静かな堂々として丁重な喋《しゃべ》り様《よう》であった。

「頭領が敗れたならば、我らの御役目は終わり申した」

「御役目だとう。その御役目を、さあ、言うてくれ。その御役目とかのために手《て》前《めえ》たちは罪なき者を次々と殺りやが《や》ったのかえ」

「否定は致しませぬ。素姓を知られたなら皆殺しにする。それが御役目遂行上、絶対に欠《か》かすことが出来ませなんだ、お定《さだ》めでもありました」

「絶対に欠かすことが出来ねえのなら、殺《や》ってみやがれ。この俺を長之介や寛七親分のようにこの場で、さあ、殺ってみやがれい」

「出来ませぬ。頭領が敗れたなら、我らの組織も、我らも消える運命《さだめ》にあります る。全ての御役目の終わりでありまする」

「何をぬかしやがる。叩き斬ってやろうか、この糞野郎《くそやろう》ども」

凄まじい銀次郎の怒り様であった。鎮《しず》まらなかった。全身を震わせている。

「聞かせろい。手前《てめえ》らの御役目とかを委細余すことなく聞かせろい。よく判るように話せ、この糞野郎ども」

「言えませぬ」

「言ってくれ。お前達《めえたち》が殺戮《さつりく》した者たちの魂を鎮《しず》めるためにも言うてくれ。非情の忍びといえども、一片の人の情くれえは己れたちの血の中に流れていようが」

「言えませぬ」

「言え……俺が倒した非情のくノ一、いや、堀内秋江とて息絶える間際《まぎわ》には、『川崎屋二郎兵衛』方から攫《さら》って育ててきた幼子《おさなご》の居場所を俺に教えてくれたんでい……」

「…………」

「くノ一じゃあねえ女の情、幼子の母としての情、そういうものが言わせたんだろうぜい。何が御役目上の定めじゃ。笑わせるねえ。人の命より大事な御役目なんぞありゃあしねえ。さあ、吐きやがれ。手前《てめえ》たちの一番上の親玉は、一体《いってえ》、誰なんでえ」

「それは……」

皓々《こうこう》たる月明りの下《もと》、覆面に隠されたその顔が苦し気に歪んでいるのが、銀次郎にも銀次郎の背後に控えている忠臣たちにもよく見えていた。

偉丈夫の忍びが天を仰ぎ、そして大きく一度息を吸い込んだあと、銀次郎と目を合わせた。

「我らに御役目をお与え下さり、ご指示下さっていたのは……」

「誰でえ。言ってしまえ、吐き出してしまえ」

偉丈夫の忍びが覚悟を決めたかのように肩の力を抜き、東南の方角へ体の向きを変えると、深々と頭を下げた。

他の忍びが、それに従った。

青白い月明りを浴びる銀次郎の表情が、ハッとなる。

その方角にあるのは、江戸城。

偉丈夫の忍びは江戸城の方角へ覆面で隠された顔を向けたまま、小さく頷いた。

「ま、まさか……おい」

そして姿勢を戻して語り出した。

「御城の御金蔵がほぼ底をつきかけたのは、凡《およ》そ三年半ほど前のこと。収支貸借の御会計原則を顧《かえりみ》ぬ幕府官僚の無能さが、幕府財政を破綻《はたん》に追い込み、どうにもならぬ状態でございました。幕府崩壊の恐れがまさに目前にございました。その頃、地方の外様《とざま》藩へ『草』として住みつき潜伏しておりました将軍家直属の隠密忍び集団二百余名は、外様各藩の不穏な動きを摑み、密《ひそ》かに大将軍へ報告致しておりました」

「なんと……三年半前にそのような事が……それにしても、お前達《めえたち》が永続潜伏忍びで知られた『隠密草』であったとは」

「幕府財力が底をつき、このままでは外様《とざま》に対抗できないと判断なされた将軍家は我ら『隠密草』に対して秘命《ひめい》を発せられました」

「まさか……江戸の御城の御金蔵を満たせ……と?」

「その通りです。その手段は我らに一切《いっさい》任されました。一切です。このようにして、そのようにして、など将軍家は決して申されてはおりません。将軍家の真意は恐らく……外様各藩の不祥事を徹底的に探り、それを武器として揺さぶりをかけ藩から公金を堂々と調達せよ……にあったのではと想像されます」

「で?……」

「しかし、このとき既《すで》に外様各藩は幕府の隠密方を厳重に警戒し始めており、我ら『隠密草』の動きは著《いちじる》しく圧迫された状態に陥《おちい》っておりました」

「その結果……」

「頭領から我ら『隠密草』に対し、全国の各種大店《おおだな》及び外様の殖産業者などの金蔵を狙って、凶賊『穴馬様』を名乗り無差別に襲撃《しゅうげき》せよとの厳命が下されました」

「そうして人の血を流して奪った金を、密かに江戸の御城へ運んでいたというのか」

余りの重苦しい話に、銀次郎はいつの間にか侍言葉となっていた。

「左様です。陸路は出来るだけ避け、主に海路を使いました」

「将軍家より『隠密草』に対し秘命が発せられたとき、江戸の御城の御金蔵には一体幾らの金が残っていたのじゃ。当然、大将軍より知らされておろう」

「八千両でございます」

「な、なに。八千両だと」

「はい」

「緊急事態では済まされぬ破綻状態ではないか」

「それゆえ秘命を賜《たまわ》った我らは、深刻に追い詰められましてございます」

「な、なんてことだ……天下を動かす幕府の御金蔵残高が、たったの八千両であったとは……それで今はどれほど迄に御金蔵は回復したのか」

「本日現在、おそらく二百八十万両に達しているのではないかと……」

「二百八十万両とな……う、うむ」

銀次郎は顔を歪めて呻《うめ》いた。

「我ら『隠密草』に命ぜられたる御役目は、別にもう一つありました」

「桜伊家が、神君家康公より賜った『感状』を奪い取り、それを焼却せよとでも将軍家から命ぜられたか」

「仰《おお》せの通りです。『感状』は、幕政にとって必ずや予期せぬ重荷となり障害となる、と将軍家は判断なされまして」

「愚かな……なんと愚かな。桜伊家の一日一日は『感状』など、あてにしておらぬわ」

銀次郎がそう言ったとき、忠臣のひとりが池から探し拾いあげた「神君刀」大小を、丁重に水分を拭《ぬぐ》って銀次郎に差し出した。

銀次郎は黙って頷き、それをずぶ濡れ状態の帯に通すと再び訊《たず》ねた。

「頭領が亡くなれば、『隠密草』の組織は消えると申したが、確かか」

「はい。確かでございます。『隠密草』に頭領が存在しないとならば、全国二百名の草は永遠に動きませぬ。また、動いてもなりませぬ」

「代わりに新しい頭領を選べばよいではないか」

「それは断じて出来ませぬ。将軍家直属『隠密草』の頭領は世襲、との厳しい定めがございます」

「亡くなった頭領に、草としての後継者は？」

「残念ながら、頭領に子はおりませぬ」

「そうか。で、お前の地位は？」

「小頭《こがしら》です」

「小頭の命令では、全国二百名の草は微動《びどう》だにせぬのか」

「はい。絶対に……小頭の役目には、指揮命令の権限はありませぬ。草の最後を見届け、そして裏切者を処分する他には……権道《ごんどう》に示しましたように」

「やはり権道も草であったか」

「意気地のない草でした。己れを処することさえも出来ぬ……」

その言葉がまるで合図でもあったかの如く、小頭の背後に並んで江戸城の方角を見たまま身じろぎひとつしなかった紅色装束の忍びたちが、覆面を下げて口から血玉を吐き飛ばし次々と崩れていった。

銀次郎は眉《まゆ》をひそめ、そして「哀《あわ》れぞ、お前たち……」と小頭に告げ、踵《きびす》を返して書院の方へ歩き出した。

「銀次郎様。頭領との勝負、お見事でございました」

背後から物静かに告げられて足を止めた銀次郎は、振り返った。

「ごめん」と、銀次郎に頭を下げた小頭が、覆面の額の部分を下げて目窓を閉じ、ゆっくりと地に崩れていった。たちまち覆面に赤黒い色が広がってゆく。

「何が将軍家か……何が御金蔵か……下らねえ……のう長《ちょう》よ。幕閣は伯父を介して俺に世の中の汚れ掃除《そうじ》を命じやがったくせに……くそっ」

伯父に届かぬように呟《つぶや》いた銀次郎の頰をひとすじの涙が伝い落ちた。

五十九

銀次郎は伯父和泉長門守と伯母夏江の強い忠告を聞き入れ、そのまま丸六日を和泉邸で大人しく過ごして、伯父と長い緊密な交流がある医師の治療を受けた。

銀次郎は庭内に累々《るいるい》と横たわっていた死傷者のその後については、知らない。また伯父に訊ねることも、伯父がそれについて銀次郎に口を開くこともなかった。

確かな事は、目付という重要な役職に就いている伯父和泉長門守にとって、死傷者のその後の処置については何らの狼狽《うろたえ》も無かったであろう、ということだった。

そう銀次郎は信じ、そして銀次郎自身久し振りにゆったりと和泉邸での一日一日を過ごした。

受けた傷の回復は極めて順調であり、和泉邸を辞してからの自分のやるべき事をあれこれと脳裏で組み立てる事も出来た。長之介の顔を思い出し、寛七親分と酌《く》み交わした酒の味を思い出し……。

「明日はこの屋敷を出るか」と心に決めたのは、六日目の夜の寝床の中。受けた傷に差し障り無い程度にと、伯父と酌み交わした酒で実に心地よい気分の時であった。

「銀次郎殿」

と、障子の向こうで抑え気味な澄んだ声があった。枕元の行灯の明りが揺れる。

銀次郎には、聞き馴《な》れた伯母夏江の声であると、すぐに判った。

銀次郎は布団の上に体を起こし、行灯の明りがまた揺れた。

「はい、伯母上。まだ起きておりまする」

「開けますよ」

「どうぞ」

障子が静かに開けられ、まだ日常の衣裳のままにきちんと正座をした夏江が、硬い只ならぬ表情を見せた。

「御殿様がお呼びです。急ぎ書院へ御出《おいで》なさい」

「何ぞございましたか、伯母上」

「ともかく書院へ」

「判りました。身形《みなり》を調えて直ぐに参ります」

「大小刀を腰に帯びることを、忘れてはなりませぬよ」

「え？」

銀次郎のそれには答えず、夏江は障子を音立てぬよう閉じ静かに去っていった。

銀次郎は身形を調え、帯に両刀を差し通して、「お前の部屋としていつでも好きなように使うがよい」と伯父から数年前より与えられている座敷を出た。

長い廊下を二度曲がった銀次郎は、書院の裏手に当たる西側の障子を開けて、入っていった。ここからの出入りは、家臣や奉公人は許されていない。

銀次郎は小さな行灯《あんどん》が点《とも》されている薄暗く細長い二十八畳の座敷を真っ直ぐに

進み、突き当たった四枚からなる大襖《おおぶすま》の前で足を止めた。

「銀次郎参りました。入って宜しゅうございましょうか」

「西側の座敷から入ったのか。ま、構わぬ。入りなさい」

伯父の重い声であった。

「失礼いたします」

銀次郎は大襖を開け、大行灯四張《はり》が点された明るい書院に一歩入って、「おっ」と体の動きを止めた。

月明り降り注ぐ庭先に十数名の町人が、頭《こうべ》を深く垂れて地面に何も敷かず神妙に正座しているではないか。

「ここへ……」

伯父に促されて、その横の位置へと進み出た銀次郎は、ようやくのこと深々と頭を下げている町人たちの素姓を知った。

「なんでえ。おタネさんに、おタカさん、これは職人旅籠《はたご》『長助《ちょうすけ》』の働き手たちじゃあねえかい、俺がこの屋敷にいるってえことが、よく判ったな」

銀次郎は伯父の隣へは座らず、そのまま広縁にまで進み出て腰の大刀を取り胡座《あぐら》を組むと、口元に柔和な笑みを見せた。

　銀次郎の背に向かって和泉長門守が言った。

「銀次郎、そこに居並ぶ者たちは皆、お前の素姓をすでに心得ておる」

「………」

　銀次郎は出かけた言葉を思わず呑み込んで、口元の柔和な笑みを消した。

　職人旅籠「長助」の女中頭タネが顔を上げた。他の者は頭を深く垂れたままだ。

「銀次郎様。お別れの御挨拶《ごあいさつ》に参りました。私共は今日で『長助』を去らせて戴《いただ》きます。『長助』の中は塵《ちり》ひとつ無いまでに綺麗に掃除を済ませました」

「な、なに。『長助』を去る?……お、おい、ちょいと待ちねえ。どういう事でい」

「銀次郎、委細は私が聞いておる。全て承知した、と答えもした。幕府目付としてな」

　和泉長門守が銀次郎の背に再び声をかけた。

「幕府目付として?……」

　銀次郎は振り返って伯父を見た。伯母夏江もすでに銀次郎の知らぬ事を心得ているとみえ、目が合うと小さく頷《うなず》いてみせた。

何かが音を立てて頭の中を回転したように思った銀次郎は、次の瞬間ハッとなって視線を女中頭夕ネに戻した。

「お夕ネさん、いや、夕ネ。まさかお前……」

「頭領を失った我らは、江戸にとどまる意味を持ちませぬ。これより伊賀の山奥へと戻り、大地を相手として百姓仕事に精を出しまする」

「お前たち、『隠密草』であったのか」

「お許し下されませ。銀次郎様に此処《ここ》で討たれる覚悟で参りました。皆ひと目、銀次郎様にお会いしたいと申しまして……」

「お前たちは、『長助』を……『長助』を江戸に於ける『隠密草』の根城として いたというのか」

「お許し下されませ。如何《いか》ような責めをも受けまする」

「よ、よくも長之介を……よくも寛七親分を……貴様ら」

脇にあった「神君刀」をわし掴みにした銀次郎は、全身に怒りをみなぎらせて立ち上がった。

和泉長門守が腰を上げて広縁に進み出、銀次郎の横に立った。

「抑えよ銀次郎。幼子《おさなご》千江も無事に『川崎屋二郎兵衛』方へ戻ったのだ。多くの血が流れてしもうた。もうこれ以上、刃をふるってはならぬ。無外流の極意は『泰然』にこそあるのではないのか」

「し、しかし伯父上……」

「斬れるのか。お前には目の前にいる、お前にひと目会いたいと願《ねご》うて訪れた、この者たちを斬れるのか」

「…………」

「タネはな、今宵重要なる情報を届けてもくれたのじゃ」

「重要なる情報？」

「明後日の昼頃、長之介の父親つまり、大坂の暗黒街に睨《にら》みを利《き》かせる香具師《やし》の大元締梅田屋丹吾郎《うめだやたんごろう》が、配下百名を従えて裏街道から品川宿へ入るそうじゃ」

「なんと……真《まこと》かタネ」

「はい。我ら『隠密草』の情報伝達網がもたらしましたる間違いのない事実でございます」

「百名という規模《きぼ》もか」

「はい。全員が腰に長脇差《ながどす》を帯びまして、中には種子島《たねがしま》（ポルトガル人が伝えた火縄式小銃）で武装している者もいるとか申します」

「なんてこったい……」

銀次郎は鋭い目を伯父に向けて続けた。

「伯父上、梅田屋丹吾郎が裏街道から入る品川宿は、泣く子も黙ると言われている大親分、大崎文助《おおさきのぶんすけ》が押さえております。茶道も歌道も解する大親分と言われてはいるものの、武装した百名もの梅田屋丹吾郎一家が裏街道なんぞからズカズカと品川宿に踏み込めば、血で血を洗う大衝突になりかねませぬ」

「儂《わし》が動いて、南北両町奉行所と火付盗賊改方《ひつけとうぞくあらためかた》に品川宿へ出張《でば》って貰うことにしよう。場合によっては目付の配下『黒鍬者《くろくわもの》』を出張らせてもよい」

「私が知る梅田屋丹吾郎一家は気性ことのほか激しく、しかも剣術の腕達者が少なくありませぬ。大坂時代の私と長之介が通うておりました土佐堀の無外流『練武館道場』へも大勢が通うておりました」

「うむ、厄介《やっかい》じゃな。息子を失った梅田屋丹吾郎はもとより、配下もおそらく激《げっ》昂《こう》しておろうから、南北両町奉行所の力では抑えられぬかも知れぬのう」

「ともかく……」

と、銀次郎は視線をタカへ戻した。

「タカよ、そして皆《みんな》。もう行きねえ。今夜中に江戸を離れるんだ。二度と『隠密草』として表に出てはならねえ。深く地の底に潜り、ひっそりと暮らすんだ。頭領を失《な》くしたお前達《めえたち》には、それしかかねえ」

「お許し下さいますのでしょうか銀次郎様」

「許しゃあしねえ。俺の肚《はら》はまだ煮えくり返っていらあな。だがよ、『長助』の奉公人としてのお前達《めえたち》一人一人の姿は、俺ぁ好きだったたい。だから辛棒すらあな。さ、消えてくんねえ。早く俺の前からよ」

うなだれている者の中から、すすり泣きが漏れた。あわれ「隠密草」の末路であった。

立ち上がったタカが銀次郎に向かって合掌して腰を折り、そして広縁から離れていった。

その後に、一人また一人と続き、そして庭先に静けさが戻った。

六十

大坂より江戸入りせんとする梅田屋丹吾郎とその配下百名が品川宿で大崎文助一家と激突するという噂はたちまち江戸市中に広まって、人々は恐れおののいた。

この日、銀次郎はいつもの遊び人銀次郎の身形《みなり》に戻って、前夜から品川の職人旅籠《はたご》「東海屋仙兵衛」方に泊まっていた。江戸職人旅籠組合の中心的な役目に就いていた仙兵衛であったから、職人旅籠「長助」とは緊密な付き合いという程ではなかったにしろ、それなりに商売上の付き合いがあった。

したがって銀次郎も仙兵衛の人となりは心得ている。

二階の窓から下の大通りを眺《なが》めていた銀次郎の表情は、深刻だった。

女郎宿が少なくない品川宿であったから、事情を知って一刻も早く品川宿から出ようとする大勢の泊まり客と南北両町奉行所や火付盗賊改方の与力・同心・小者たちで、ごった返している。

銀次郎が少し不思議に感じたのは、長脇差《ながどす》を腰に帯びた大崎文助の配下らしい者の姿が、通りに全く見当たらぬ事であった。おそらく外へ出る事を奉行所から止められでもしているのであろう。梅田屋丹吾郎一家とぶつからないように。

「行ってみるか……」

呟《つぶや》いて銀次郎は窓から離れ、客間から出て直ぐの狭い階段をトントンと下りていった。

「おや、銀次郎さん」

帳場に座っていた硬い表情の白髪《しらが》が目立った五十男が、銀次郎に気付いて腰を上げた。

「世話になりやした仙兵衛さん」

「やはり行きなさるか」

「へい。亡くなった長《ちょう》の野郎の父親でござんすからねえ」

「ほんに、長《ちょう》さんが亡くなったなど……知って腰を抜かすほど驚きましたよ」

「お支払いを済ませやしょう。昨夜《ゆうべ》は旨《うま》い晩飯《ばんめし》と酒を有難うござんした」

「支払いなど宜《よろ》しいですよ。それよりも争いに巻き込まれないように……」

「それはもう、用心いたしやす」

「くれぐれも気を付けて」

「さいですか。じゃあ今回は甘えさせて戴きやす」

銀次郎は丁重に腰を折って、「東海屋仙兵衛」方を後にした。

出張《でば》ってきた南北両町奉行所や火付盗賊改方の与力・同心・小者それに目明したちは大通りの両側に等間隔で立ち並んでいた。小者たちは突棒《つくぼう》、刺股《さすまた》、袖がらみ、などを手にし、どの顔もひきつっている。伝え聞かされている大坂の梅田屋丹吾郎一家の闇の世界に対する大きさに、恐れおののいているのであろうか。

大勢の人の流れは、圧倒的に江戸市中へと逃げるような速さで向かっていた。

逆方向へ向かえば形相《ぎょうそう》凄まじくやってくる梅田屋丹吾郎一家と鉢合《はちあ》わせしかねない、と考えてのことだろう。

退避しようとする、その人の流れとは逆方向へ、銀次郎はゆったりとした足取りで歩いた。

目指すは「ともかく大崎文助一家の町屋敷前まで」と思っている。

どれほどか進んだとき、銀次郎は後ろから小袖をツンツンとした感じで引かれ、立ち止まって振り向いた。

「あ、お内儀《かみ》さん……」

「やっぱり会えましたわね。きっと出会えると思っておりました」

そう言ってにっこりと目を細めたのは、日本橋の大店《おおだな》太物問屋「近江屋」の女主人《おんなあるじ》・季代であった。

「どうして此処《ここ》へ？　江戸市中に広まっている噂を知らぬ訳ではありますめえ」

「ありますめえ、じゃあございませんよ銀ちゃん。幾日も幾日も行方が判らないものですから、それはもう心配で……」

「すまねえ。ちょいと色々とありやしてね」

「私だけじゃあ、ありませんことよ。神楽坂、新橋、柳橋の綺麗どころが拵頼《こしらえだの》みで幾度となく半畳屋敷を訪ねても、留守ばっかりで皆《みんな》、大層心配しております」

「半畳屋敷たあ、面白い言い方でござんすね」

「頰《ほお》も眉間《みけん》も傷あとだらけ……また争いごとがありましたのね銀ちゃん」

言葉の後ろを囁《ささや》き声にして、銀次郎の腕にさり気なく手を絡《から》めた季代であった。

「止《よ》しねえよ、お内儀《かみ》さん。今日の品川は危ねえんだ」

「危ねえから、銀ちゃんが来ていると確信して訪れたのですもの。そんなに私《わたくし》が、お嫌《いや》？」

「嫌って訳じゃあ、ありやせんが。とにかく手を絡めるのは止しにしてくんない。通りを御覧なせえ。知った顔の役人たちがおりやすから」

「足首をくじいて銀ちゃんの腕をお借りしていますって言えば、お役人様も、風紀を乱す、などと言いや致しませぬよ」

「参ったな、お内儀《かみ》さんには……」

銀次郎は苦笑をこぼすと、ゆっくりと歩き出した。

季代がほんの少し左足を引きずり気味に演じて見せ、「ふふっ」と含み笑いを漏らし、銀次郎もあきらめたように白い歯を覗《のぞ》かせて笑った。

目の前に、大崎文助の住居《すまい》――品川の人々から町屋敷と呼ばれている――が見えていた。

その住居の前は緊張顔の役人たちで埋まり、物々しい雰囲気だ。

「銀ちゃん、あれが大親分とか言われている大崎文助さんのお住居《すまい》？」

「そうよ。あれだ……」

「立派なお住居《すまい》なのですね。見るからに力強い印象の建物だこと」

「いつなんどき、何処のどのような集団の奇襲を受けるか知れねえ稼業でござんすからね。いつでも対抗できる構えになっているのでしょう」

「銀ちゃん、大崎の親分さんとの面識は？」

「ござんせん」

「そう……」

銀次郎は足を止め、役人たちの頭越しに、その向こうをじっと眺《なが》めた。

大崎一家の住居《すまい》の前から次の川崎宿の方向にかけては、ゆるやかな上《のぼ》り坂となっていて、その坂道のちょうど頂付近《いただきふきん》が、役人たちの頭越しに銀次郎と季代には見えていた。坂道には一人の人の姿も無い。シンとした音なき音が聞こえてくるかのようであった。

「おい、銀次郎」

不意に背後から声をかけられ、銀次郎は「へい」と季代と共に振り向いた。

目の前に厳しい表情の南町奉行所次席同心、真山仁一郎の姿があった。

「これは真山様。今日はご苦労様でございます」

「お前《めえ》、このような場所で何をしているんでい。それに美人お内儀《かみ》として知らぬ者とてない『近江屋』の季代お内儀《かみ》と昼日中から腕を絡めて歩くなど、見逃せんな」

「あ、いや。お内儀《かみ》さんとは、たった今出会ったのでござんすよ。左足をくじいて辛《つら》そうなので、私《あっし》の腕を杖《つえ》がわりにお貸ししているだけで……」

「なに。左足首をくじいたとな」

「はい」

と、季代は頷《うなず》いてみせた。

「それはいかぬな。銀次郎、しっかりと腕を貸してやりな」

「おそれいりやす、真山の旦那《だんな》」と、銀次郎は頭の後ろに手をやった。

「ここは危ない。不穏な噂は耳に入っておろう。江戸市中へ戻っておれ。野次馬根性にしろ、今日このような危ない場所へ来るとは、まったく何事じゃ。退《さ》がれ、退がれ」

「へい。直ぐに安全な場所まで退がりやす」

銀次郎と季代は、真山次席同心に一礼をして、その場を離れ今来た方へ戻り出した。

「おい、銀次郎」

と、真山次席同心の声がまた銀次郎の背に飛んで、銀次郎が「へい」と顔だけで振り返る。

「今日のツケは飛び切り高《たけ》えぞ。『おけら』の旨《うめ》え酒と肴《さかな》を覚悟しときねえ」

言い終えてニヤリとした真山次席同心は、くるりと踵《きびす》を返し役人たちの中に消えていった。

（へええ。なかなか小粋《こいき》なところがある旦那だねい。気に入ったい……）

胸の中で呟いた銀次郎は、季代と目を合わせて微笑《ほほえ》んだ。

「引き返すの銀ちゃん」

「引き返すもんけえ。しかし、お内儀《かみ》さんは矢張り安全な場所まで退がった方がよござんす」

「いや。銀ちゃんを心配して、こうして品川宿までやって来たのですもの」

「じゃあ、何があっても私《あっし》から離れるんじゃあござんせんぜ」

「あい。離れませせぬ」

「まったく……」

銀次郎が苦笑したとき、役人たちが一斉にどよめいた。

銀次郎と季代は、ハッとなって大崎文助の住居《すまい》の向こう、坂道の頂の方へ視線をやった。

道の端から端までを横一列にびっしりと埋めるようにして人の頭が現われ、次いで男衆《おとこし》の顔が現われ、そして遂《つい》に全身が現われてその動きがピタリと止まった。

「来やがった」

と、役人の誰かが怯《おび》えたように口走った。

季代が銀次郎の耳元へ顔を近付け、大胆な囁きを告げた。

「銀ちゃん。一番前の方へ……」

銀次郎は頷き、女郎宿の裏手へと回って路地伝いに急いだ。

急ぎながら銀次郎は、このような場合でも茶色装束の忍びは何処《どこ》かで自分の動きを見守ってくれているのであろうか、と考えた。

神君家康公の「感状」が納められている白木の箱を注意してよく検《み》ると、決して厚くはない箱の底が巧みな二段構造となっており、つまり引き出しとなってい た。

引き出しの中に入っていたのは、神君家康公の直筆で「**桜伊嫡男家《ちゃくなんけ》に対しては嫡男家の有事に備え我が直参の選《え》りすぐり忍び衆を世襲制で従属させ、我が愛刀を呈する**」と書かれた一通の朱印状であった。

徳川家康公がそこまで桜伊玄次郎芳家《げんじろうよしいえ》（銀次郎の曾祖父）に大恩を感じるのは、血みどろの戦場で玄次郎芳家に救われていなければ今の徳川将軍家（幕府）は無い、という思いが強いからであろう。

「銀ちゃん、この辺《あた》りから表通りへ出ましょ」

「よし」

季代に指差された路地へと右に折れて、銀次郎は前方の路地口に見えている明るい表通りへと走った。むろん季代の足元をも配慮した速さであった。

「大丈夫か、お内儀《かみ》」

「はい。これでも三百石の貧乏旗本で鍛えられた姫様ですから」

「そうだったな」

二人はまぶしいほど明るい表通りに出た。空は浮雲一つない澄みわたった青い空だった。

坂下方向で役人たちに、どよめきが生じた。待ち構える大勢の役人たちと出現した梅田屋丹吾郎一家との、ちょうど中間あたり、そこへ突如として現われた銀次郎と季代の二人に仰天しているのであろう。

だが銀次郎と季代の視線は坂下ではなく、坂上に向けられていた。

と、それまで微動だにしなかった梅田屋丹吾郎一家に、小さな揺れが生じ、そして一人の男が皆から離れて坂道を下り出した。

銀次郎とその腕に手を絡めて放さない季代が、下りてくる相手に向かって一歩を踏み出した。

双方の間が次第に縮まり、そして銀次郎の口から「親父《おやじ》さん」という言葉が迸《ほとばし》り出た。声が震えていた。

がっしりとした体つきの日焼けした六十男が「うん」と目を細めて頷いてみせる。

大坂の大暗黒街に睨みを利かす梅田屋丹吾郎であった。

銀次郎は季代の手を振り切って相手に駈け寄った。

「親父さん……長《ちょう》のこと……長《ちょう》のこと、申し訳ありません」

うなだれる銀次郎の頬を大粒の涙が伝い落ちた。銀次郎にとっては、心からの詫《わ》びの言葉であった。

「もうええ、銀次郎坊《ぼう》。久し振りやな」

「長《ちょう》を殺《や》りやがった下手人は、必ずこの私が……親父さん」

すでに千葉要一郎を倒している銀次郎であったが、それについては言葉にしなかった。今日この場では、その方がよい、という銀次郎の判断であった。

「もうええ、ちゅうてんねや。さ、涙を拭いて、久し振りの凜々《りり》しい坊《ぼう》の顔を、よう見せてんか」

そう言うと梅田屋丹吾郎は懐《ふところ》に手を入れて手拭《てぬぐ》いを取り出し、なんと銀次郎の頬を伝い落ちる涙を拭いてやった。

亡くなった息子を銀次郎に重ねているのか、「喧嘩《けんか》屋《や》丹吾郎」と称されて大坂・江戸の役人たちを震えあがらせた大親分の目が、みるみる真っ赤になってゆく。

「ええか銀次郎坊《ぼう》。勝手に危ないことに手え出したらあかんで。危ないことの調べは、町奉行所とか火盗《かとう》の御役人に任せといたらええ。判ったか坊《ぼう》」

「けど……」

「同じ事を儂《わし》に二度言わせたらあかん。ええな」

真っ赤な丹吾郎の目が、ほんの一瞬であったがギラリと凄《すご》みを見せた。

「はい」と、銀次郎が頷く。

「そうか。判ってくれたか」

丹吾郎が目を細め、口元に笑みが浮かんだ。

「坊からの報《しら》せの手紙で、長之介の亡骸《なきがら》が大事に扱われたことを知って、親としてはそれだけで満足や。何の不自由もなかった大坂生活を蹴って、『銀《ぎん》と一緒に江戸へ行く』と言い張りよった時から、儂は二度と生きては会えんかも知れん、と覚悟だけはしとったんや」

「親父さん……」

「神も仏も無いな。その通りになってしもた。その通りにな」

「これからは長《ちょう》の分まで、私がなにくれとなく春夏秋冬の連絡や挨拶《あいさつ》などを、頻《ひん》繁《ばん》に取らせて戴きます」

「そうか。そうしてくれるか。おおきにおおきに。坊《ぼう》は本当に堂々たる印象の男になったなあ。無外流は欠かさずやってんのか」

「はい。続けております」

「剣術は精神《こころ》を鍛える。怠《なま》けたらあかんで坊《ぼう》。それからな坊《ぼう》、今日はこれから報せの手紙の中に書いてくれていた湯島天神下《ゆしまてんじんした》とかの霊雲寺さんへ連れていってくれへんか。江戸入り一番に御住職の覚雲和尚に御礼を申し上げたいんや」

「承知しました。私もそれが宜しいと思います」

そこへ季代が遠慮がちにやって来て銀次郎と並び、丹吾郎に向かって丁寧に頭を下げた。借財この上もなかった三百石旗本家とはいえ、そこの姫様として教養を積んできた季代お内儀《かみ》であるから、こういう時の作法姿は流れるように自然で美しい。

丹吾郎が「これはこれは御丁寧に。大坂の梅田屋丹吾郎です」とたちまち破顔した。

「季代と申します。季節の季に、所司代の代と書きまする」

「季代さんですか。ええ名や」

丹吾郎はにこにこ顔で返すと、銀次郎を見た。

「なかなか上品で綺麗な、ええ嫁さんやな。いつの間《ま》に貰《もろ》うたんや銀坊」

「え？」

「子供はたくさんつくりや。子だくさんの家は栄える。もう出来てんのか子供は」

「いえ、まだ……あのう、そうではなくてですね親父さん」

「うろたえんでもええ。恥ずかしがらんでもええ。銀坊の子なら儂の孫みたいなもんや」

「はあ……」

「そや。大事な事を忘れん内に言うとかなあかん。銀坊よ、不祥事の罪で大坂の寺に葬られている父上様の霊を、一刻も早《はよ》う迎えに来て江戸の菩提寺《ぼだいじ》に改葬したげなあかん。いつ迄もあのまんまじゃあな」

「しかし親父さん……」

「わかってる。不祥事の罪で無縁同様に寂しく葬られた者の改葬は、なかなかに難しい。けど大坂や。儂の影響力を貸したるよって、出来るだけ早《はよ》う大坂へ訪ねてくるこっちゃ。な、御新造《ごしんぞう》さんも」

「はい。必ず二人揃って大坂へ参ります」

「さすがに季代御新造さん、ええ返事や。大坂へ来たらな梅田屋へ必ず泊まりなはれや」

「はい。そのときは甘えさせて戴きます。宜しくお願いします」

「ええ返事や、ええ返事や。長之介は本当《ほんま》に銀坊に季代御新造という善《え》え人を江戸に拵えてくれたわ。満足や」

「それよりも親父さん……」

「なんや」

「腰の物はどうなさいました？」

「腰の物？　長脇差《ながどす》のことか」

「はい」

「阿呆なこと言いな。皆《みんな》丸腰や。こんな時に大坂の喧嘩者《けんかもん》で知られた大勢が長脇《ながど》差《す》を帯びて訪れたら、江戸の同業者と大衝突になってしまうやないか」

「それじゃあ親父さん……」

「長脇差《ながどす》を腰に通し古鉄砲なんぞを手にして裏街道を隠れ進んで来たことは確かや。しかし途中の関所へ、自発的にきちんと預けてきたんや。百人分やさかい、関所の役人さん、腰を抜かしとった」

「関所へですか」

「そや、それにな、大坂町奉行所の特別通行鑑札に守られて、きちんとした江戸入りが出来るよう念入りに調えてあるから、長脇差《ながどす》や古鉄砲になんぞ用は無いんや。皆《みんな》短刀一本所持してへん。安心しい。坂の下に屯《たむろ》してんのは江戸の町奉行所の役人さんたちやな。銀坊、大坂の喧嘩者のきちんとした礼法挨拶を今見せたるよって、目を皿のように開けてよう見とくんやで。これも裏稼業の人間を眺める場合の勉強の一つになるよってに」

「は、はあ……判りました」

銀次郎が頷くのを待って、丹吾郎が坂の上に向かってサッと右手を上げた。

それまで身じろぎもせず丹吾郎と銀次郎たちとのやり取りを見守っていた配下の百名が、横一列を乱すことなく一斉に坂道を下り出した。

圧倒されたのか、坂の下の役人たちが地面を鳴らして、一気に半町ほども退がる。

銀次郎は青く澄みわたった空を仰いで呟いた。

「長《ちょう》よ、お前《めえ》の親父さんは、矢張り凄《すげ》えや。でかい……とにかく、でかい」

「だから、ね、二人で大坂へ行きましょ銀ちゃん」

季代が銀次郎の呟きに付け加えた。

明るい日の光の下《もと》、季代の瞳は輝いていた。私、銀ちゃんの子を生む……と。

（完）

■「門田泰明時代劇場」刊行リスト■

ひぐらし武士道
『大江戸剣花帳』（上・下）
徳間文庫　平成十六年十月
光文社文庫　平成二十四年十一月
新装版　徳間文庫　令和二年一月

ぜえろく武士道覚書
『斬りて候』（上・下）
光文社文庫　平成十七年十二月
徳間文庫　令和二年十一月

ぜえろく武士道覚書
『一閃なり』（上）
光文社文庫　平成十九年五月

ぜえろく武士道覚書
『一閃なり』（下）
光文社文庫　平成二十年五月
徳間文庫　令和三年五月
（上・下二巻を上・中・下三巻に再編集して刊行）

浮世絵宗次日月抄
『命賭け候』
徳間書店　平成二十年二月
徳間文庫　平成二十一年三月
祥伝社文庫　平成二十七年十一月
（加筆修正等を施し、特別書下ろし作品を収録して『特別改訂版』として刊行）

ぜえろく武士道覚書
『討ちて候』（上・下）
祥伝社文庫　平成二十二年五月
徳間文庫　令和三年七月

浮世絵宗次日月抄
『冗談じゃねえや』
徳間文庫　平成二十二年十一月
光文社文庫　平成二十六年十二月
（加筆修正等を施し、特別書下ろし作品を収録して『特別改訂版』として刊行）
祥伝社文庫　令和三年十二月
（上・下二巻に再編集して刊行）

浮世絵宗次日月抄
『任せなせえ』
光文社文庫　平成二十三年六月
祥伝社文庫　令和四年二月
（上・下二巻に再編集し、特別書下ろし作品を収録して『新刻改訂版』として刊行）

浮世絵宗次日月抄
『秘剣　双ツ竜』
祥伝社文庫　平成二十四年四月

浮世絵宗次日月抄
『奥傳　夢千鳥』
光文社文庫　平成二十四年六月
祥伝社文庫　令和四年四月
（上・下二巻に再編集して『新刻改訂版』として刊行）

浮世絵宗次日月抄
『半斬ノ蝶』（上）
祥伝社文庫　平成二十五年三月

浮世絵宗次日月抄
『半斬ノ蝶』（下）
祥伝社文庫　平成二十五年十月

浮世絵宗次日月抄
『夢剣　霞ざくら』
光文社文庫　平成二十五年九月
祥伝社文庫　令和四年六月
（上・下二巻に再編集して『新刻改訂版』として刊行）

拵屋銀次郎半畳記
『無外流　雷《いなずま》がえし』（上）
徳間文庫　平成二十五年十一月
新装版　徳間文庫　令和六年三月

拵屋銀次郎半畳記
『無外流 雷《いなずま》がえし』(下)　徳間文庫　平成二十六年三月
新装版 徳間文庫　令和六年三月

浮世絵宗次日月抄
『汝 薫るが如し』　光文社文庫　平成二十六年十二月
(特別書下ろし作品を収録)
祥伝社文庫　令和四年八月
(上・下二巻に再編集して『新刻改訂版』として刊行)

浮世絵宗次日月抄
『皇帝の剣』(上・下)　祥伝社文庫　平成二十七年十一月
(特別書下ろし作品を収録)

拵屋銀次郎半畳記
『俠客』(一)　徳間文庫　平成二十九年一月

浮世絵宗次日月抄
『天華の剣』(上・下)　光文社文庫　平成二十九年二月
祥伝社文庫　令和四年十月
(加筆修正を施し、『新刻改訂版』として刊行)

拵屋銀次郎半畳記
『俠客』(二)　徳間文庫　平成二十九年六月

拵屋銀次郎半畳記
『俠客』(三)　徳間文庫　平成三十年一月

浮世絵宗次日月抄
『汝《きみ》よさらば』(一)　祥伝社文庫　平成三十年三月

拵屋銀次郎半畳記
『俠客』（四）　徳間文庫　平成三十年八月

浮世絵宗次日月抄
『汝《きみ》よさらば』（二）　祥伝社文庫　平成三十一年三月

拵屋銀次郎半畳記
『俠客』（五）　徳間文庫　令和元年五月

浮世絵宗次日月抄
『汝《きみ》よさらば』（三）　祥伝社文庫　令和元年十月

『黄昏坂《たそがれざか》　七人《ななにん》斬《ぎ》り』　徳間文庫（特別書下ろし作品を収録）　令和二年五月

拵屋銀次郎半畳記
『汝《きみ》　想《おも》いて斬《ざん》』（一）　徳間文庫　令和二年七月

浮世絵宗次日月抄
『汝《きみ》よさらば』（四）　祥伝社文庫　令和二年九月

拵屋銀次郎半畳記
『汝《きみ》　想《おも》いて斬《ざん》』（二）　徳間文庫　令和三年三月

浮世絵宗次日月抄
『汝《きみ》よさらば』（五）　祥伝社文庫　令和三年八月

拵屋銀次郎半畳記
『汝《きみ》 想《おも》いて斬《ざん》』（三）　徳間文庫　令和四年三月

拵屋銀次郎半畳記
『汝《きみ》 戟《げき》とせば』（一）　徳間文庫　令和四年九月

『日暮坂《ひぐれさか》 右肘斬《みぎひじおと》し』　徳間文庫　令和五年六月

拵屋銀次郎半畳記
『汝《きみ》 戟《げき》とせば』（二）　徳間文庫　令和五年八月

本書は２０１４年３月徳間文庫として刊行されたものの新装版です。

本書のコピー、スキャン、デジタル化等の無断複製は著作権法上での例外を除き禁じられています。本書を代行業者等の第三者に依頼してスキャンやデジタル化することは、たとえ個人や家庭内での利用であっても著作権法上一切認められておりません。

徳間文庫

拵屋《こしらえや》銀次郎半畳記

無外流《むがいりゅう》 雷《いなずま》がえし 下

〈新装版〉

© Yasuaki Kadota 2024

2024年3月15日 初刷

著者 門《かど》田《た》泰《やす》明《あき》

発行者 小宮英行

発行所 株式会社徳間書店

〒141-8202 東京都品川区上大崎三-一-一 目黒セントラルスクエア

電話 編集〇三(五四〇三)四三四九 販売〇四九(二九三)五五二一

振替 〇〇一四〇-〇-四四三九二

印刷 製本 大日本印刷株式会社

ISBN978-4-19-894933-4 (乱丁、落丁本はお取りかえいたします)

徳間文庫の好評既刊

門田泰明

拵屋《こしらえや》銀次郎半畳記

俠《きょう》客《かく》 一

老舗《しにせ》呉服問屋「京野屋《きょうのや》」の隠居・文左衛門《ぶんざえもん》が斬殺された！　下手人は一人。悲鳴をあげる間もない一瞬の出来事だった。しかも最愛の孫娘・里《さと》の見合いの日だったのだ。化粧や着付け等、里の「拵事《こしらえごと》」を調《ととの》えた縁で銀次郎も探索に乗り出した。文左衛門はかつて勘定吟味役の密命を受けた隠密調査役を務めていたという。事件はやがて幕府、大奥をも揺るがす様相を見せ始めた！　怒濤の第一巻！

徳間文庫の好評既刊

門田泰明

拵屋《こしらえや》銀次郎半畳記

侠《きょう》客《かく》 二

月《がっ》忌《き》命日代参を控えた大奥大御年寄・絵島の拵え仕事で銀次郎が受け取った報酬は、江戸城御《お》金《かね》蔵《ぐら》に厳重に蓄えられてきた「番打ち小判」だった。一方、銀次郎の助手を務める絶世の美女・仙が何者かに拉致。目撃者の話から、謎の武士・床《ゆか》滑《なめり》七《なな》四《し》郎《ろう》に不審を覚えた銀次郎は、無外流の師・笹岡市郎右衛門から、床滑家にまつわる戦慄の事実を知らされる!!

苛烈なるシリーズ第二弾いよいよ開幕！

徳間文庫の好評既刊

門田泰明
拵屋《こしらえや》銀次郎半畳記
俠《きょう》客《かく》三

大坂に新幕府創設!?　密かに準備されているという情報を得た銀次郎《ぎんじろう》は、そのための莫《ばく》大《だい》な資金の出所に疑問を抱いた。しかも、その会合の場所が、仇敵《きゅうてき》・床《ゆか》滑《なめり》七《なな》四郎《しろう》の屋敷であったことから、巨大な陰謀のなかに身をおいたことを知る……。老舗《しにせ》呉服商の隠居斬殺事件に端を発し、大奥内の権力争い、江戸城御金蔵の破壊等々、銀次郎の周辺で起きる謎の怪事件。そして遂に最大の悲劇が!?

徳間文庫の好評既刊

門田泰明
拵屋《こしらえや》銀次郎半畳記
侠客《きょうかく》 四

稲妻の異名で幕閣からも恐れられる前《さき》の老中首座で近江国《おうみのくに》湖東藩《ことうはん》十二万石の藩主・大津《おおつ》河《がわ》安芸守《あきのかみ》。幼君・家継《いえつぐ》を亡き者にして大坂に新幕府を創ろうと画策する一派の首領だ。側《そば》用人《ようにん》・間部《まなべ》詮房《あきふさ》や新井《あらい》白石《はくせき》と対立しながらも大奥の派閥争いを利用してのし上がってきた。旗本・御家人、そして全国の松平報徳会の面々が次々と大坂に集結する中、遂《つい》に銀次郎《ぎんじろう》も江戸を出立した！　新読者急増シリーズ第四弾。

徳間文庫の好評既刊

門田泰明

拵屋《こしらえや》銀次郎半畳記

俠客《きょうかく》五

伯父・和泉長門守《いずみながとのかみ》の命により新幕府創設の陰謀渦巻く大坂に入った銀次郎は、父の墓を詣《もう》で、そこで出会った絶世の美女・彩艶尼《さいえんに》との過去の縁を知ることに…。やがて銀次郎のもとに、大坂城代ら五名の抹殺指令が届いた。その夜、大坂城の火薬庫が大爆発し市中は混乱の極みに！　箱根《はこね》・杉街道で炸裂《さくれつ》させた銀次郎の剣と激しい気性は果たして妖怪・床滑《ゆかなめり》に通じるのか？　大河シリーズ第一期完結！

徳間文庫の好評既刊

門田泰明
拵屋《こしらえや》銀次郎半畳記
汝《きみ》想《おも》いて斬《ざん》 一

宿敵・床滑七四郎《ゆかなめりななしろう》との凄絶《せいぜつ》な死闘で負った瀕死《ひんし》の深手が癒《い》え、江戸帰還を目指す銀次郎《ぎんじろう》。途次、大坂暴動の黒幕・幕翁《ばくおう》が立て籠《こ》もる湖《こ》東《とう》城に、黒書院直属監察官として単独乗り込んだ！　一方江戸では、首席目付らが白装束《しろしょうぞく》に金色《こんじき》の襷《たすき》掛けの集団に襲われ落命。その凶刃は、将軍家兵法指南役の柳生俊方《やぎゅうとしかた》にも迫った！　壮烈《そうれつ》にして優艶《ゆうえん》、娯楽文学の王道を疾《は》走《し》る興奮の大河劇場、『第二期』遂に開幕！

徳間文庫の好評既刊

門田泰明
拵屋《こしらえや》銀次郎半畳記
汝《きみ》 想《おも》いて斬《ざん》 二

江戸では将軍家兵法指南役・柳生《やぎゅう》備前守《びぜんのかみ》俊《とし》方《かた》が暗殺集団に連続して襲われ、また御役目旅の途次《とじ》、大磯《おおいそ》宿では加賀守《かがのかみ》銀次郎《ぎんじろう》が十六本の凶刀の的となり、壮烈な血泡《ちあわ》飛ぶ激戦となった。『明』と『暗』、『麗《れい》』と『妖《よう》』が絡《から》み激突する未曾有《みぞう》の撃剣の嵐は遂に大奥一行へも激しく襲い掛かる。剣戟《けんげき》文学の究極を目指し休むことなく走り続ける門田泰明時代劇場、シリーズ第二弾『汝 想いて斬㈡』開幕！

徳間文庫の好評既刊

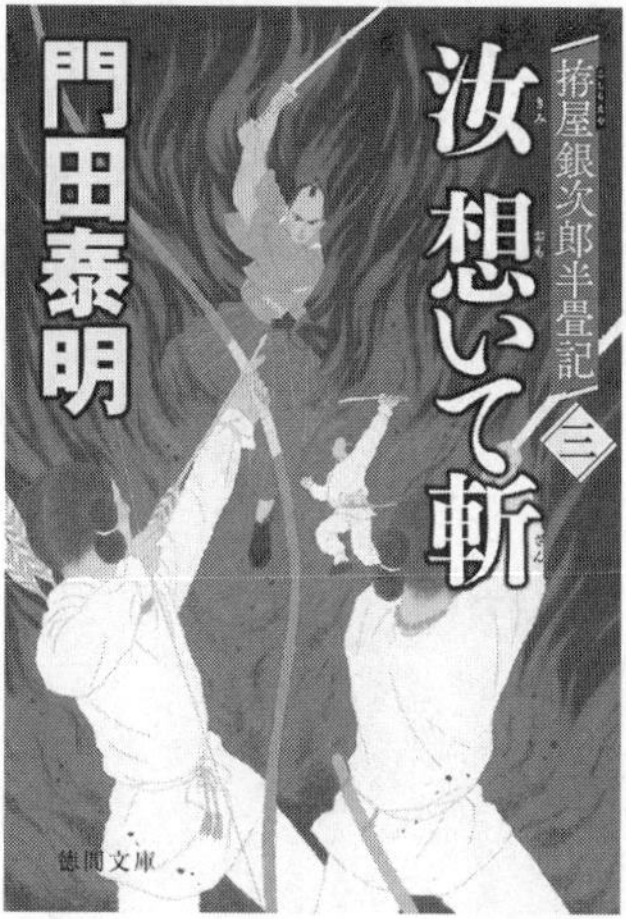

門田泰明
拵屋《こしらえや》銀次郎半畳記
汝《きみ》想《おも》いて斬《ざん》 三

大坂に幕府を創ろうとした、大津河安芸守《おおつがわあきのかみ》の企みは潰《つい》えたかにみえたが、安芸守の遺志を継ぐ勢力がまだ各地に存続していた。そんな中、黒書院《くろしょいん》直属監察官・桜伊銀次郎《さくらいぎんじろう》は、不穏な動きのある近江《おうみ》・水口宿《みなくちしゅく》を訪れた。次々と銀次郎に襲いかかる血刃《けつじん》！　そして最強の騎馬軍団と恐れられる御嬢隊《おじょうたい》との激烈な戦いに、銀次郎と黒鍬衆《くろくわしゅう》は身を投じた！　ベストセラー快進撃の大河シリーズ第二期完結！

徳間文庫の好評既刊

門田泰明

拵屋《こしらえや》銀次郎半畳記

汝《きみ》戟《げき》とせば 一

猛毒の矢を肩に浴び、生死の境をさまよった黒書院直属監察官・桜伊《さくらい》銀次郎《ぎんじろう》。黒鍬《くろくわ》の女帝と称された女頭領・加河《かがわ》黒兵《くろべえ》の手厚い看護を受けて遂に目覚めた！　銀次郎を慕う幼君・家継《いえつぐ》は兵法指南役の柳生《やぎゅう》俊方《としかた》ら柳生衆とともに銀次郎を見舞うが、その帰途白装束の集団に襲われ、幼君が乗った駕籠《かご》が賊《ぞく》の槍で串刺しに！　阿修羅《あしゅら》と化した銀次郎の本能が爆発した！「大河時代劇場」第三期に突入！

徳間文庫の好評既刊

門田泰明

拵屋《こしらえや》銀次郎半畳記

汝《きみ》戟《げき》とせば 二

幕府の隠密機関・黒鍬《くろくわ》が調《ととの》えた隠宅《いんたく》で起居する銀次郎《ぎんじろう》を紀州《きしゅう》公・徳川吉宗《とくがわよしむね》が重要相談あって訪れた夜、突如《とつじょ》として朱色の装束《しょうぞく》を纏《まと》った刺客《しかく》集団が雪崩《なだれ》込んできた。銀次郎の愛刀・備前長永国友《びぜんおさながくにとも》が剣術まったく出来ぬ紀州公を護《まも》らんとして火柱と化す！　やがて銀次郎は、黒鍬の女頭領『凄《すご》みの黒兵《くろべえ》』の影武者が三人もいることを知りアッと大衝撃を受ける……。娯楽剣戟《けんげき》文学の孤高の頂点！

徳間文庫の好評既刊

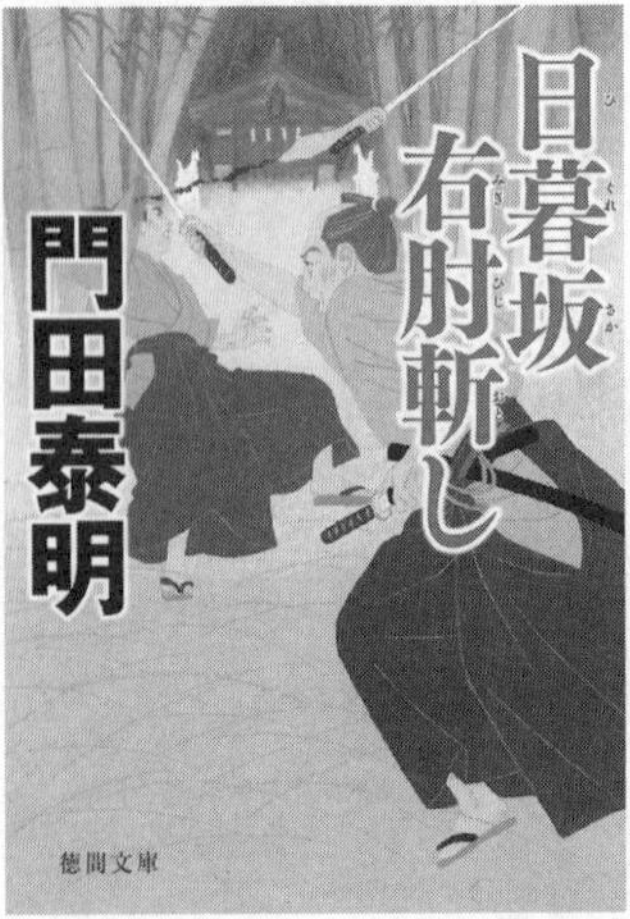

門田泰明

日《ひ》暮《ぐれ》坂《さか》 右《みぎ》肘《ひじ》斬《おと》し

江戸屈指と評価高い古賀真刀《こがしんとう》流日暮坂《ひぐれさか》道場の主《あるじ》芳原《よしはら》竜之助《たつのすけ》に、同門で無二の剣友具舎平《ぐしゃへい》四郎《しろう》が惨殺《ざんさつ》されたとの報《しら》せが届く。平四郎は秘剣『右肘斬《みぎひじおと》し』の達人。その平四郎の死に不審を抱く竜之助の捜査が始まり明るみに出た古賀真刀流『源流』の《無念》と《悲惨》。竜之助は遂《つい》に秘剣『右肘斬し』で復讐すべく立ち上がった。娯楽剣戟《けんげき》文学史上に屹然《きつぜん》と立つ『門田泰明時代劇場』の新開眼ここに!!